Knaur.

*Von dem Autor sind im Knaur Taschenbuch Verlag
bereits erschienen:*
Als sie ging
Das ferne Land

Über den Autor:
Michael Baron, 1958 in New York geboren, hat fünfundzwanzig Jahre als Lektor in einem großen Verlag gearbeitet, bevor er beschloss, sich zwei Lebensträume zu erfüllen, nämlich selbst zu schreiben und aktiver am Leben seiner Kinder teilzunehmen. Er lebt mit Frau und drei Kindern in Connecticut.

MICHAEL BARON

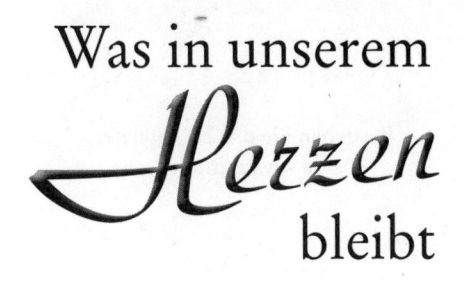

Was in unserem *Herzen* bleibt

ROMAN

Aus dem Amerikanischen
von Georgia Sommerfeld

KNAUR TASCHENBUCH VERLAG

Amerikanischer Originaltitel: »Flash and Dazzle«

Besuchen Sie uns im Internet:
www.knaur.de

Deutsche Erstausgabe August 2011
Copyright © 2007 by Michael Baron
Copyright © 2011 für die deutschsprachige Ausgabe
bei Knaur Taschenbuch. Ein Unternehmen der Droemerschen
Verlagsanstalt Th. Knaur Nachf. GmbH & Co. KG, München.
Alle Rechte vorbehalten. Das Werk darf – auch teilweise –
nur mit Genehmigung des Verlags wiedergegeben werden.
Redaktion: Gerhild Gerlich
Umschlaggestaltung: ZERO Werbeagentur, München
Umschlagabbildung: © Gettyimages/Peter Adams
Satz: Adobe InDesign im Verlag
Druck und Bindung: CPI – Clausen & Bosse, Leck
Printed in Germany
ISBN 978-3-426-50122-1

2 4 5 3 1

Das Kapitel,
in dem es um Daz geht
(also, ich schätze, das tut es in allen)

Ich war nie ein Mensch großer Gefühlsbezeugungen. Wenn man in Island aufgewachsen ist (womit in diesem Fall der Haushalt gemeint ist, in dem ich groß wurde, nicht die Heimat von Björk), dann hat man Zurückhaltung gelernt. Aber seit Daz tot ist, bringt mich so gut wie alles zum Heulen. Die ausgestreckte Hand von jemandem, der mich begrüßt, ein Werbespot für Babynahrung, der Typ, der am Eingang zum Central Park Steel Drum spielt (besonders, wenn er »Die Ode an die Freude« spielt, was fast so ist, als ob einem bei Barry Manilow die Tränen kommen, aber es *passiert* einfach). Und natürlich die Erinnerungen, eine Unzahl von Erinnerungen, von denen jede einen Anfall von Melancholie auslösen könnte.

Daz würde lachen, wenn er mich so erlebte. Vielleicht sogar etwas sagen, damit ich mir lächerlich vorkäme. Obwohl ich weiß, dass er es gleichzeitig zu schätzen wüsste.

Ich nehme an, dass ich seinen Tod irgendwann nicht mehr so schwernehmen, mich an den Schmerz gewöhnen werde, den ich empfinde, wann immer mir zum tausendsten Mal bewusst wird, dass Daz nicht mehr da ist. Ich kann es mir zwar nicht vorstellen, aber ich denke, es muss passieren. Obwohl ich hoffe, dass es *nicht* passiert. Ich bin nicht sicher, was ich tun würde, wenn der Schmerz auch nicht mehr da wäre.

Ich glaube, jeder findet irgendwann heraus, dass, wenn alles nach Plan läuft, dies wahrscheinlich bedeutet, dass der Plan, den er hatte, nicht wirklich gut war. Doch im Frühling 2003 erschien uns der Plan optimal. Er sah grob umrissen so aus: eine Riesenparty anlässlich unserer 28. Geburtstage (eine Woche nacheinander im April) veranstalten, ein paar Clio Awards für die BlisterSnax-Kampagne kassieren, Bescheidenheit heuchelnd Bewunderung genießen, der *Ad Week* ein kluges und witziges Interview geben, Carnie Brinks und Michelle Dancer beeindrucken, dass es ihnen die Hosen auszieht (buchstäblich), unsere eigene Agentur gründen und mit dreißig zu den wirklich Großen zu gehören. Vielleicht nicht einfach bei der gegenwärtigen Marktlage, aber davon ließen wir uns nicht entmutigen. Wenn wir uns richtig reinknieten, würden wir es schon schaffen. Vielleicht dachte aber auch nur ich so. Das war eines von Hunderten von Dingen, die ich nie herausfand, obwohl ich zu meiner Ehrenrettung sagen kann, dass ich mich am Ende wirklich darum bemühte. Ich bin sicher, dass das Thema zur Sprache gekommen wäre, wenn uns mehr Zeit geblieben wäre, doch es hatten so viele andere Dinge Vorrang. Um die Wahrheit zu sagen, mir kam »der Plan« in jenen letzten Wochen kein einziges Mal in den Sinn.

Daz und ich freundeten uns vor Beginn unseres Freshman-Jahres, des ersten College-Jahres an. *Ich* wurde aus dem Gold-Card-Biotop von Scarsdale, New York, angeliefert, einer Gegend der gehobenen Mittelschicht in Westchester, wo meine Eltern sich niedergelassen hatten, als ich noch klein war. *Er* kam mit einem Soccer-, einem Fußballstipendium in der Tasche aus Manhattan, Kansas, Sitz der Kansas State University und Heimat von vielleicht vierzig oder fünfzig Menschen. Er war lang und drahtig, daran gewöhnt, stundenlang auf dem Pitch herumzurennen (eine Bezeichnung für ein Fußballfeld, die ich, bevor wir uns trafen, nicht gekannt hatte). Meine gesamte Energie steckte in kompakten einsachtundsechzig, und da organisierter College-Sport nicht mein Ding war, hielt ich mein Gewicht (mehr oder minder), indem ich drei- bis viermal pro Woche in den Kraftraum ging, um loszuwerden, was ich mir mit meinem stets beträchtlichen Appetit angefressen hatte.

Wir lernten uns auf einem dieser Einführungswochenenden kennen, die von den Universitäten veranstaltet werden, damit man erste Kontakte knüpfen kann und dann das Gefühl hat, schon jemanden zu kennen, bevor man den Campus tatsächlich betritt. Sie schickten uns auf einen Campingplatz von Kampgrounds of America KOA in Ypsilanti (ein Wort, das Daz, wie ich herausfand, seltsam komisch fand) und steckten uns in Viermannzelte, wobei das einzige für uns erkennbare Auswahlkriterium das Geschlecht war. Nach jenem Wochenende sah ich die beiden anderen Typen, die mit uns das Zelt teilten, nie wieder. Der eine hieß Don, aber Daz und ich verpassten ihm den Spitznamen »Juan«, weil er von dem Moment an, als der Bus uns ausgespuckt hatte, unermüdlich auf der Suche nach weicheren und vor allem weiblichen Schlafgelegenheiten war. An den Namen des anderen erinnere ich mich nicht, aber wir tauften ihn »Schlucker«, weil er ausschließlich daran interessiert zu sein schien, sich so schnell wie möglich sinnlos zu betrinken. Ich bin beileibe kein Antialkoholiker, aber was der Bursche trieb, war regelrecht unheimlich. Er schnorrte überall wahllos Alkohol, ohne sich darum zu scheren, wie die Kombination sich letztendlich auf seinen Organismus auswirkte.

Das Wochenende begann ganz harmlos. Daz kickte mit ein paar anderen einen Fußball herum, als ich dazukam und ein »richtiges Spiel« wie unseren guten alten American Football vorschlug. Da wir an der University of Michigan studieren würden, wurde der Vorschlag sofort aufgenommen. Als ich mich umdrehte, schoss Daz mir den Fußball an den Kopf, nicht so hart, dass es weh tat, aber hart genug, um meine Aufmerksamkeit zu erregen. Ich fuhr mit meiner »Was zum Teufel?«-Miene zu ihm herum.

»Danke, dass du mein Spiel abgewürgt hast«, sagte er scharf.

»Du spielst nicht Football?«

»Ich kann dir die Hosen beim Football ausziehen, aber ich spielte gerade *Fußball*.«

Mein Gott, was für ein Drama. »Dann spiel weiter«, erwiderte ich kopfschüttelnd und wandte mich zum

Gehen. Wieder traf mich der Ball am Kopf, diesmal etwas härter.

»Hör auf damit«, sagte ich leicht verstimmt und warf Daz den Ball zu.

»Ich wollte dir nur zeigen, dass ich es kann.«

Was sollte das heißen? Langsam kamen mir Bedenken, die Nacht in einem Zelt mit diesem Typen zu verbringen, und ich fragte mich, ob Juan vielleicht ein Mädchen mit einer Freundin aufgetrieben hatte.

»Ich bin beeindruckt«, sagte ich sarkastisch. »Hast du noch andere Tricks auf Lager?«

Daz lächelte, was sein Gesicht völlig veränderte, und machte einen Rückwärtssalto, bevor er den Ball mit einem Fallrückzieher in die Richtung meines Unterleibs schoss. Ich fing den Ball, bevor er Schaden anrichten konnte, und musste lachen. Und ich musste mir eingestehen, dass ich tatsächlich ein wenig beeindruckt war.

»Das war ziemlich gut«, sagte ich.

Daz lachte in sich hinein. Er schien sich köstlich zu amüsieren. »Danke. Ich kann auch in achtzig Sekunden einen ganzen Kirschkuchen verdrücken.«

Eine solche Unterhaltung hatte ich definitiv noch nie geführt. »Ich bin beschämt.«

»Ich bin sicher, es gibt auch etwas, was *du* richtig gut kannst.«

»Ja, etwas schon.« Ich hörte die anderen herumalbern. »Was ist – spielst du Football mit uns, oder nicht?«

Daz schüttelte den Kopf. »Nein. Ich habe gehört, dass gleich ein paar Mädchen an einem Lagerfeuer singen. Möglichkeiten, wenn du verstehst.«

Ich schaute hinüber, wo sich die Footballspieler sammelten, und zuckte mit den Schultern. »Lagerfeuer klingt cool.«

Als wir um Mitternacht in unser Zelt krochen, hatte uns das Lagerfeuer jedoch lediglich einen tieferen Einblick in das musikalische Schaffen von Joni Mitchell beschert. Juan teilte wahrscheinlich den Schlafsack mit einem Mädchen, das ihm seinen Anmachtext abgekauft hatte, und der Schlucker lag bewusstlos auf der anderen Seite des Zeltes, zuckte nur gelegentlich.

»Meinst du, er braucht einen Arzt?«, fragte Daz.

»Der könnte auch nichts für ihn tun. Ich hoffe nur, die Krankenstation hat genügend Tylenol gebunkert. Er wird morgen früh eine ganze Flasche brauchen, wenn er zu sich kommt.«

Der Schlucker rollte herum, rülpste laut – worauf wir beide in die äußerste Ecke des Zeltes flüchteten – und verfiel wieder in Regungslosigkeit. Daz und ich schauten uns an und lachten.

Auch die restliche Nacht vertrieben wir uns gemeinsam. Wir teilten bereits eine Vorliebe für angebrannte Grillwürste und eine Abneigung gegen Mädchen, deren Singstimmen völlig anders waren als ihre Sprechstimmen. Jetzt tranken wir ein paar Biere (Corona, die Marke der Champions, wie wir damals glaubten) und redeten über alles Mögliche: Musik (er mochte John Mellencamp und Willie Nelson, was ich ihm verzieh, weil er auch Pish und Nirvana und Clapton mochte), Mädchen (er stand auf große, schlanke, blonde, während ich damals den dunklen mediterranen Typ bevorzugte), Sport (es war okay für ihn, dass ich mir gern Baseball ansah, obwohl das Spiel für seinen Geschmack zu langsam war – das von einem Fußballspieler zu hören, fand ich echt köstlich; es war okay für mich, dass er die Dallas Cowboys mochte, obwohl sie die Giants fast jedes Jahr haushoch schlugen) und dann wieder über Mädchen.

»Hast du schon eine gesehen, mit der du gerne ausgehen würdest?«, fragte ich.

Er schüttelte den Kopf. »Ich bin ziemlich wählerisch.«

»Ich auch.«

»Es sind eine Menge wirklich gutaussehender Frauen hier.«

»Sogar eine erstaunliche Menge.«

»Aber es empfiehlt sich trotzdem, wählerisch zu sein.«

»Ganz meine Meinung.«

Daz trank einen Schluck und lachte. »Besonders, nachdem keine Einzige Interesse an mir gezeigt hat.«

»Ja, ich weiß, was du meinst.«

Ich glaube, ich verbrachte die nächsten zwanzig Minuten mit dem Versuch, ihm zu erklären, wie aufregend Baseball sein konnte, wenn man richtig zuzuschauen verstand. Ein paar Biere später – die wir bei den Leuten aus dem Zelt nebenan geschnorrt hatten, weil wir keine mehr hatten – verfielen wir in Schweigen, und ich dachte an meine Abreise von zu Hause, die mir immer wieder in den Sinn kam.

»Kannst du dir vorstellen, dass meine Mutter mich nicht mal zum Flieger gebracht hat? Sie überreichte mir lediglich diesen Lederrucksack und erklärte mir, sie hätte eine Verabredung zum Lunch, die sie nicht absagen könnte. Allerdings war das geradezu überschwenglich liebevoll im Vergleich zu dem, was meine Schwester brachte. Ich wollte mich mit ihr treffen, um mich von ihr zu verabschieden, aber sie konnte mich nicht in ihrem Terminkalender unterbringen. Sie hatte keine Minute frei, um sich bis Weihnachten von mir zu verabschieden.«

Ich schüttelte den Kopf und schaute zu Daz hinüber. Er schnitt eine Grimasse und sagte: »O Mann – Familie ist Scheiße.«

Genau, was ich dachte, auch wenn ich es nie so ausdrückte. »Richtig«, sagte ich. Wir stießen mit unseren Bierflaschen an und wandten uns interessanteren Themen zu. Welchen, weiß ich nicht mehr. Das Komische war, dass Daz' lässiger Kommentar mir gutgetan hatte. Vielleicht lag es an der Miene, die er dazu gemacht hatte. Vielleicht lag es auch an den sieben Bieren. Vielleicht lag es auch daran, dass er mir aus der Seele gesprochen hatte. Wie auch immer – von da an dachte ich in dieser Nacht kein einziges Mal mehr an meine Mutter oder meine Schwester.

Daz und ich besuchten zwar in jenem ersten Studienjahr keine gemeinsamen Kurse und waren in weit voneinander entfernten Wohnheimen untergebracht, aber wir hielten Kontakt. Im Lauf des zweiten Semesters gingen wir immer öfter einen trinken und verbrachten vor den Zwischenprüfungen ganze Nächte zusammen in der Bibliothek. Es war nicht leicht, Daz lernmäßig bei der Stange zu halten, und manchmal ärgerte ich mich sogar ein wenig über seine nachlässige Haltung, aber ich stellte fest, dass ich in seiner Gegenwart konzentrierter arbeitete. Wahrscheinlich, weil ich wusste, dass wir, wenn ich mein Pensum geschafft hatte, vor dem Schlafengehen noch ein paar Biere miteinander trinken und ein, zwei Runden Foosball, Tischfußball, spielen konnten.

Irgendwann in dieser Zeit beschlossen wir, für das zweite Jahr eine gemeinsame Bude zu beantragen. Ich wohnte mit zwei Typen zusammen, von denen einer eine ungesunde Vorliebe für verbotene Substanzen und der andere eine ungesunde Abneigung gegen Körperhygiene hegte. Daz kam mit seinen Zimmergenossen gut klar, war allerdings überzeugt, dass einer von ihnen noch vor Jahresende in einem Hochsicherheitsgefängnis landen würde. Wir fanden es nicht nur angeraten, zusammenzuziehen, ich glaube, wir wussten außerdem beide, dass wir viel Spaß dabei haben würden.

Und so war es auch. Ob wir den Mädchen am anderen Ende des Flurs Streiche spielten, es bei Air-Hockey-Turnieren in einer Spielothek mit jedem Gegner aufnahmen oder in einem Pub idiotische Line Dances initiierten – wir waren so gut wie unzertrennlich. Daz' Hauptfach war Commercial Art, und ich wollte in Marketing meinen Abschluss machen. Im zweiten Jahr erboten wir uns, Plakate für die Frühjahrsblutspendeaktion zu machen, und stürzten uns mit Feuereifer in die Arbeit. Daz zeichnete einen Typen, der nach dem Blutspenden davonwankte, und ich steuerte als Textzeile

»Get High for Free«, Gönn dir einen Gratiskick!, bei. Dann zeichnete Daz ein Mädchen mit vier intravenösen Kanülen in den Armen, und ich schrieb dazu »Wer braucht schon fünf Viertel von dem Zeug?«. Wir produzierten noch ein paar ähnliche Variationen, und als wir sie ablieferten, wirkte die Frau, die uns den Auftrag gegeben hatte, leicht irritiert, um mal stark zu untertreiben. Unsere Entwürfe entsprachen offenbar nicht ganz ihren Vorstellungen. Aber irgendwie gelang es uns, sie zu überreden, unsere Werke zu verwenden. Und es gingen vierunddreißig Prozent mehr Studenten zum Blutspenden als jemals zuvor. Von da an waren wir das inoffizielle Promotion-Duo für mehr als ein Dutzend Schulorganisationen (als das Reserveoffizier-Ausbildungscorps ROTC anklopfte, lehnten wir allerdings ab), wodurch wir zu einer Menge Partys eingeladen wurden.

Kelsey Bonham, die uns beauftragte, das Cover des Literaturmagazin zu gestalten, gab uns den Spitznamen »Flash und Dazzle«. Sie warf ihn uns eines Tages im Vorbeigehen auf dem Campus hin, und Daz sah mich an und sagte: »Das hätte uns auch selbst einfallen können.« Schon bald nannte uns jeder, den wir kannten, bei diesem Namen, und wir übernahmen ihn. Wir nahmen ihn von Ann Arbor nach Alphabet City in Manhattan mit, in unsere tollen Apartments auf der Upper West Side, in jene letzten Märztage, als alles nach Plan zu laufen schien.

Eric Flaster und Rich Dazman. Flash and Dazzle. An schlechten Tagen Flaccid and Spazman. Auf dem Weg, die Welt zu erobern (natürlich friedlich).

Wir erwarteten nicht ernsthaft, dass wir stolpern würden. Aber wenn wir stolperten, dann würden wir *gemeinsam* stolpern.

Keine Sekunde rechnete ich damit, eines Tages allein hier zu sitzen und mich zu fragen, wie das hatte geschehen können, während mich so gut wie alles, worauf mein Blick fiel, zum Heulen brachte.

Daz war nicht mehr da. Und ich vermisste ihn wie verrückt.

I

Das Kapitel, in dem ich versuche,
Daz ins Büro zu kriegen (auch bekannt
als die tägliche Sisyphusarbeit)

Es wäre nicht fair, Daz eine Schnecke zu nennen. Schließlich war er auf dem College ein Third-Team-All-Conference-Striker gewesen und noch immer schlank und schnell. Aber ihn morgens aus seinem Apartment zu kriegen war Schwerstarbeit. Sie begann damit, dass ich siebenmal klingelte, bevor ich mit meinem Wohnungsschlüssel die Tür aufsperrte. Es folgte der »Weißt du nicht mehr, dass wir um halb zehn ein Meeting haben?«-Teil. Und der »Es ist mir scheißegal, wie deine Haare aussehen«-Teil. Und die unvermeidliche Qual der Wahl bezüglich der Zahnpasta (Daz war der einzige Mensch, den ich kannte, der mehrere Geschmacksrichtungen parallel benutzte). Wenn er endlich aus dem Bad kam, gönnte er sich eine Portion Cap'n Crunch (das Einzige, was er zu frühstücken bereit war) und dazu die »Mighty Morphin Power Rangers«, die ABC-Family täglich um acht Uhr dreißig sendete und Daz für einen Mann seines Alters erstaunlich begeisterten.

Wenn ich ihn abholen kam, hatte ich bereits die relevanten Teile von *Times* und *Journal* gelesen und war durch drei oder vier Unterhaltungs-, Medien- und Business-Seiten im Web gesurft. Etwa vor einem Jahr dämmerte mir schließlich, dass ich fünfzehn Minuten länger schlafen konnte, wenn ich meinen Bagel und Kaffee zu Daz mitnahm und bei ihm frühstückte, während ich darauf wartete, dass er fertig wurde. An manchen Tagen wäre es nicht dumm gewesen, auch das Mittagessen mitzubringen.

So war es vom ersten Tag an, seit wir in die City gekommen waren. Der einzige Unterschied bestand zu Anfang darin, dass wir uns eine Wohnung teilten und Daz manchmal früher aus dem Bett kroch, wenn ich richtig Lärm machte oder ihm nach dem Duschen Wasser ins Gesicht spritzte.

Das Apartment in der Avenue B war nur wenig besser als ein Platz unter einer Brücke. Die Lobby war geschmackvoll mit zerbrochenen Ampullen, Nadeln und gebrauchten Kondomen dekoriert, und unser »Portier« war ein Typ um die sechzig mit mehr Sakkos als Zähnen, der vor dem Gebäude hockte. Meine Mutter, die mich einmal besuchte, erregte sich über meine Entscheidung, hier zu wohnen, anstatt von einem Gartenapartment in Hastings zu pendeln, und erklärte mir, dass ich mich, wenn ich sie in Zukunft sehen wolle, in die Metro-North setzen müsste. Sie gab mir im Hinausgehen nicht einmal ihren kleinen unechten Wangenkuss. Das nagte an mir, bis ich mir ausmalte, wie sie von einem Stricher angemacht wurde, bevor sie in ein Taxi flüchten konnte, das sie aus unserem Viertel wegbrachte. Ich stellte mir ihre schockierte Miene vor und lächelte.

Ein Jahr später, als wir vom Creative Shop als Team angeheuert wurden, zogen wir zum ersten Mal um. In ein Haus ohne Lift in Hell's Kitchen – nicht gerade Fifth Avenue –, aber die Wohnung war wesentlich besser in Schuss, und die Junkies und Nutten, die draußen rumhingen, hatten ein viel höheres Niveau. Als wir unsere ersten größeren Bonus-Schecks bekamen – die ersten einer ganzen Reihe, die in den vergangenen Jahren den Weg zu uns fanden –, wussten wir, dass es an der Zeit war, uns nach einer respektableren Bleibe umzusehen, wo wir eine Party geben konnten, ohne uns Sorgen machen zu müssen, ob unsere Gäste das Haus lebend betreten und verlassen könnten.

Es war der Accountant meines Vaters, der uns auf die Idee brachte, etwas zu kaufen. Er erklärte uns, wenn wir seinem Rat folgten, müsste *jeder für sich* ein Objekt erwerben, um es steuerlich optimal absetzen zu können. Wir wohnten zu diesem Zeitpunkt seit acht Jahren zusammen, und der Gedanke kam uns komisch vor. Natürlich wussten wir, dass wir unsere Wohngemeinschaft irgendwann aufgeben würden, wenn wir eine Frau fänden, mit der wir zusammenleben wollten, aber es aus *finanziellen* Gründen zu tun erschien uns unangebracht. Doch am Ende sahen wir ein, dass es das Vernünftigste war. Und da Daz Ecke 89th/Broadway wohnte und ich Ecke 91st/West End, waren wir ja nach wie vor beinahe Zimmergenossen.

»Wer kommt denn zu dem Meeting heute Morgen?«,

fragte er, als er mit der Zahnbürste im Mund aus dem Bad kam. Er hatte für jeden Zahnpastageschmack eine andersfarbige Bürste. Die graue stand für Fenchel.

»Nur wir.«

»Wir? Also du und ich?« Er ging ins Bad zurück, um auszuspucken.

»Und Michelle und Carnie und Brad und Chess.«

»Klingt wie das Meeting letzte Nacht im Roseland.« Wir waren alle zusammen dort gewesen, um Beam zu hören, diese unglaubliche englische Trance-Rockband.

»Nur haben wir heute eine ernsthafte Besprechung, und da würde es nicht so cool kommen, wenn dein Kopf ständig zur Seite kippt.«

»Worum geht's dabei gleich wieder?«, fragte er aus dem Schlafzimmer, wo er ziemlich sicher zu entscheiden versuchte, ob heute ein *roter* Flanellhemdtag war oder ein *blauer* Flanellhemdtag.

»Um die Koreaner.«

Er streckte den Kopf zur Tür heraus. »Motorräder, richtig?«

»Autos. Erschwinglicher Luxus für Zwanzigjährige.«

»Zwanzigjährige wollen Luxus?«

»Wenn sie ihn sich leisten können, schon.«

»Darum bist du der Texter, und ich bin der Grafiker. Ich hätte keine Ahnung, wie ich das rüberbringen sollte.«

»Dann ist es ja gut, dass ich da bin, stimmt's?«

Er verschwand wieder im Bad, was bedeutete, dass wir in acht bis fünfzehn Minuten gehen konnten – vorausgesetzt, ich schaffte es, ihn von den Power Rangers fernzuhalten.

Ich aß meinen Bagel und las in Daz' *USA Today* das wenige, was mich interessierte. Dann stand ich auf und begann herumzuwandern. Von der allmorgendlichen Ochsentour abgesehen, verbrachten wir die meiste Zeit in meiner Wohnung. Hauptsächlich, weil ich die besseren Spielsachen besaß – den Plasmafernseher, das Tischfußballspiel, die PlayStation 2, die Bang-und-Olufsen-Anlage mit Surroundsound (die ich wegen der Hausordnung allerdings nie voll aufdrehen konnte, weshalb ihre Leistungsfähigkeit mir verborgen blieb) – und weil ich etwas zu essen zu Hause hatte. Daz' Wohnung war sparsam eingerichtet. Die obligatorische Crate-and-Barrel-Sofa-und-Couchtisch-Kombination, der Mondrian-Druck als Kontrapunkt zu dem Poster der Dave Matthews Band, der Esstisch, dessen Kauf er mir nie erklärte (vielleicht wollte er mir Bequemlichkeit für mein Bagel-und-Kaffee-Frühstück bieten), die Luftmatratze, die er neben dem Sofa an die Wand lehnte, anstatt die Luft herauszulassen – das war so gut wie alles.

Abgesehen vom Air-Hockey-Tisch. Und dem Massagesessel. Der Sessel war Daz' erster erwähnenswerter Kauf gewesen. Ich fragte ihn, warum er ihn haben wolle – er schien nie eine Massage zu *brauchen* –, und er antwortete, ich solle den Sessel ausprobieren. Ich tat es und verstand.

Als ich mich jetzt hineinsetzte und auf »Kneten« schaltete, dachte ich wieder mal, wie gern ich ein solches Ding in meinem Büro hätte. Aber eine der unausgesprochenen Abmachungen zwischen Daz und mir war, dass wir nicht einen Haufen Geld für etwas ausgeben würden, was der andere bereits besaß. Was wäre der Sinn? Ich schaltete auf die nächsthöhere Stufe und von »Kneten« auf »Klopfen«. Ich überlegte, die Schuhe auszuziehen, um mir eine Fußmassage zu gönnen, doch ein Blick auf meine Uhr brachte mich davon ab.

»Ich hatte doch erwähnt, dass das Meeting heute stattfindet und nicht im August, oder?« Meine Stimme vibrierte unter der Klopfmassage meines Rückens.

»Ich bin so weit«, verkündete Daz und erschien in blauem Flanell. »Nur noch ein schnelles Vieraugengespräch mit dem Cap'n, und wir können.«

Ich schaltete den Sessel aus und stand auf. Daz öffnete die Zerealienschachtel und schüttete sich eine Portion in den Mund. »Gehen wir.« Er nahm einen Schluck aus einem Milchkarton und griff sich seine Schlüssel.

Ich sammelte meine Sachen ein, und wir verließen die Wohnung. Daz verschloss die beiden Sicherheitsriegel, und mein Blick fiel auf seinen Schlüsselanhänger – ein Plastikwürstchen, das er auf unserem ersten (und einzigen) Campingausflug mit einem Feuerzeug angesengt hatte und inzwischen seit zehn Jahren mit sich herumtrug.

»Ich glaube, da lief was zwischen mir und Michelle letzte Nacht«, sagte er, als wir auf den Broadway hinaustraten, um uns ein Taxi zu schnappen.

Ich lachte. »Ich war die ganze Zeit mit euch zusammen. Da lief *gar nichts*.«

»Stimmt, aber ich glaube, es hätte was laufen können. Es war was in ihren Augen.«

»Du meinst, als sie dich sah und ›hi‹ sagte?«

»Sei nicht blöd. Ich kann das schon unterscheiden. Ich glaube, sie mag mich.«

»Daz – *jeder* mag dich. Siehst du die Frau, die uns gerade das Taxi wegschnappt? Ich wette, die mag dich auch. Du bist ein liebenswerter Kerl. Aber was Michelle angeht, würde ich mir an deiner Stelle keine großen Hoffnungen machen.«

»Gestern kam sie in mein Büro, um sich ›meine Zeichnungen anzusehen‹. Das hat sie noch nie gemacht.«

»Erreichbare Ziele, Daz, weißt du noch? Erreichbare Ziele.«

»Ich glaube, du könntest überrascht werden.«

»Überrascht wäre gar kein Ausdruck. Fassungslos, vielleicht. Oder so schwer geschockt, dass ich einen Defibrillator bräuchte.«

Er sah mich gekränkt an. »Warum meinst du, dass ich eine Frau wie Michelle nicht kriegen kann?«

»Habe ich das gesagt?«

»Ziemlich genau.«

»Du verstehst mich falsch. Ich spreche speziell von Michelle. Eine Frau *wie* Michelle – attraktiv, klug und ehrgeizig – könntest du wahrscheinlich jederzeit kriegen.«

»Aber nicht Michelle. Erklär mir das.«

»Nicht jetzt. Im Moment ist das einzig Wichtige, irgendwie in die verdammte Innenstadt zu kommen.«

Schließlich winkten wir einem der nicht lizenzierten Taxis, die durch die City kurven und den Yellow Cabs während der Stoßzeiten Fahrgäste wegschnappen. Es ging mir gegen den Strich – ich war meiner Stadt und ihren Taxifahrern gegenüber *sehr* loyal –, aber um fünf nach neun an einem Werktag war ein Gypsy Cab die einzige Rettung.

»Wenn wir früher losgegangen wären, müssten wir jetzt nicht in einem fünfzehn Jahre alten Impala sitzen«, maulte ich.

»Wenn wir *später* losgegangen wären, auch nicht.«

»Weißt du, es ist wirklich ein Segen, dass du ein begnadeter Künstler bist. Sonst würdest du nämlich bei Burger King arbeiten. Nein, du würdest deinen Job bei Burger King sehr schnell verlieren, weil du nie pünktlich wärst. Dann würdest du durch die Straßen streifen und Flaschen sammeln, um sie gegen billigen Fusel einzutauschen.«

»Das würde nie passieren.«

»Glaubst du nicht?«

»Nein. Weil du da wärest, um mich aus dem Bett zu scheuchen, damit ich meinen Job als Frittenbrater behalten könnte.«

»Sei dir da nicht so sicher.«

»Natürlich würdest du das tun.«

Ja, natürlich würde ich das tun. Wenn man sich bei mir auf etwas verlassen konnte, dann darauf, dass ich dafür sorgen würde, dass Daz zu einer vernünftigen Zeit zur Arbeit erschien. Darüber hinaus mangelte es mir, wie sich herausstellte, an einer ganzen Reihe von Fähigkeiten, die beste Freunde eigentlich haben sollten. Aber er würde nie obdachlos sein, solange ich da war.

Wir schwiegen eine Weile und verbeugten uns etwa alle acht Sekunden unfreiwillig, wenn der Fahrer verkehrsbedingt auf die Bremse trat. Plötzlich stach Daz etwas ins Auge, und er holte den Skizzenblock, den er immer dabeihatte, aus seinem Rucksack und begann zu zeichnen.

»Was machst du?«

»Der Jogger, an dem wir gerade vorbeifuhren, hat mich auf eine Idee gebracht.«

Ich hatte den Jogger nicht einmal bemerkt. »Eine Idee? Wofür?«

»Für die Space-Available-Kampagne.«

Space Available stellte Schränke nach Maß her, und wir hatten die Firma kürzlich als Kunden akquiriert. Was ein Jogger damit zu tun hatte, erschloss sich mir allerdings nicht.

»Lass mal sehen.« Ich beugte mich zu ihm hinüber.

Daz drückte den Block an seine Brust. »Noch nicht.« Er lächelte mich an. »Ich will es erst Michelle zeigen.«

»Sie wird dich nie so lieben, wie ich dich liebe, Daz.«

»Noch etwas, wofür wir alle dankbar sein können.«

Er zeichnete weiter. Es war zwar gut möglich, dass nichts dabei herauskam – das war das Schicksal vieler unserer Ideen –, aber ich war trotzdem neugierig. Ich verrenkte mir fast die Augen bei dem Versuch, einen Blick auf den Entwurf zu erhaschen, aber Daz vereitelte es gekonnt. Schließlich klappte er den Skizzenblock zu, steckte ihn wieder in den Rucksack und schaute aus dem Fenster, als wäre nichts gewesen.

»Der Verkehr ist heute eine Katastrophe«, sagte er. »Wir hätten wirklich früher losgehen sollen, Flaccid.«

2

Das Kapitel,
in dem es um phantasiehungrige Kunden
und heroische Lösungen geht

The Creative Shop ist eine der kleineren Agenturen (unser Präsident, Ron Isaacs, bezeichnet sie gern als »die größte der kleinen Agenturen«) und behandelt ihre Angestellten wie Kinder. Das meine ich absolut nicht abwertend. Ich nehme zwar nie an den Planungssitzungen teil, in denen alle die Firma betreffenden Entscheidungen fallen, aber es ist ziemlich offensichtlich, dass man auf eine Spielplatzatmosphäre setzt, um den hauptsächlich jungen Stab zu motivieren. Cartoon- und Comicheft-Figuren schmücken die Wände, im Aufenthaltsraum gibt es Spielautomaten und eine Stereoanlage, die ein Spektrum von James Brown über die Rolling Stones bis hin zu den Ramones und 50 Cent bietet, und wir werden tatsächlich ermutigt, uns, was immer wir wollen, aus dem Internet runterzuladen.

Was jedoch nicht heißen soll, dass The Creative Shop sich nicht ernst nimmt. Die Kundenwerber sind ständig auf Akquise, und ich werde etwa einmal wöchentlich aufgefordert, für den einen oder anderen potenziellen Kunden einen Kopfstand zu machen – und das zusätzlich zu den etwa einem Dutzend Kunden, die ich ohnehin betreue, und zu meinen gelegentlichen Versuchen, mein Kontingent an brauchbaren Talenten zu vergrößern.

Vor vier Jahren wurden Daz und ich gemeinsam an Bord geholt – ich als Senior-Werbetexter und er als Artdirector. Wild entschlossen, wie es in den Neunzigern üblich war und heute undenkbar wäre, schleppten wir unsere Mappen zu einer Reihe mittelständischer und kleiner Agenturen und boten uns im Paket an, und einige der Agenturen bissen tatsächlich an. Zu der Zeit gingen ein paar wirklich gute Kampagnen auf unser Konto – insbesondere für den Teen- und College-Markt –, und wir hatten bereits einen Namen in der Branche.

Am Ende war es das Maximum-Speed-Spiel, das über unseren neuen Arbeitsplatz entschied. Beim dritten Bewerbungsgespräch ging Steve Rupert, der Creative Director von The Shop mit uns in den Aufenthaltsraum, und während mich beeindruckte, dass die Stereoanlage Jonny Lang spielte, war Daz von den Spielautomaten fasziniert.

»Sie meinen, die sind ständig hier?« Daz grinste so glücklich, wie er es sonst nur tat, wenn Pop Tarts mit einer neuen Geschmacksrichtung herauskamen.

»Ja, ständig«, bestätigte Rupert.

»Und wir können spielen, wann wir wollen?«

»Es wäre uns lieb, wenn Sie nicht aus einer Kundenbesprechung weglaufen würden, um zu spielen, aber ansonsten steht es Ihnen so gut wie frei.«

Daz verdrehte die Augen, und als er mich ansah, wusste ich, dass es nahezu unmöglich sein würde, ihn dazu zu bringen, einen anderen Arbeitsplatz auch nur in Erwägung zu ziehen.

Aus welchen Gründen auch immer getroffen – unsere Entscheidung erwies sich für uns beide als ausgesprochen gut. Daz und ich bekamen Gelegenheit, gemeinsam an ein paar großartigen Kampagnen zu arbeiten, und schon bald waren wir die Ansprechpartner für alles im demographischen 13-29-Segment. Wir machten landesweite Kampagnen für Frühstückszerealien, Sportartikel und Ferienziele und lokale Kampagnen für Softdrinks, Klamottenläden und eine kleine mexikanische Restaurantkette.

Unser bisher größter Wurf war BlisterSnax, ein Mini-Riegel, der gleichzeitig scharf, süß und sauer schmeckte. Daz und ich machten die erste Anzeigen-Kampagne, als die Firma (die ein paar Typen mit dem Erbe von ihrer Großmutter gegründet hatten) noch winzig war und nur die Tri-State-Region, New York, New Jersey und Connecticut, belieferte. Sechs Monate später expandierten sie aufgrund des Anfangserfolges, und wir stiegen landesweit mit einer Fernseh- und Radio-Kampagne ein, die den legendären BlisterSnax-Song einschloss, zu dem ich den Text geschrieben hatte. Es war mein erster Hit – die Kids *sangen* ihn tatsächlich! Die Einführung war ungeheuer erfolgreich, und die Kampagne brachte The Creative Shop eine beträchtliche Summe – und Flash und Dazzle ein paar dicke Boni und Beförderungen. Ich war jetzt Associate Creative Director des

Hauses, und Daz hatte sechs Artdirectors unter sich. Das bedeutete, dass wir beide uns mit einem gewissen Maß an Verwaltungsarbeit herumschlagen mussten, aber der Schwerpunkt und das, was mich jeden Morgen aus dem Bett holte, waren noch immer die Kampagnen. Solange Daz und ich jeden Tag einige Stunden mit Anzeigen- und Spot-Entwürfen verbrachten, konnte ich Budgetkonferenzen, Personalgespräche und gelegentliche Reibereien in meinem Stab ertragen.

Ich liebte meine Arbeit. Sie hatte nichts mit Kunst zu tun, sie mochte keine tiefere Bedeutung haben, und sie war wahrscheinlich nichts, womit ein wirklich erwachsener Mensch seine Brötchen verdienen sollte, aber ich liebe es, Kampagnen zu kreieren. Ich liebe es, mit Ideen zu spielen, bis eine davon haften bleibt. Ich liebe es, Wörter und Bilder so zu kombinieren, dass die Leute lachen oder sich schütteln oder zumindest aufmerksam werden. Und ich liebe die Vorstellung, dass Leute, wenn ich meine Sache wirklich gut mache, sich den Werbespot vielleicht zu Ende ansehen, anstatt auf einen anderen Kanal umzuschalten, und danach anderen davon erzählen.

Das Neun-Uhr-dreißig-Meeting fand an jenem Tag erst um elf statt. Nicht, weil Daz nicht aus seiner Wohnung gekommen oder der Verkehr eine Katastrophe war, sondern weil uns, als wir aus dem Lift stiegen, mitgeteilt wurde, dass Steve Rupert uns in seinem Büro erwarte. Der erste Stress des Tages.

»SparkleBean passt euer Ansatz nicht«, erklärte er uns, als wir hereinkamen. Rupert war der Einzige im Laden, der grundsätzlich eine Krawatte trug, und eine war schlimmer als die andere. Ich wusste nicht, ob das seine Vorstellung von »jung« war (vielleicht hatte er eine ganze Schublade von Versace und Hermès zu Hause und trug diese Dinger nur, um besser »dazuzupassen«) oder ob er tatsächlich einen so grauenvollen Geschmack hatte, dass diese Straßenhändlermodelle ihm gefielen. Ganz sicher war es keine Frage des Geldes. Er war nicht reich – keiner, der in einer Agentur dieser Größe arbeitete, verdiente goldene Berge, nicht einmal mit den Boni –, aber bessere Krawatten könnte er sich auf jeden Fall leisten.

»Und was gefällt ihnen nicht daran?«, fragte ich eingeschnappt. Ich wusste ja, dass der Kunde das letzte Wort hatte. Mir war von Anfang an klar gewesen, dass es mein Job war, die Wünsche eines anderen zu erfüllen – aber ich hasste es, wenn wirklich gute Arbeit in Frage gestellt wurde.

»Sie vermissen die Ehrfurcht.«

Ich machte schmale Augen. »Sie wollen, dass wir Vierzehnjährigen Cremesoda mit *Ehrfurcht* verkaufen?«

»Ihr Marketingdirektor redete ständig von einhundertsieben Jahren Firmengeschichte und davon, dass sie immer noch das Originalrezept von Mr. Hanson benutzen.«

»Unglaublich reizvoll für Kids«, sagte ich.

Daz schüttelte den Kopf. »Arschlöcher.«

Unser Entwurf für einen 30-Sekunden-TV-Spot war alles andere als ehrfürchtig: Ein Sechzehnjähriger kaufte sich in einem Supermarkt eine Büchse von dem Zeug, trank einen Schluck und wurde auf einem Kohlensäurestrahl zu exotischen Orten katapultiert. Unser Slogan war »Be The Bean«. Kein Wort von – gütiger Gott – Geschichte.

»Die wollen im Ernst, dass wir über Tradition und Herstellung und solchen Mist reden?«, fragte ich.

Rupert hob die Hände. »Ich sage nicht, dass ich ihrer Meinung bin.«

Nein, das war er sicher nicht. Es mochte Steve Rupert an Krawattengeschmack mangeln, aber er hatte ein Gespür für Werbung. Und ich wusste, dass er, wenn ihm eine Kampagne gefiel – und diese gefiel ihm –, alles in seiner Macht Stehende tun würde, um sie dem Kunden schmackhaft zu machen. Aber dass er die Hände hob, bedeutete, dass wir keine Chance hätten, die Auseinandersetzung zu gewinnen, zu der es ohnehin nicht kommen würde.

»Wie sah der alte Mr. Hanson denn aus?«, wollte Daz wissen.

Rupert schüttelte den Kopf. »Keine Ahnung.«

»Gibt's ein Foto von ihm auf ihrer Website?«

»Das nehme ich stark an, nachdem sie so einen Zirkus um den Mann machen.«

Obwohl sich alles in mir dagegen wehrte, holten wir uns die Seite auf Ruperts Bildschirm. Und vor dem in Umbra und Sepia gehaltenen Hintergrund der Homepage saß Alexander Hanson, seit einem Jahr im Ruhestand, verschmitzt lächelnd auf einer Kiste »Hanson's Original SparkleBean«.

Daz beugte sich zum Bildschirm vor, um sich das Foto genauer anzusehen. »Warum lächelt der wohl?«

»Wahrscheinlich hat er gerade seinen ersten Dollar verdient«, meinte Rupert.

»Möglich – aber ich finde, er sieht aus, als amüsiere er sich über etwas«, sagte Daz. »Irgendwie glaube ich, dass der Bursche nicht halb so viel auf Tradition gab, wie die jetzigen Hansons es tun.«

Ich schlug Daz auf die Schulter. »Jetzt weiß ich, wie wir's machen.« Ich küsste ihn auf die Schläfe. Er berührte die Stelle und musterte dann seine Finger, als erwarte er, Blut daran zu sehen. »Wir beginnen mit einem langsamen Zoom auf dieses Bild, im Hintergrund spielt leise Orchestermusik, und eine Stimme sagt so was wie: Vor einhundertsieben Jahren mixte Alexander Hanson die ersten Flaschen SparkleBean aus bester Vanille, süßestem Rohrzucker und reinstem Quellwasser. Die Leute sagten, er sei verrückt, solchen Aufwand für seine Limonade zu treiben, manche nannten ihn sogar einen Renegaten, aber man schmeckt diesen Aufwand noch heute.«

Daz legte sich auf den Teppich und sagte: »An diesem Punkt der Geschichte wird jedes Kid in Amerika *das* tun.« Er fing an zu schnarchen.

»Falsch«, widersprach ich. »Denn in diesem Moment schwenken wir auf einen Typen, der auf einer Kiste SparkleBean steht, eine Büchse hochhält und sagt: ›Wen interessiert der Aufwand? Hauptsache, es schmeckt.‹ Dann trinkt er einen Schluck, und die Farben werden grell, und die Musik schaltet auf Speedmetal um, und es ist offensichtlich, dass der Junge noch nie in seinem Leben etwas so Gutes getrunken hat.

Und dazu kommt der Slogan ›SparkleBean. Schmecke den Renegaten‹. Oder so ähnlich.«

Daz setzte sich auf. »Alles ist Sepia außer dem Jungen und der Büchse, die wir nur ganz schwach färben. Und wenn er trinkt, beginnt auf dem Bildschirm ein Feuerwerk unglaublich intensiver Farben.«

»Genau.« Ich wandte mich Rupert zu.

»Ziemlich gut«, fand er. »Braucht noch Feinschliff, aber das Konzept ist ziemlich gut.«

»Gut genug, um bei den Holzköpfen von Firmenchefs durchzugehen?«

»Schwer zu sagen.«

»Sagen Sie's trotzdem.«

Rupert sah Daz an. »Sind Sie dabei?«

Daz stand auf und schaute wieder zum Computer hinüber. »Da war was in dem Gesicht des alten Mannes – ich *weiß*, dass die Idee ihm gefallen hätte. Ob sie den neuen Chefs gefällt? Wer weiß. Aber ja, ich bin dabei.«

»Dann wollen wir versuchen, sie ihnen zu verkaufen. Machen Sie das Storyboard fertig, und ich bemühe mich um einen Gesprächstermin für Donnerstag.«

Ich nickte in Ruperts Richtung und sagte zu Daz: »Komm, lass uns brillant sein.«

»Ich dachte, wir wären bereits brillant.«

»*Noch* brillanter.«

»Ich hatte befürchtet, ihr würdet mindestens einen halben Tag schmollen«, sagte Rupert. »Danke, Jungs.«

»Überweisen Sie's auf unser Konto.«

Er lachte in sich hinein und winkte uns. Daz und ich

machten uns auf den Weg zu unseren Büros, die in Rufweite zueinander lagen.

»Du hast die Sache ziemlich gut gerettet«, sagte Daz, während wir nebeneinander hergingen.

»Es war deine Idee.«

»Du hast recht. Ich bin ein solches Genie, dass ich es nicht einmal merke, wenn ich etwas Geniales tue.«

Ich lächelte ihn an. Es stimmte – der neue Dreh wäre mir nie eingefallen, wenn Daz nicht vorgeschlagen hätte, das Foto vom alten Hanson anzusehen. »Gib mir zehn Minuten, um zu checken, was in meinem Büro los ist, und dann komm rüber, damit wir das Storyboard fertig machen können, bevor wir uns mit dem Team treffen.«

»Einverstanden.«

Als ich am Schreibtisch von Gibb, meinem Assistenten, stehen blieb, gab er mir drei rosa Nachrichtenzettel. Ich fuhr meinen Computer hoch, holte mir einen Kaffee, startete mein E-Mail-Programm und stellte fest, dass vierundzwanzig E-Mails eingegangen waren. Einige davon (und einer der Anrufe) waren vernachlässigbar, aber ein paar andere erforderten echte Aufmerksamkeit. Es sah so aus, als würde es ein hektischer Tag. Ich stöhnte innerlich, aber in Wahrheit war dies genau die Art Berufsleben, die ich mir erhofft hatte. Ich mochte die Kakophonie, und ich mochte die Verantwortung. Ich war dafür geboren.

Den ersten Vorgeschmack darauf bekam ich auf dem College, wo ich mit *magna cum laude* abschloss und ein paar kleine Auszeichnungen erhielt. Und mein erster Job bei Tyler, Hope and Pitt gestattete mir, ein paar Augenblicke zu glänzen. Aber die erste wirkliche Gelegenheit zu zeigen, was in mir steckte, bekam ich bei The Creative Shop, und darum liebte ich diesen Laden. Wenn ich für jemand anderen arbeiten wollte – was ich definitiv nicht mehr lange tun wollte; es war höchste Zeit, dass wir unsere eigene Werbeagentur starteten –, hätte ich es hier tun wollen. Bis Daz und ich so weit wären, die Welt zu erobern, waren diese cartoongeschmückten Wände mein Heim.

Carnie Brinks steckte den Kopf zur Tür herein.
»Hey, haben wir heute ein Meeting?«
»Später. Die Bean-Ignoranten akzeptieren unsere Kampagne nicht.«
»›Be the Bean‹ gefällt ihnen nicht?«
»Nein. Ist das zu fassen?«
»Arschlöcher.«
»So hat Daz sie auch schon genannt.«

Carnie kam herein und setzte sich mir gegenüber. Obwohl sie als Texterin für mich arbeitete, war »Untergebene« nicht das Erste, woran ich dachte, wenn ich sie ansah. Sie hatte einen College-Abschluss von Swarthmore, hatte an der Columbia ihren Master gemacht und war in The Shop eindeutig auf der Überholspur unterwegs. Außerdem war sie eins sechzig groß, hatte einen olivfarbenen Teint, schwarze Ringellocken, aquamarinblaue Augen und eine sensationelle Figur. Ich glaubte tatsächlich, dass ich mich beruflich nie durch ihre körperlichen und anderweitigen Vorzüge beeinflussen lassen würde, aber ich war ihr bereits fünf Minuten nach unserer ersten Begegnung verfallen. Gleichzeitig war ich überzeugt, dass ich nie etwas in dieser Richtung unternehmen würde. Romanzen im Büro waren grundsätzlich nicht zu empfehlen, und Romanzen zwischen Chef und Untergebener erst recht nicht.

»Ich habe ein paar Ideen zu dem BlisterSnax-Max-Video«, sagte sie. Die BlisterSnax-Leute hatten eine saurere Version des Produkts entwickelt und würden sie nächsten Monat den Vertreibern präsentieren. Sie hatten uns gebeten, ein Fünf-Minuten-Werbevideo für diesen Anlass zusammenzustellen. »Ich will die Vertreiber mit Max bekannt machen.«

»Tja, das ist der Sinn der Sache, oder?«

»Ich meine nicht Max, das Produkt, sondern Max, den Jungen. BlisterSnax-Max, verstehst du?«

»Ist das so was wie Yosemite-Sam?«

»Nein. Ich stelle ihn mir als so einen Strebertypen vor, der eines von diesen Dingern in den Mund steckt, und dann fliegt seine Brille davon, seine Frisur wird modischer und sein Outfit cooler.«

Ich nickte. »Könnte gehen.« Carnie war in der Tat eine Seelenverwandte, und ich schätzte ihre Begeisterung für ihren Job. »Wir reden nach dem Meeting darüber. Ich würde es gerne jetzt tun, aber mir läuft die Zeit davon.«

»Ich verstehe.« Sie stand auf. »Beam war klasse gestern Abend, oder?«

»Ja.«

»Michelle war wie in Trance nach dem Konzert. Sie redete total komisch auf der Taxifahrt nach Hause.«

Mir fiel ein, wie Daz gesagt hatte, dass er etwas in ihren Augen gesehen hätte, doch ich bezweifelte, dass es die Begegnung mit ihm gewesen war, die Michelle in Verzückung versetzt hatte. »Die Show war wirklich gut. Wir müssen unbedingt wieder hin, wenn die Jungs das nächste Mal in die Stadt kommen.«

»Unbedingt.« Carnie lächelte und neigte den Kopf zur Seite. Sie war wirklich hinreißend. »Dann bleibe ich nach dem Meeting da, ja?«

»Ja.«

»Und wann findet das Meeting statt?«

»Etwa in einer Stunde. Ich sag dir Bescheid.«

Sie ging, und ich starrte noch immer auf die Stelle, wo sie gestanden hatte, als Daz hereinkam. Er schaute den Flur hinunter und dann wieder mich an. »Warum gibst du ihr nicht endlich nach?«

»Wem?«

»Deiner aufgestauten Wollust.«

»Das wäre ungesund.«

»Sie zu ignorieren ist ungesund.«

»Da redet der Richtige.«

»Tu, was ich sage, Flaccid, nicht, was ich tue.«

Ich schaute in die Richtung, in der Carnie verschwunden war, obwohl eine Wand meine Sicht blockierte. »Nein, keine Chance.«

»Es gibt immer eine Chance.«

Natürlich gab es eine Chance. Aber das war nicht der Punkt.

Ich wandte mich Daz zu. »Lass uns arbeiten.«

3

Das Kapitel,
in dem es um Toren
und Torheit geht

In The Creative Shop rangiert der 1. April gleichauf mit Weihnachten. Jeder macht mit. Die Rezeptionistin leitet Anrufe an die falschen Leute weiter (natürlich keine wichtigen Anrufe. In Vorbereitung des Events schickt Ron Isaacs am Tag davor ein Memo an die gesamte Belegschaft und nennt darin »die Angelegenheiten, die ernst genommen werden müssen«); jedes Mal kündigt irgendjemand (manchmal auch mehrere Leute, wenn die Aktionen nicht ordentlich abgestimmt sind); jemand klaut sämtliche CDs und tauscht sie gegen Lawrence Welk und Liberace aus (dieses Jahr bekamen wir auch noch Johnny Mathis, was einige von uns tatsächlich ziemlich cool fanden); und mindestens eine Wand in der Lobby wird übermalt, die Darstellungen von Wolverine oder dem Tasmanischen Teufel werden durch ein Foto von Richard Nixon ersetzt. Sogar die Kunden wurden schon einbezogen. Vor zwei Jahren verbrachten Daz und ich einen geschlagenen Vormittag damit, einen neuen Entwurf für den erzürnten CEO eines ungeheuer wichtigen Kunden zu basteln, bis seine Sekretärin anrief und uns erklärte, es sei nur ein Aprilscherz gewesen.

Die Krönung ist jedoch jedes Jahr die Party zum 1. April, die Daz im Grafikergroßraumbüro vor seiner Tür schmeißt. Einmal war formelle Kleidung vorgeschrieben (in welchem Fall der einzige Anzug zu Ehren kam, den Daz in seinem Schrank hat), ein andermal war das Essen aus Plastik (man glaubt nicht, wie viel davon täuschend echt aussieht), oder es wurde alkoholfreies Bier vom Fass ausgeschenkt (was zu amüsanten Variationen alkoholfreier Schwipse führte), und einmal wurde eine Feuerwehrübung durchgeführt. In jedem Jahr gibt es Donuts, obwohl Daz sich standhaft weigert, den Grund dafür zu offenbaren, und einen Pappkameraden, der von einem der Tische aus mit mürrischer Miene das Treiben beobachtet. Jede Party steht unter einem Motto, das Daz jedoch vorher nicht preisgibt, und es ist nie leicht zu erkennen. Für gewöhnlich muss ich ihn am Ende danach fragen, aber manchmal hat es auch schon jemand erraten. Einmal lag sogar ich richtig, was mich mit unangemessenem Stolz erfüllte. Nachdem die erste Party bei der Belegschaft so gut angekommen war, hatte Steve Rupert angeboten, die nächste auf Firmenkosten laufen zu lassen, doch Daz besteht darauf, sie selbst zu finanzieren.

»Warum sollte der Shop sie bezahlen? Sie war meine Idee«, antwortete er, als ich ihn nach dem Motiv fragte.

»Deine Ideen bringen dem Shop einen Haufen Geld. Wenn sie es anbieten, solltest du es annehmen.«

»Nein. Dann wäre es ja nicht mehr meine Party. Und wahrscheinlich würden sie mir dann in die Details reinreden wollen.«

Daz war ein Ass, was Partys anging. Abgesehen von dieser zum 1. April, veranstalteten wir im Laufe eines Jahres etwa ein halbes Dutzend auf verschiedenen Exzessebenen. Die größte Party war unsere Geburtstagsparty, die sich auf die eine oder andere Weise über die gesamten sechs Tage erstrecken konnte, die zwischen unseren beiden Geburtstagen lagen. Aber Daz brachte es auch fertig, spontan eine Party zu veranstalten, zwanzig oder dreißig Leute in seine Wohnung einzuladen (oder, wenn Videospiele auf der Party gewünscht wurden, in *meine* Wohnung), wozu er einen Karton Tequila kaufte und »den Dingen ihren Lauf ließ«. Und er rühmte sich seiner Fähigkeit, Partys zu konzeptualisieren. Er stellte sogar die ungezwungensten unter ein Motto. Wahrscheinlich hatte es früher auf seinen Kinderpartys übereinstimmend gemusterte Pappteller, Becher, Tischdecken und Süßigkeitentüten gegeben.

In diesem Jahr hatte Daz ungeheure Mengen von chinesischem Essen bestellt, das Großraumbüro mit Duftbäumchen dekoriert, einen Soundtrack mit ausschließlich Ein-Hit-Wundern zusammengestellt und T-Shirts mit den Konterfeis verschiedener Akteure aus »Now and Again« zum Anziehen verteilt, einer TV-Show, die Daz liebte und deren einzige Staffel er sich noch heute regelmäßig auf DVD reinzog.

Ich kam etwa zwanzig Minuten vor Beginn der Party aus meinem Büro, um mir die Ausstattung anzusehen. Daz rückte gerade den Papp-Miesepeter zurecht, den er wie immer auf einer Reihe von Aktenschränken plaziert hatte. Der Bursche sah wirklich unfreundlich aus. Ich hatte keine Ahnung, was Daz so an ihm faszinierte. Der Kerl würde uns den ganzen Tag über das zu seinen Füßen aufgebaute Büfett mit den Speisen und Getränken hinweg anstarren. Ich fand das immer leicht unheimlich, aber das eine Mal, als ich es Daz gegenüber erwähnte, erwiderte er ungewohnt kurz angebunden, dass ich das Geheimnis einfach auf sich beruhen lassen solle.

»Hast du das Motto schon erraten?«, fragte er, als er mich sah.

Ich schüttelte lächelnd den Kopf. Es amüsierte mich, dass er mit solchem Feuereifer bei der Sache war – was natürlich bedeutete, dass er mich damit ansteckte. »Ein bisschen Zeit brauche ich noch.«

Er trat zu mir und überreichte mir ein T-Shirt. »Hast du's jetzt kapiert?«

Ich betrachtete das T-Shirt prüfend und schaute mich erneut im Raum um. »Keine Ahnung.«

Er lachte. »Dabei ist es diesmal *lächerlich* leicht.«

Ich stand beschämt da und fragte mich, ob Daz mich wohl verachtete, weil ich so begriffsstutzig war, was seine Mottos anging. Ich zog das Shirt an und kehrte in mein Büro zurück, nahm mir fest vor, eine halbe Stunde später mit der Lösung des Rätsels herauszukommen. Aber trotz meiner größten Bemühungen versagte ich.

Nicht lange darauf war die Party in vollem Gange. Zu dieser Art Event erschienen die Leute früh. Natürlich besaß alles, was einen von der Arbeit abhielt, große Anziehungskraft, doch auf Daz' Partys bedeutete das akademische Viertel oft, dass man pünktlich erschien. Der Anlass bot der ganzen Belegschaft von The Shop Gelegenheit, sich zu lockern. Alle wurden ein bisschen lauter, ein bisschen verrückter, ein bisschen hemmungsloser.

Etwa eine Stunde nach Beginn tanzte Daz mit Carl von der Poststelle zu »Tubthumping« von Chumbawumba, und Michelle fädelte sich zu mir durch. Sie hatte zwei Bier dabei (echte diesmal, soweit ich es beurteilen konnte) und gab mir eines davon. Michelle war die schönste Blondine, die ich jemals kennengelernt hatte. Während Carnies Schönheit Tiefenwirkung besaß, strahlte Michelles nach außen. Sie erhellte einen Raum buchstäblich, wenn sie ihn betrat. Als Main Media Buyer, Hauptmedieneinkäufer, in meinem Team arbeitete sie täglich eng mit mir zusammen. Dass sie und Carnie sich in meinem Orbit befanden, war eine der angenehmen Randerscheinungen meiner Arbeit für The Creative Shop.

»Hast du schon das XO-Hühnchen probiert?«, fragte sie. »Es schmeckt sensationell.«

»Nein, ich habe es noch nicht bis zum Büfett geschafft.«

Sie nickte in die Richtung des Miesepeters. »Soll ich dir vielleicht was holen?«

Die Frage weckte ein leichtes Unbehagen in mir. »Nein, danke, nicht nötig. Ich komme schon irgendwann hin.« Ich schaute zur Tanzfläche. »Hey, wenn

Daz ›I'm Too Sexy‹ spielt, dann tanzen wir beide, okay?«

Michelle lächelte. »Ich nehm dich beim Wort.« Sie wiegte sich leicht zur Musik. »Hast du das Motto schon erraten?«

»Nein«, antwortete ich ehrlich bekümmert. »Aber ich bin entschlossen, dieses Jahr ohne Hilfe dahinterzukommen.«

Michelle lachte leise. »Vielleicht *gibt* es dieses Jahr gar kein Motto. Es würde Daz ähnlich sehen, uns grübeln zu lassen, bis die Köpfe rauchen, und dann ›April, April‹ zu rufen.«

»Auf diese Möglichkeit bin ich überhaupt noch nicht gekommen«, gestand ich verblüfft. »Jetzt frage ich mich allerdings, warum *Daz* nicht früher darauf gekommen ist.«

Michelle wiegte sich stärker, und ich überlegte, ob sie darauf wartete, dass ich sie aufforderte. Sie war beinahe ebenso graziös wie attraktiv. Als ich gerade etwas sagen wollte, beugte sie sich zu mir. »Ich wollte fragen, ob wir vielleicht irgendwann was trinken gehen können. Es gibt etwas, worüber ich mit dir reden möchte.«

»Klar können wir das«, erwiderte ich, wenn auch ein wenig verdutzt über ihre Bitte.

Sie lachte. »Du solltest dein Gesicht sehen. Es geht um nichts Besonderes, nur um ein paar Dinge, die ich nicht im Büro besprechen will.«

Ich bemühte mich um Lässigkeit. »Du hast recht – für manche Gespräche ist das hier wirklich nicht der richtige Rahmen.« Kaum hatte ich es ausgesprochen, erschien mir meine Erwiderung unangemessen bereitwillig. Ich erwog vorzuschlagen, uns eine ruhige Ecke zu suchen, aber die wäre heute nur schwer zu finden. Wenn ein Kunde den Raum beträte, würden alle sofort auf Profimodus umschalten, aber mit keinem Kunden in Sicht war er einesteils Schauplatz eines Gelages und andernteils Spielplatz.

In diesem Moment kam Gibb, der darauf bestand, an seinem Schreibtisch zu bleiben, obwohl die Party buchstäblich um ihn herumwirbelte, auf mich zu. »Ein Anruf, Rich. Der Typ lässt sich nicht abwimmeln.«

Offenbar jemand, der dieses Shop-Ritual nicht kannte. »Danke. Ich komme gleich.«

Ich schaute zu Michelle, die geistesabwesend auf das Treiben ihrer Kollegen starrte. Ich berührte ihren Arm. »Alles in Ordnung?«

Sie sah mich an und lächelte. Ich ließ meine Hand, wo sie war. »Ja, es geht mir gut.«

»Du sahst aus, als wärst du weit weg.«

»Nein, ich bin hier. Ich habe nur gerade überlegt, ob ich auf die Tanzfläche gehen soll.«

Sie machte gar nicht den Eindruck, als sei ihr noch nach Tanzen zumute. »Wir können was trinken gehen, wann immer du willst.«

Sie nickte. »Danke. Wir machen nachher was aus. Geh telefonieren.«

Ich ging in mein Büro und nahm den Hörer ab. Erst jetzt fiel mir auf, dass Gibb mir nicht gesagt hatte, wer der Anrufer war.

»Hallo?«, fragte ich zögernd.

»Rich?«

»Ja?«

»Hier spricht Noel Keane von Kander and Craft.« Kander and Craft war die fünftgrößte Werbeagentur des Landes. »Haben Sie ein paar Minuten für mich?«

Ich schaltete auf Profimodus um. »Natürlich.«

»Wie läuft es denn so für Sie da drüben?« Keane sprach mit australischem Akzent, der allerdings wie von vielen Jahren New York verwaschen klang.

»Großartig.« Ich ließ mich in meinem Sessel nieder. »Könnte nicht besser sein.«

»Das freut mich zu hören, obwohl es meinen Anruf vielleicht sinnlos macht. Ich hatte gehofft, wir könnten uns in den nächsten Tagen zum Lunch treffen.«

Ich entschuldigte mich für eine Sekunde, um die Tür zu schließen, was mir außerdem Gelegenheit gab, meine Fassung zurückzugewinnen. »Tut mir leid – was sagten Sie gerade?«

»Ich würde mich gerne mit Ihnen unterhalten, wenn das möglich wäre. In unserem Downtown-Büro hat sich etwas ergeben, was Sie vielleicht interessieren wird.«

Ich war verblüfft, dass Kander and Craft nach mir rief. Ich hatte angenommen, dass noch ein paar Jahre vergehen müssten, bevor man mich dort wahrnähme. In diesem Moment dämmerte mir, dass es ein Aprilscherz sein könnte. Der australische Akzent wirkte ein bisschen gewollt.

»Was halten Sie davon, mich am 2. April noch mal anzurufen – dann werden wir sehen, ob es immer noch interessant ist.«

»Wie bitte?« Keanes Ton gab mir wenig Grund zu glauben, dass er scherzte. Ich kam mir wie ein Idiot vor.

»Sie haben es ernst gemeint, ja?«

»Kommt mein Anruf ungelegen?«, fragte er mit einem Unterton, der deutlich machte, dass ein Anruf von ihm *niemandem* jemals ungelegen kam.

»Nein, nein. Entschuldigen Sie. Es wäre mir ein Vergnügen, mit Ihnen zu Mittag zu essen und zu hören, was in Ihrer Firma vorgeht. Sagen Sie mir einfach, wann.«

»Ich hätte *morgen* Zeit, wenn Ihnen das passt.«

Morgen? Ich schaute auf meinen Kalender. Das Arbeitsessen konnte ich problemlos verschieben. »Ja, das geht.«

»Schön. Ist Ihnen das DB recht?«

DB Bistro Moderne. Der Mann wusste, dass man Mäuse mit Speck fing. »Klingt gut. Soll ich irgendetwas mitbringen?«

»Nein, bringen Sie nur sich selbst mit«, antwortete Keane mit einem kleinen Lachen, das ich nicht deuten konnte. »Das ist alles, was zählt.«

»Das werde ich tun. Danke für Ihren Anruf.«

»Ich freue mich darauf, Sie kennenzulernen, Rich. Ich bin sicher, es wird ein angenehmes Mittagessen.«

Nachdem ich aufgelegt hatte, blieb ich noch eine Weile an meinem Schreibtisch sitzen, bevor ich auf die Party zurückging. Ich fühlte mich energiegeladen und gleichzeitig bewegungsunfähig. Noch nie war jemand in einer solchen Weise auf mich zugekommen, obwohl uns natürlich ein paar Leute angesprochen hatten, als wir uns auf den Markt warfen, bevor wir bei The Shop anfingen. Ich musste zugeben, dass es mir gefiel. So musste Michelle sich fühlen, wenn sie eine Bar betrat. Auch wenn sich nichts daraus ergab – und es fiel mir schwer zu glauben, dass sich etwas ergeben würde –, war es irgendwie erregend.

Ich beschloss, Noel Keane im Internet zu checken. Ich ging auf die Website von Kander and Craft und gab seinen Namen ein. Geschockt las ich, dass ich es mit dem Executive Vice President Global Operations zu tun gehabt hatte, dem Mann, der für das Tagesgeschäft der gesamten Firma, aller zwölf Niederlassungen weltweit, zuständig war. Er musste ein Kind haben, das BlisterSnax liebte.

Wenn man ernsthaft eine Karriere in der Werbung anstrebte, musste man sich zumindest am Rande für Kander and Craft interessieren. Sie waren nicht die größte Agentur, aber wahrscheinlich die präsenteste. Die Anzeigen hatten immer einen gewissen Pfiff, und die Agentur sahnte bei jeder Preisverleihung groß ab. Und es war sehr wahrscheinlich, dass ein Spot, den man am Abend zuvor im Fernsehen gesehen hatte und noch erinnerte, von K&C stammte. Sie waren einsame Spitze. Und sie wollten mit mir über etwas reden, was in ihrem Downtown-Büro passierte.

Noch leicht schwindlig von dem Telefonat öffnete ich schließlich die Tür und spähte hinaus. Daz stand etwa fünf Meter entfernt, und als ich aus meinem Büro trat, kam er auf mich zu.

»Alles in Ordnung?«

Ich lächelte und schaute zu dem Miesepeter hinüber. »Ja. Es geht mir gut. Warum?«

»Du hattest deine Tür zugemacht, und jetzt hast du so ein merkwürdiges Leuchten in den Augen.«

Ich schüttelte entschieden den Kopf. »Es war nur ein blöder Aprilscherz eines Kunden.« Ich traf die Entscheidung, Daz nicht einzuweihen, obwohl es mir sehr seltsam vorkam, ein Geheimnis vor ihm zu haben. Ich denke, ich wollte nicht, dass er dachte, dass ich auch nur in Erwägung zog, den Kram hinzuschmeißen, da ich nicht die Absicht hatte, das zu tun. Es war einfacher, das Thema unter den Tisch fallen zu lassen, anstatt Daz einen Grund für Sorgen zu geben, die grundlos waren.

»Ich dachte, du hättest unsere Kunden darauf gedrillt, bei Partys nicht zu stören.«

»Dachte ich auch. Vielleicht muss ich die Peitsche ein bisschen energischer einsetzen.« Mir fiel ein, dass ich das Bier von Michelle in meinem Büro stehen lassen hatte, und ich überlegte, ob ich es holen sollte.

»Du hast den Macarena versäumt«, sagte Daz.

»Das wird mich heute Nacht nicht schlafen lassen.«

»Du hast *Michelles* Macarena versäumt. Das solltest du für den Rest deines Lebens bedauern.«

Ich nickte bekümmert und ließ den Blick wandern. »Die Party ist ein Erfolg. Alle amüsieren sich. Andererseits – wenn man bedenkt, was für ein Tag heute ist, könnte es auch sein, dass sie nur so *tun,* als amüsierten sie sich.«

»Nein, das kann man schon unterscheiden. Leute fangen nicht spontan an, einen Line Dance zu tanzen, wenn sie nur so tun.«

»Ein überzeugendes Argument.«

In diesem Moment kam Chess herüber und reichte mir eine Flasche. »Du siehst aus, als könntest du was zu trinken vertragen.«

Dachte er das, weil ich keinen Drink in der Hand hatte oder weil ich noch immer leicht betäubt von dem Gespräch mit Keane wirkte? »Danke.« Ich stieß mit ihm an und trank einen großen Schluck.

Dann wandte ich mich Daz zu. »Okay, ich gebe auf. Was ist das Motto?«

»Du kommst echt nicht drauf?«

»Keine Chance. Ich hab's wirklich versucht. Du bist einfach zu schlau für mich.«

Er schlug mir auf die Schulter, um mir zu bedeuten, dass er mich deswegen nicht geringer schätzte. »Denk nach. Chinesisches Essen. Ein-Hit-Wunder.« Er deutete auf sein T-Shirt. »Diese tolle Show.«

»Ich weiß nicht. Sachen, die du mehr magst als die meisten anderen Leute?«

»Dinge, die nicht von Dauer sind!«, sagte er langsam und akzentuiert.

»Chinesisches Essen ist nicht von Dauer? Das gibt es schon so lange, wie es Chinesen gibt.«

»Aber eine Stunde nach dem Essen hat man wieder Hunger.«

Ich schüttelte gespielt missbilligend den Kopf. »Das hätte ich erkennen müssen.«

Er lächelte selbstzufrieden und legte die Hand auf meine Schulter. »Komm – stürzen wir uns wieder ins Getümmel. Wenn du ganz brav bist, spiele ich ›Neunundneunzig Luftballons‹.«

Daz mischte sich unter die Menge. Ich folgte ihm und schaute dabei in die Gesichter meiner Kollegen, von denen ich einige seit vier Jahren kannte und viele aufrichtig mochte. Wie könnte ein anderer Arbeitsplatz besser sein als dieser? The Creative Shop war ein Teil von mir geworden, bot mir einen sicheren Hafen. Unter keinen Umständen würde ich ihn verlassen, bis Daz und ich so weit wären, uns auf eigene Füße zu stellen.

April, April.

4

Das Kapitel, in dem es um kostspielige Dinge geht und um Dinge, die nicht so viel kosten sollten

Das DB ist eine Studie in Gegensätzen. Es ist elegant und lässig. Die Speisekarte präsentiert Gewohntes auf ungewohnte Weise. Und die Speisen – von denen viele auf Speisekarten überall in der City in anderer Form erscheinen – kosten hier mehr als in den meisten anderen Lokalen. Tatsächlich scheinen die Preise Teil der Atmosphäre zu sein, als wären die Ziffern auf der Karte eine besondere Art der Dekoration. Ich habe schon öfter hier gegessen und es jedes Mal genossen. Variationen von Geflügelsalat und Steak mit Pommes zu essen und dann eine Rechnung über mehr als einhundert Dollar zu unterschreiben (die The Shop mir erstattete, versteht sich), das gab mir das Gefühl, privilegiert zu sein. Ja, ich weiß, dass das dumm ist.

Das Restaurant war eines von dreien des legendären Kochs Daniel Boulud, und ich war schon in allen dreien gewesen. Andernfalls hätte ich nicht sagen können, den Finger am Puls der New Yorker Restaurant-Szene zu haben. Und ich liebte es, mich in dieser Sphäre zu bewegen. Einer der großen Vorteile meines Jobs war, dass man oft mit einem Kunden zum Essen gehen musste. Und ich spreche nicht von einem Stück Pizza auf der Straße. Ich achtete darauf, immer auf dem Laufenden zu sein, was die angesagten und besten Läden anging, und erfüllte diese Aufgabe mit ungeheurer Begeisterung. Ich liebte es, in tollen Restaurants jeglicher Ausrichtung zu essen. Das war eine der wenigen Prägungen durch meine Eltern, die ich in mein Erwachsenenleben mit hinübergenommen hatte. Wir gingen mindestens zweimal in der Woche zum Essen, als ich ein Kind war, und ich genoss diese Praxis noch mehr, wenn sie sich auf die meisten Wochentage ausdehnte – ganz besonders, seit meine Eltern nicht länger mit von der Partie waren. So oft außer Haus zu essen, bedeutete eine Herausforderung für meine Figur, aber ich absolvierte mit Freuden ein strenges Trainingsprogramm, um nicht darauf verzichten zu müssen. In meinen Augen waren eine Stunde auf dem Crosstrainer und eine weitere halbe Stunde Krafttraining drei- oder viermal die Woche ein fairer Preis dafür.

Das war eines der wenigen Dinge, in denen Daz und ich uns komplett unterschieden. Ich konnte ihn in ein Steakhouse oder ein Spezialitätenlokal schleppen, aber wenn dort mit weißen Tischtüchern gedeckt war, streikte er. Ihm genügten als Abendessen Popcorn oder Doritos oder sein allzeit parater Cap'n Crunch. Ich brauchte eine richtige Mahlzeit, selbst wenn sie in einem geschickt kaschierten Schmuddellokal zubereitet wurde. Allerdings gab es deswegen nie wirklich

Ärger, und ich wusste, wenn ich an einem Abend nachgab, konnte ich mich oft bei einer Verabredung am darauffolgenden entschädigen – und so gut wie immer mit einem Kunden am darauffolgenden Nachmittag.

Ich kam fünf Minuten zu früh ins DB, aber Keane war mir trotzdem zuvorgekommen. Sein Foto auf der Website von Kander and Craft wurde ihm nicht gerecht. Auf dem Bildschirm wirkte er ergrauend und teigig, in der Realität fit und vital. Ich schätzte ihn auf Anfang fünfzig, aber vielleicht war er auch älter und hatte sich nur gut gehalten. Als ich an den Tisch kam, stand Keane auf und schüttelte mir die Hand.

»Tut mir leid, dass Sie warten mussten«, sagte ich.

»Kein Problem. Ich habe bis gerade eben telefoniert. Manchmal ist das außerhalb des Büros einfacher.« Prüfende Augen musterten mich. Er konnte mich nicht anhand eines Website-Fotos mit meiner realen Erscheinung vergleichen. Ich nahm an, dass er einen anderen Maßstab zugrunde legte, und hoffte, dass ich ihm gerecht wurde. »Ich freue mich, Ihre Bekanntschaft zu machen«, sagte er schließlich.

Ein Ober trat an den Tisch, und ich bestellte eine Flasche Mineralwasser. Keane hatte ein Glas Rotwein vor sich stehen. Ich hatte es nach ein paar Versuchen aufgegeben, tagsüber Alkohol zu trinken, da es meine Motivation und Kreativität lähmte. Wenn ich Geschichten über die Drei-Martini-Lunches in früheren Zeiten hörte, fragte ich mich jedes Mal, wie diese Leute danach noch etwas leisten konnten.

»Ich habe einige Ihrer Arbeiten gesehen, Rich.« Keane trank einen Schluck. »Sehr eindrucksvoll.«

»Danke.« Ich wusste, dass er hier war, um mich abzuwerben, und dass Schmeichelei dazugehörte, doch das Kompliment tat mir trotzdem gut.

»Die neue BlisterSnax-Kampagne ist wirklich originell. Und Ihre Fünfzehn-Sekunden-Spots für Smack Racquets waren köstlich.«

Ich lächelte, als ich daran zurückdachte. »Sie waren das Resultat einer besonders intensiven Kreativsession.« Daz und ich hatten die Idee um drei Uhr früh in meiner Wohnung nach stundenlangem Videotennis – »um in Stimmung zu kommen« – geboren.

»Nun, die hat sich gelohnt. Ich bin sicher, dass ich nicht der Erste bin, der Ihnen das sagt.«

Ich schätze, der Unterschied zwischen hohlem und echtem Lob besteht darin, wie die Person das Lob präsentiert. Ob Keane Geschmack hatte oder nicht, konnte ich noch nicht beurteilen, aber er machte den Eindruck eines Mannes auf mich, der meinte, was er sagte. Vielleicht würde es ja doch ein interessantes Gespräch.

Mein Wasser kam, und ich trank einen Schluck. Wir warfen einen schnellen Blick in die Speisekarte, obwohl ich bereits wusste, dass ich einen DB-Burger nehmen würde. Ich glaube nicht, dass mich früher jemand hätte überzeugen können, dass ein Hamburger an die dreißig Dollar wert sein konnte – nicht einmal, wenn jemand anderer ihn bezahlte, aber einmal bestellte ich einen aus einer Laune heraus und war absolut hin und weg. Der Burger – gehacktes Sirloin mit einer Füllung aus geschmorter hoher Rippe, Gänseleberpastete und schwarzen Trüffeln – war eine Offenbarung. Und die Pommes waren auch ziemlich toll.

Wir bestellten (Keane wählte den Rochen), und dann nippte Keane an seinem Glas und beugte sich vor. »Der Grund für meine Bitte an Sie, sich mit mir zu treffen, ist die Tatsache, dass der Creative Director unseres Downtown-Büros in unsere Londoner Niederlassung wechselt. Ich möchte Ihnen anbieten, seinen Platz einzunehmen.«

Ich hoffte inständig, dass er mir nicht ansah, wie fassungslos ich war. Ich hatte erwartet, dass er mir den Posten eines Werbetexters anbieten würde, versuchen würde, mich zu überreden, einen Rückschritt in Kauf zu nehmen, um in eine große Agentur aufzusteigen. Allerhöchstens, hatte ich gedacht, würde er mir einen gleichwertigen Job anbieten (der natürlich entschieden mehr Gehalt bedingen würde). Die Position Creative Director im Downtown-Büro überstieg meine kühnsten Träume.

K&C hatte zwei Büros in New York. Das in Midtown betreute die Mainstream-Kunden und bestand seit Jahrzehnten. Dann, während des Internetbooms, hatten sie das in Downtown eröffnet, um dem lässigeren, schnelleren Stil dieses neuen Mediums zu entsprechen und eine Atmosphäre zu schaffen, die dem ausgefallenen Werbegeschmack dieser Klientel entgegenkam. Seit dem Zusammenbruch hielten sich hartnäckige Gerüchte, dass K&C das zweite Büro schließen und sich ganz auf seine traditionelle Basis konzentrieren würde.

Seit fast drei Jahren beschäftigten sie ihre Angestellten nach dem Rotationsprinzip, und bei K&C-Downtown zu arbeiten war wie ein Rodeo-Ritt auf einem Mustang. Die Frage war nicht, ob man abgeworfen wurde, sondern, wie lange man sich oben halten konnte, bis es passierte, und ob man bei dem Sturz verletzt wurde oder nicht. Sich auf diesen Job einzulassen, war mehr als nur etwas riskant, aber der Name K&C machte sich hervorragend in einem Lebenslauf. Als Keane gestern von dem Downtown-Büro sprach, hatte mich das alles nicht sonderlich interessiert, da ich annahm, dass er über einen untergeordneten Posten redete und das Ganze ohnehin nur ein kleiner, unbedeutender Flirt sei. Doch die Möglichkeit, als Creative Director einzusteigen, änderte die Parameter.

»Ich wusste nicht, dass der CD geht«, sagte ich.

»Wir haben es noch nicht bekannt gegeben. Zurzeit nehmen wir einige Umstrukturierungen vor.«

Ich trank noch einen Schluck Wasser. »Wissen Sie, ich bin sehr gerne bei The Creative Shop. Die Leute sind großartig, und ich arbeite an wirklich guten Projekten. Es wäre eine ganze Menge nötig, um mich zum Wechseln zu veranlassen.« Ich lächelte. »Aber natürlich können wir uns unterhalten.«

Und genau das taten wir während der folgenden Stunde. Bei mehreren Gelegenheiten den Unterschied zwischen meinem derzeitigen Arbeitsplatz und K&C unterstreichend, umriss Keane das Charakteristische der Downtown-Niederlassung. Er sprach über die Kunden, für die sie tätig waren, und berichtete ausführlich über potenzielle Kunden, die sie umwarben (von denen mir einige bekannt waren, da The Shop sie ebenfalls umwarb). Wir redeten über die Mittel, die dem Büro zur Verfügung standen, und über das Bestreben der Geschäftsleitung, dort die Atmosphäre einer kleinen Agentur zu schaffen, die jedoch die volle Unterstützung der riesigen Organisation genoss. Er erklärte mir, dass sie von ihren Creative Directors erwarteten, genau das zu sein – Leute, die Kreativität förderten und lenkten –, und dass sie ihr Bestes taten, um die verwaltungstechnischen Aufgaben dieser Leute auf ein Minimum zu beschränken. Er war sehr überzeugend, machte es mir schwer, nicht zu glauben, dass K&C für jemanden wie mich ein Traum von einem Arbeitsplatz war. Allerdings hatte ich einige Erfahrung damit, wie man etwas hochjubelte.

»Das klingt alles großartig«, sagte ich, »und allein die Tatsache, dass Sie sich mit mir getroffen haben, ist sehr schmeichelhaft. Trotzdem möchte ich zwei Punkte ansprechen.«

»Raus damit.«

»Da sind zunächst die beunruhigenden Dinge, die ich ständig über das Downtown-Büro höre. Ihnen ist sicher bekannt, dass es angeblich kurz vor der Schließung steht.«

Keane lachte mit der entspannten Selbstsicherheit eines Mannes, der sich nicht ins Bockshorn jagen ließ. »Das ist eine Übertreibung. Ich will Ihnen nichts vormachen, dass das Büro den Niedergang der Wirtschaft nicht zu spüren bekommen hat. Und Tatsache ist, dass wir unseren derzeitigen CD nach London versetzt haben, weil er zu wertvoll ist, um ihn gehen zu lassen, wir dort einen wesentlich stabileren Kundenstamm haben und er besser für diese Bedingungen geeignet ist. Aber wir werden Downtown nicht aufgeben. Im Gegenteil. Wir wollen sogar aufdrehen. Um Ihnen die Wahrheit zu sagen – wir müssen bei K&C allgemein ein wenig jünger und frischer werden, und wir sind weiterhin überzeugt, dass das Downtown-Büro als Pipeline dienen kann, die alle zwölf Niederlassungen mit dieser Art von Talenten versorgt.«

»Aber die Situation dort ist nicht gerade stabil«, wandte ich ein.

Er lächelte mich an und schaute auf seine Hände, streckte die Finger aus. »Wenn Sie Stabilität wollen, sollten Sie sich vielleicht einen anderen Beruf suchen.« Er hob den Blick und fixierte mich. »Aber sehen wir uns das Worst-Case-Szenario ruhig an. Sie scheitern bei uns, oder wir beschließen, den Laden zuzumachen. In beiden Fällen gehen Sie mit einer vorab vereinbarten, beträchtlichen Abfindung nach Hause. Und es wäre nicht gerade ein Makel in Ihrem Lebenslauf, bei K&C gescheitert zu sein. Das ist schon vielen erfolgreichen Leuten passiert. Manche betrachten es vielleicht sogar als Übergangsritus.«

Ich nickte. »Das kann ich verstehen.«

Wieder lächelte Keane mich an. Es war offensichtlich, dass es ihm Spaß machte, Leute zu überzeugen. »Sie sprachen von zwei Punkten, die Sie irritieren. Was ist der andere?«

Ich setzte mich aufrecht hin und wurde zum ersten Mal energisch. »Der zweite Punkt ist, dass ich praktisch mein gesamtes Berufsleben lang Teil eines Gespanns bin. Eric Dazman ist ein sensationeller Artdirector, und wir arbeiten hervorragend zusammen. Diesen Schritt zu erwägen wäre sehr viel interessanter für mich, wenn ich ihn mitbringen könnte.«

Als ich Daz erwähnte, versteifte Keane sich. »Kennen Sie Carleen Laster?«, fragte er.

Ich schüttelte den Kopf.

»Carleen ist der Executive Artdirector des Downtown-Büros. Sie ist eine Spitzenkraft. Wir haben derzeit also keinen Platz für Ihren Partner – und ich hoffe sehr, dass sie uns erhalten bleibt.«

Deutliche Worte. Ich wusste nicht recht, was ich sagen sollte. Ob beabsichtigt oder nicht, Keane gab mir das Gefühl, etwas Unaussprechliches ausgesprochen zu haben. Mein Ansinnen, Daz zu K&C mitzubringen, setzte viele Dinge voraus, die ich nicht voraussetzen konnte – unter anderem, dass ich ein Druckmittel in der Hand hatte. Ich schaute auf das letzte Pomme frite auf meinem Teller hinunter, steckte es in den Mund und kaute.

»Haben Sie sonst noch Fragen?« Keanes Ton war abgekühlt, seine Botschaft unmissverständlich: »Wagen Sie nicht, mir jetzt mit einem Thema zu kommen, das dem von eben auch nur im Entferntesten ähnelt.«

»Nicht wirklich, nein.«

Der Ober nahm unsere Teller weg, und Keane fragte mich, ob ich einen Kaffee wolle. Eigentlich hätte ich das Meeting hier enden lassen sollen, aber ich bestellte mir einen doppelten Espresso.

Ich kam mir idiotisch vor, ein bisschen so, als hätte man mir eine Freikarte für ein ausverkauftes Konzert angeboten, und meine erste Reaktion war: »Kann ich auch eine für meinen Freund haben?« Über Daz und mich als »Gespann« zu sprechen, hatte mich in Keanes Augen bestimmt abqualifiziert. Ich war ein kleines Licht, das keine Ahnung hatte, wie große Agenturen arbeiteten, kapierte nicht, was für eine ungeheure Chance mir geboten wurde, und brachte folglich nicht die Voraussetzungen für eine leitende Position in einer so riesigen Agentur mit. Ich war froh, Daz ins Spiel gebracht zu haben – ich wäre mir wie ein Verräter vorgekommen, wenn ich es nicht getan hätte –, aber trotzdem fühlte ich mich, als hätte Keane mich zur Strafe in die Ecke gestellt.

Er blieb höflich, erkundigte sich nach meinen Interessen, die ich ihm so umfassend wie möglich erläuterte, um ihm den Eindruck zu vermitteln, dass ich zumindest ein gewisses Niveau besaß. Ich sprach über Restaurants, über Bücher, die ich gelesen und über kulturelle Ereignisse, die ich in der *Times* erwähnt gesehen hatte. Ich begann zu fabulieren, was ich für gewöhnlich tat, wenn ich einen Kunden beeindrucken musste.

Doch als wir uns kurz darauf trennten, war ich sicher, dass er mich auf seiner Liste durchgestrichen hatte. Er sagte zwar nichts, was darauf hindeutete, erklärte mir sogar, dass er unsere Begegnung genossen habe, aber ich konnte den Ausdruck der Missbilligung nicht vergessen, den ich in seinem Gesicht gesehen hatte, als ich Daz erwähnte.

Es war komisch. Ich war in der Annahme zu diesem Mittagessen gegangen, dass nichts dabei herauskommen würde, und überzeugt, dass nichts, was Keane vorschlüge, mich von meinen gemeinsamen Langzeitplänen mit Daz abbringen könnte. Als ich hörte, dass die angebotene Position meinen Wechsel ins Downtown-Büro bedeuten würde, reagierte ich skeptisch, sah keinen Grund, eine trotz Keanes Beteuerungen beinahe hundertprozentig sinnlose Herausforderung anzunehmen. Aber als ich das Gefühl hatte, es zu vermasseln, zu zeigen, dass ich nicht das Format für eine wirklich große Aufgabe besaß, wurmte es mich, dass ich den Posten nicht bekommen würde, den ich überhaupt nicht haben wollte.

Ich hatte einen Korb von einer Frau bekommen, mit der ich gar nicht wirklich ausgehen wollte. Ich hatte ein Rennen verloren, in dem ich gar nicht laufen wollte. Ich war am Eingang einer Bar abgewiesen worden, in die ich eigentlich nicht hineinwollte. Und all das empfand ich als ein wenig demütigend.

Wenigstens war der Burger gut gewesen.

5

Das Kapitel, in dem es um Anzeichen für Brillanz geht

Am Tag nach meinem Lunch mit Noel Keane machten Daz und ich die ersten Überstunden für die koreanische Auto-Werbung. Wir hatten noch zwei Wochen Zeit bis zur Präsentation, also standen wir nicht unter Druck, aber wir räumten uns gern den Luxus ein, in wirklich grauenvollen Ideen zu schwelgen, bevor wir die Latte höher legten. Oft gab es Peperonipizza zu unserem Brainstorming, denn wir wussten um die bewusstseinserweiternde Wirkung scharfen Essens und hatten beide eine Vorliebe für Anthony's Best, eine vier Blocks vom Büro entfernte Pizzeria. Oft wurde Bier dazu getrunken, aber nur gerade genug, um den Peperonibrand zu löschen.

Ein Treffen mit dem restlichen Team und ein Gespräch über die allgemeine Richtung mit Steve Rupert lieferten uns die Arbeitsgrundlage. Jetzt war es an der Zeit, unseren Einfällen zu folgen. Das war die optimale Methode für Daz und mich. Wir begrüßten Anregungen von anderen, von Zeit zu Zeit sogar kreative Vorschläge, erwogen alles eine Weile und warfen dann unsere grauen Zellen an.

»Erklär mir das noch mal.« Daz kegelte mit dem Spann einen Fußball zum Knie und ließ ihn zurückrollen. Der Ball landete ein paarmal auf dem Boden, was Daz mit Selbstbeschimpfungen begleitete, wonach er es erneut versuchte. »Es ist ein Luxusauto für Leute in den Zwanzigern?«

»Luxusauto ist die falsche Bezeichnung«, antwortete ich irritiert von der Bewegung des Balles und der Tatsache, dass Daz ihn nicht so gut beherrschte wie sonst. Manchmal war er so gut, dass er damit hätte auftreten können. »Es ist eine Limousine. Mit Leder und Holz, damit sie mehr hermacht. Sie versuchen sich zu profilieren. Der Preis liegt im Bereich anderer Mittelklassewagen.«

»Ich verstehe das nicht. Wenn ich ein hübsches Auto will, dann kaufe ich mir einen Jaguar oder einen BMW.«

»Nur, weil du dir einen Jaguar oder einen BMW *leisten* kannst. Aber jetzt stell dir vor, du gehörst zu der großen Mehrheit von Leuten, die nicht das Glück hatten, sich mit einem genialen Kumpel zusammentun zu können und haufenweise Boni zu kassieren. Stell dir vor, du bist jemand, der am Anfang seiner Karriere steht und den Eindruck erwecken will, es bereits geschafft zu haben.«

»Würde ich mir dann nicht einen dieser Sportwagen der mittleren Preisklasse kaufen?« Er fing an, den Ball gegen eine seiner Bürowände zu treten. Dass wir diese

Sessions für gewöhnlich in seinem Büro abhielten, lag in erster Linie daran, dass sich sein Zeichenbrett und sein Computer hier befanden. Ein weiterer wichtiger Grund war jedoch, dass ich keine Lust hatte, mir meine Möbel ruinieren oder meine Sachen vom Tisch kicken zu lassen.

»Ja, *du* würdest dir einen dieser Sportwagen der mittleren Preisklasse kaufen. Aber es gibt Leute auf der Welt, die lieber einen Wagen haben möchten, der sie älter wirken lässt anstatt jünger.«

»Ehrlich?« Er vollführte mit beiden Füßen eine Reihe von Schnellschüssen. Wieder rollte der Ball weg. Daz war eindeutig nicht in Form heute.

»Ja, ehrlich.«

»Kennen wir welche? Ich dachte, einer der Schlüssel zu unserem Erfolg wäre, dass wir nur Kunden betreuen, von denen wir uns vorstellen könnten, ihre Produkte zu verwenden.«

»Ich *kann* mir vorstellen, dieses Produkt zu verwenden.«

Er schoss den Ball noch mal gegen die Wand, fing ihn auf, als er zurückprallte, und schaute mich an. »Wirklich?«

»Ja, wirklich. Na ja, unter gewissen Umständen zumindest. Du weißt schon – wenn ich nicht über Nacht zur Sensation geworden wäre.«

Ich hatte mir in meinem Leben noch nie ernsthaft Geldsorgen machen müssen. Meine Eltern waren beruflich sehr erfolgreich und hatten, wenn sie uns schon sonst nichts gegeben hatten – und es gab viele Momente, in denen ich genau das glaubte –, dafür gesorgt, dass es meiner Schwester und mir materiell an nichts fehlte. Ich bekam meine erste Kreditkarte (natürlich für das elterliche Konto) mit sechzehn. Und obwohl ich es nach der Graduierung ablehnte, mich von ihnen unterstützen zu lassen – es war höchste Zeit für mich, auf eigenen Füßen zu stehen und keine Almosen mehr anzunehmen – und obwohl ich nur mäßig verdiente, musste ich nie fürchten, die Miete nicht bezahlen zu können oder monatelang von Baked Beans leben zu müssen. Und heute war trotz der dicken Hypothek auf meiner Eigentumswohnung und den nicht unbeträchtlichen Kosten für meinen Lebensstil immer reichlich Geld da.

Und wenn ich es mir mit Keane nicht verscherzt hätte, wäre vielleicht bald noch viel mehr da gewesen. Ich hatte Daz noch immer nichts von dem Gespräch erzählt. Zuerst hatte ich es unterlassen, weil ich nicht wollte, dass er sich Sorgen machte, und jetzt wollte ich ihm nicht gestehen, dass ich es vergeigt hatte – obwohl er mich, da ich es quasi ihm zuliebe vergeigt hatte, wahrscheinlich nicht gnadenlos damit aufgezogen hätte.

»Soll das heißen, dass du, wenn du irgendwann erwachsen bist, ein Lincoln Town Car fahren und Polohemden tragen willst?«

Mein Vater fährt einen Lincoln. »Nein. Warum sagst du das?«

»Weil das, was *du* gesagt hast, so klang.«

»Ich habe nichts dergleichen gesagt.«

»Aber es klang so.«

»Könnten wir uns wieder auf die Kampagne konzentrieren?«

»Wenn's sein muss.« Daz begann, den Ball an die Wand zu köpfen, aber nach etwa einer halben Minute hörte er auf und setzte sich hin. »Also gut. Nehmen wir an, es gibt da draußen tatsächlich noch mehr Typen wie den jungen Mr. Rich Flaccid, die dieses Auto haben wollen. Wie machen wir sie heiß darauf?«

»Ich glaube, um das herauszufinden, sind wir hier.«

»Richtig.« Er sprang auf, ließ den Ball jedoch in Ruhe. »Wie sieht der Wagen gleich wieder aus?«

Ich hielt ein Foto hoch.

»Könnte ein Taurus sein.«

Ich drehte das Foto zu mir. »Ja, es könnte wirklich ein Taurus sein. Aber mit mehr Chrom. Und vergiss das Leder und das Holz nicht.«

»Das ist kein Luxusauto.«

»Daz – *bitte* versuch, dich fünf Sekunden zu konzentrieren!«

Er ließ den Ball zweimal auf seinem Kopf auftippen und versenkte ihn dann im Papierkorb. Ich weigerte mich zu zeigen, dass ich beeindruckt war. Wenn ich es Daz jedes Mal wissen ließe, wenn er mich mit irgendetwas beeindruckte, würde sein Ego die gesamte West Side unter sich begraben. Er setzte sich mir gegenüber und fixierte mich mit seinem aufmerksamsten Blick.

»Wann kommt die Pizza?«

»Wenn wir sie bestellen.«

»Du hast sie noch nicht bestellt?«

»Versprichst du mir einen konstruktiven Gedanken in der nächsten halben Stunde, wenn ich sie jetzt bestelle?«

»Bestell sie, dann sehe ich, was ich tun kann.«

Wir schafften es tatsächlich, einen Teil der zwanzig Minuten bis zum Eintreffen der Pizza über das Auto zu reden. Es kam nicht wirklich etwas dabei heraus, aber für Daz und mich war wichtig, mit Ideen zu spielen. Einige unserer besten Einfälle, einschließlich des allerersten Slogans für die BlisterSnax-Kampagne, ergaben sich unmittelbar nach stundenlanger Blödelei. Genau gesagt machte Daz Handstand und plapperte irgendwelche sinnlosen Wörter, als mir bei seinem Anblick der Slogan einfiel: »Get blistered.« Wir waren zwar keine Anhänger der Maxime, dass es keine schlechten Ideen gäbe, aber wir glaubten daran, dass jede schlechte Idee, die wir produzierten, die Chancen auf eine baldige gute Idee vergrößerten. Ganz nach dem Gesetz der Serie.

»Was hältst du davon, wenn wir das Chrom im Licht blitzen lassen?«, fragte ich, während ich mein drittes Pizzastück aß.

»Na, das ist doch mal ein origineller Ansatz!«

»Das wäre er, wenn der *Artdirector* das Licht auf eine neue Art einsetzen würde.«

»Ja, ja, lad nur alles mir auf. Wieder mal sollen heiße Bilder lahme Ideen kompensieren.«

»Hast du irgendeine offene Wunde, in die ich dir diese Peperoni reiben kann?«

»Nur seelische Verletzungen, bitte. Denk dran, die Softballsaison beginnt. Apropos – glaubst du, Chess meinte das ernst, dass sein Schauspielunterricht mit unseren Spielen überlappt?«

Chester Hampton, unter Freunden als Chess bekannt, war der Star-Centerfielder unseres Softballteams. Aber wie bei vielen Gelegenheitsjobbern in der Agentur war sein Gastspiel im Büro nur ein Mittel, solvent zu bleiben, bis der Broadway oder Hollywood ihn riefen. Er hatte mich sogar einmal überreden wollen, ihn in einem unserer Werbespots mitspielen zu lassen, aber ich erklärte ihm, dass er kündigen müsste, damit ich das tun könnte. Damit hatte ich ihn von dieser Idee kuriert.

»Es klang so.«

»Aber er kann nicht spielen. Weißt du noch, wie grottenschlecht er letztes Jahr in diesem Off-off-off-Broadway-Stück war?«

»Wahrscheinlich ist das der Grund dafür, dass er Unterricht nimmt. Für unser Team Fly Balls nachzugehen, zu fangen und weiterzugeben, wird seine Leistungen nicht verbessern.«

»Aber unsere Chancen auf einen Sieg. Wer wird den Cleanup schlagen, wenn Chess dieses Jahr nicht als Centerfielder für uns spielt?«

»Sieht so aus, als müsste das dann der Mann mit der Sauce am Kinn übernehmen.«

Daz wischte sich mit einer Serviette das Kinn ab. »Das geht nicht. Du brauchst mich zum Tischdecken. Wenn ich das nicht mache, hat der Cleanup Batter nichts zum Abräumen.«

Ich hob die Hände. »Schau nicht mich an. Ich bin wegen meines strategischen Denkens und meines gelegentlichen langen Singles dabei.«

Daz lachte schallend. »Du solltest im Wörterbuch nachsehen, was das Wort ›gelegentlich‹ bedeutet. Ich glaube, um als gelegentlich angesehen zu werden, muss etwas öfter als einmal in einem Jahrhundert passieren.«

Ich grinste ihn an und schlug dann mit der flachen Hand auf den Tisch. »Hey, was hältst du davon, das Wort ›gelegentlich‹ in der Auto-Kampagne zu verwenden? So in der Art ›Weil Ihr Leben keine gelegentliche Sache ist‹.«

»Was soll das bedeuten?«

»Was soll ›Tu's einfach‹ bedeuten?«

»Es bedeutet *tu's einfach*. Das können die Leute verstehen. Aber ›gelegentlich‹?« Spöttisch schüttelte er den Kopf. Während er ein paar Bissen Pizza aß, dachte er über etwas nach. Das konnte alles Mögliche sein, angefangen von seiner nächsten Stichelei über unsere Centerfield-Krise bis hin zu der Frage, ob wir das nächste Mal die Pizza mit extra Käse bestellen sollten.

»Wie wär's, wenn wir zu der Chrom-Idee zurückkehren«, meinte er schließlich. »Sagen wir, ich komme mit ein paar nie dagewesenen Weltklasse-Lichteffekten, und wir setzen den Slogan ›Nur Ihre Zukunft ist strahlender‹ dazu.«

Ich ließ den Pizzarand sinken, an dem ich knabberte. »Das könnte gut werden.«

Er zuckte mit den Schultern. »Es sprudelt einfach so aus mir heraus.«

»Ich meine, es ist wahrscheinlich Mist. Aber es könnte auch gut werden. Würdest du das auch für eine Print-Anzeige hinkriegen?«

»Farbe oder schwarzweiß?«

»Beides.«

»In Farbe kein Problem. Schwarzweiß könnte schwierig werden. Ich brauche mindestens drei Stunden, um es zu schaffen.«

»Nimm dir vier und mach's perfekt.« Ich lehnte mich in seinem Schreibtischsessel zurück.

Daz holte den Fußball aus dem Papierkorb. »Hey – wie heißt das Auto gleich wieder?«

»Sie wollen, dass wir uns einen Namen ausdenken.«

»Wow! Wir dürfen ein Auto taufen? Das ist wie ein kleiner Moment der Unsterblichkeit. Auch wenn die Karre irgendwie merkwürdig ist.«

»Sie wussten, dass es dich glücklich machen würde. Also – wie nennen wir ihn?«

»Was sagst du zu ›Lumina‹?«

»Gibt's schon.«

»›Shimmer‹?«

»Kein Pfiff.«

»›Brillante‹.«

»Ich glaube, mir kommt die Pizza hoch.«

Daz warf den Fußball nach mir. »Hey, ich habe mir die Kampagne einfallen lassen – du lässt dir einen Namen einfallen.«

»Genau genommen war die Kampagne meine Idee – du hast sie nur noch verfeinert.«

»Wie auch immer. Hör zu, ich bin erledigt. Machen wir Schluss für heute.«

»Du bist erledigt? Es ist halb neun!«

»Aber ich bin echt müde. Wir haben heute Abend doch schon genug getan, oder?«

»Ja, wahrscheinlich.« Ich klappte die Pizzaschachtel zu und reichte Daz das letzte Stück. Ich aß immer drei Stücke und er fünf.

»Ich will's nicht.« Er hob die Hände. »Iss du's.«

»Du willst keine Pizza mehr?« Ich griff zum Telefon. »Meinst du, wir kriegen das noch in die Elf-Uhr-Nachrichten?«

»Es ist eine Ausnahme.«

Ich legte auf. »Bist du zu müde für ein paar Runden Search and Destroy?«

Daz lächelte. »Wann war ich dafür jemals zu müde?«

Ich gebe offen zu, dass ich nur wegen der Explosionen mitmachte. Search and Destroy ist ein PlayStation-2-Spiel ohne nennenswerte Handlung (zwei Teams von Aliens versuchen einander zu dezimieren), Herausforderung (jeder mit einer bescheidenen Auge-Hand-Koordination kann eine beträchtliche Anzahl von Aliens durch Strahlerschuss töten) und sozialen Wert. Aber die Explosionen (und von denen gibt es reichlich) sind spektakulär – besonders auf meinem 42-Zoll-Plasmafernseher. Die Musik ist auch nicht zu verachten, eine Kombination aus Speedmetal und Thrash, bei der ich mich wieder wie sechzehn fühle, und meine Bang-und-Olufsen-Anlage optimiert den Klang.

Daz und ich waren Zen-Meister von Search and Destroy, spielten manchmal bis spät in die Nacht und gönnten uns kaum Pinkelpausen. Wir haben das Spiel schon beim Abendessen gespielt, beim Brainstorming, bei Sportreportagen und sogar einmal bei einem Doppeldate, das sich als nicht befriedigend herausstellte.

Um neun waren wir in meiner Wohnung, und zehn Minuten später war das Spiel bereit. Daz übernahm die Rolle von Admiral Krus von der Flurg Republic. Ich war Blitar, der vanzianische Schurke, dem niemand trauen konnte.

»Ich fasse es nicht, dass du dir Blitar ausgesucht hast«, spöttelte Daz. »Der hat doch keine Chance.«

»Du meinst, Krus ist die bessere Wahl? Was wird der fette alte Kerl tun – mich vollfurzen?«

Daz beugte sich vor und ließ seinen Game-Controller klicken, obwohl sich noch gar nichts tat. »Wir werden ja sehen, wer am Ende noch auf den Füßen steht.«

Ich startete das Spiel. »Keine Sorge, Daz. Blitar wird sehr respektvoll auf Krus' Leiche pissen.«

Daz grinste mich an und wandte sich dem Bildschirm zu. Innerhalb von Sekunden waren wir voll im Geschehen. Blitar schlug in der trostlosen Wüste von Wizhn'h't das Lager auf, und er und seine Armee griffen den Feind hinter den hitzeglühenden Walls of Defiance hervor an, elektronisch verstärkten Festungsmauern, die Blitar freie Sicht auf die gegnerischen Streitkräfte ermöglichten, während sie ihn vollständig abschirmten. Ich zerlegte gleich zu Anfang Dutzende von Krus' Soldaten durch Pulsgewehrfeuer. Dann holte ich in einer Technicolor-Orgie, die mir jedes Mal wieder Jubelrufe entlockte, zwei von Krus' Lichtschiffen herunter.

Doch dann erwischte Daz mich kalt, als Krus ein Partikelflankenmanöver bewilligte. Hunderte seiner Soldaten wurden atomisiert und materialisierten sich hinter meinen Linien wieder. Es war ein gefährliches Manöver, auf das hin ich die Materialisierung hätte unmöglich machen können, wenn ich es hätte kommen sehen. Aber ich war völlig überrascht, und plötzlich befanden wir uns in einem der blutigsten Feuergefechte, die wir uns jemals geliefert hatten.

Ich saß in der Falle und blickte einer demütigend schnellen Niederlage entgegen, als das Telefon klingelte. Ich drückte die Pausentaste meines Joysticks.

»Ich kann nicht glauben, dass du da jetzt drangehst«, protestierte Daz. »Ich wollte dich gerade vaporisieren.«

»Genau das solltest du glauben«, erwiderte ich mit gespielter Gelassenheit. »Vielleicht nutzt du die nächsten paar Minuten dazu, dir zu überlegen, was bei deinem kleinen Plan schiefgehen könnte.« Natürlich hatte ich keinerlei Gegenmaßnahme im Kopf, und er würde mich in Stücke sprengen, sobald wir weiterspielten. Aber ich war es einfach meinem Selbstwertgefühl schuldig, ihn glauben zu lassen, dass ich ein Ass im Ärmel hatte.

Das Schnurlose klingelte und klingelte, bis ich es endlich im Schlafzimmer entdeckte.

»Ich hoffe, mein Anruf kommt nicht ungelegen, Rich.« Ich erkannte Keane sofort an seinem Akzent.

»Nein, nein, überhaupt nicht. Ich habe nur Besuch von ...«, im letzten Moment fiel mir ein, dass es vielleicht taktisch unklug wäre, Daz' Namen zu erwähnen, »... einem Freund.«

»Schön, dass ich Sie nicht störe. Ich möchte Ihnen noch einmal sagen, dass ich unser gemeinsames Mittagessen gestern sehr genossen habe.«

»Im Ernst?«

Ich hörte ihn leise lachen. »Sie klingen überrascht. Haben Sie es nicht auch genossen?«

»Doch, natürlich.« Ich konnte nur hoffen, dass meine Unsicherheit nicht zu hören war. »Man weiß nur nie, was ein anderer denkt.«

»Sie sind ein intelligenter Bursche, Rich, und Sie haben viele richtige Fragen gestellt. Ich habe Curt Prince von unserem Gespräch erzählt, und er fragte, ob ich ein Zusammentreffen zwischen Ihnen und ihm arrangieren könnte.« Curt Prince war für Werbeleute, was Eric Clapton für Gitarristen war. Er war brillant, mächtig, von seinesgleichen bewundert und absolut allgegenwärtig in der Branche.

»Ja, natürlich«, sagte ich, während ich zu errechnen versuchte, wie viel ich für ein solches Treffen bezahlen würde. »Ich würde ihn sehr gerne kennenlernen.«

»Dann sorgen wir doch dafür, dass es dazu kommt. Nächsten Dienstag beim Lunch?«

Es erschien mir etwas merkwürdig, dass diese supermächtigen Werbeleute so viele freie Mittagspausen hatten (ich war im April fast ausgebucht), aber ich beschloss, nicht zu diskutieren. »Ich werde es möglich machen«, versprach ich, ohne meinen PDA zu Rate zu ziehen.

»Sehr schön. Ich lasse Sie wegen der Details am Dienstagvormittag von meinem Assistenten anrufen.«

Nachdem wir ein paar Artigkeiten ausgetauscht hatten, beendeten wir das Telefonat, aber ich blieb noch ein paar Minuten auf meinem Bett sitzen. Ich brauchte einfach Zeit, um das zu verdauen. Wie hatte ich Keanes Ausdruck am Ende unseres Mittagessens als »Ich wünsche Ihnen noch ein schönes Leben« missdeuten können? Und als er meinte, ich hätte viele richtige Fragen gestellt – meinte er damit auch die bezüglich Daz? Ich musste das überdenken. Und ich musste mich fassen, bevor ich ins Wohnzimmer zurückkehrte. Wieder ein Gespräch, von dem ich Daz nichts erzählen konnte. Diesmal, weil ich ihm von dem ersten nichts erzählt hatte. Allmählich wurde es kompliziert. Schließlich stand ich vom Bett auf.

»Na, hast du inzwischen deine sämtlichen Möglichkeiten durchdacht?«, fragte ich, als ich ins Zimmer kam. »Nicht, dass es eine Rolle spielt, denn du weißt nicht, was für ein Ass ich im Ärmel habe.«

Als ich zu Daz schaute, sah ich, dass er zurückgelehnt auf dem Sofa schlief. Um Viertel vor zehn. Das war noch nie da gewesen. Ich erwog, ihn einfach schlafen zu lassen, aber seine Körperhaltung sah nicht bequem aus. Ich versuchte, ihn zurechtzurücken, aber er war zu schwer. Also rüttelte ich ihn wach. Er öffnete die Augen, wirkte jedoch völlig desorientiert. Er sah in mein Gesicht, schüttelte verwirrt den Kopf. Ich holte ihm ein Glas Wasser.

»Wie lange habe ich geschlafen?«

»Nicht lange. Aber du siehst völlig fertig aus. Du solltest nach Hause gehen und dich hinlegen.«

»Was ist mit dem Spiel?«

»Das läuft uns nicht weg. Ich hatte dich sowieso weggepustet.«

Er stand auf, schien jedoch nicht sicher auf den Füßen zu stehen. Einen Moment lang dachte ich, er würde sich wieder hinsetzen. »Das habe ich aber anders in Erinnerung.«

»Wahrscheinlich hast du geträumt, dass du gewinnst.«

Er fuhr sich mit den Fingern durch die Haare und griff dann nach seinem Sakko. Noch immer machte er den Eindruck, nicht ganz bei sich zu sein.

»Soll ich dich nach Hause bringen?«

Er grinste und sah plötzlich wieder ein bisschen lebendiger aus. »Danke, mein Guter, aber ich denke, ich schaffe es allein.«

»Bist du sicher?«

»Es geht mir gut. Wir sehen uns morgen.«

Daz ging, und ich setzte mich aufs Sofa. Auf einem der Kissen war noch der Abdruck seines Kopfes zu sehen. Ich hatte wirklich nicht lange mit Keane telefoniert. Daz musste gleich eingeschlafen sein, nachdem ich das Wohnzimmer verlassen hatte.

Ich beendete per Taste die Pause des Spiels, und auf der Stelle wurde meine halbe Armee von Streamflash durchbohrt.

Ich schaltete auf Kabel um und ließ mich auf MTV von »The Osbornes« berieseln, während ich darüber nachdachte, wie seltsam es war, dass Daz einfach so einschlief. Vielleicht war er in der Nacht davor lange auf gewesen. Vielleicht mit einer Frau, von der er mir nichts erzählt hatte.

Nein, das sähe ihm nicht ähnlich. Wenn es nicht einen zwingenden Grund dafür gab. Daz hatte keine Geheimnisse.

Aber ich normalerweise auch nicht.

6

Das Kapitel,
in dem es um eine
Neuorientierung geht

Als ich am nächsten Morgen bei Daz klingelte, machte er nicht auf. Also benutzte ich wieder meinen Schlüssel und rüttelte Daz wach, was mich einige Mühe kostete. Es war nicht das erste Mal. Nicht einmal das zwanzigste. Aber ich rechnete nie damit. Immerhin war er für gewöhnlich zumindest bei Bewusstsein, wenn ich zu ihm kam, wenn er sich auch nicht besonders schnell bewegte.

»Bist du okay?«, fragte ich, als er sich in Zeitlupentempo im Bett aufsetzte.

»Ja. Bloß todmüde.«

»Du siehst beschissen aus.«

»Danke. Du bist auch eine Augenweide.«

Ich kleidete mich grundsätzlich formeller als Daz, da ich mittags meistens Verabredungen zu Arbeitsessen hatte und man in den Restaurants, die ich dafür wählte, nicht auf Flanell stand. Heute war ich noch konservativer angezogen, denn die Hansons wurden in der Agentur erwartet. »Um zehn kommen die Sparkle-

Bean-Leute. Du hast also noch anderthalb Stunden. Meinst du, du schaffst das?«

Er hielt sich den Kopf. Wenn ich es nicht besser gewusst hätte, hätte ich ihn für verkatert gehalten. »Ist ja gut. Ich stehe auf.« Er schlug die Decke zurück und präsentierte sich ungeniert. Als er aufstand, atmete er tief ein und verharrte so lange regungslos, dass ich schon dachte, er würde sich gar nicht mehr vom Fleck rühren, doch schließlich schlurfte er ins Bad.

Der Kontrast zwischen dem lebhaften Daz gestern Abend im Büro und diesem Daz war unglaublich. Er wurde nicht oft krank – was angesichts der Art und Weise, wie er sich ernährte und seinen Körper vernachlässigte (geradezu himmelschreiend für einen Mann, der sich als Sportler sah), an ein Wunder grenzte –, aber wenn es ihn erwischte, dann richtig. Manchmal fragte ich mich, ob es ein Schrei nach Mitleid war. Er wusste, dass er dann von mir verwöhnt wurde und Michelle oder Carnie ihm Suppe oder Hustenbonbons oder sonst was vorbeibrachten. Es war so gut wie unmöglich, nicht so zu reagieren, wenn dieser knuddelige Welpe Schwierigkeiten hatte, aus seinem Körbchen herauszukommen. Aber diesmal wusste ich, dass er mir nichts vormachte. Diese Blässe konnte er nicht spielen.

Das Wasser in der Dusche begann zu rauschen, und ich aß im Wohnzimmer meinen Bagel. Als Daz eine Viertelstunde später noch nicht erschienen war, um sich einen kleidungstechnischen Rat bei mir zu holen oder mir zu zeigen, welche Zahnbürste er heute benutzte, ging ich ins Schlafzimmer, um nach ihm zu sehen. Das Wasser in der Dusche lief noch immer. Ich klopfte. Als er nicht antwortete, öffnete ich die Tür. Daz lehnte in der Kabine an der Wand und ließ sich das Wasser aufs Gesicht prasseln.

»Ich glaube, ich melde mich heute krank«, sagte er, als er mich sah.

Er trocknete sich ab, legte sich nackt ins Bett und zog die Decke bis ans Kinn. Er sah wirklich schlecht aus, als hätte ihn die Grippe erwischt oder so was. Am elendsten hatte ich ihn mit einer Lebensmittelvergiftung gesehen, die er sich, als wir in Hell's Kitchen wohnten, in einer Rund-um-die-Uhr-Taqueria zugezogen hatte, in die er um drei Uhr nachts eingefallen war. Er kotzte zwei Tage lang, und in den kurzen Pausen lag er in Fötusstellung im Bett. So schlimm schien es diesmal nicht zu sein, doch er stöhnte immer wieder gottserbärmlich.

»Tut mir leid wegen SparkleBean«, sagte er mit fremder Stimme.

»Dann muss ich sie eben allein vom Hocker reißen. Dir ist natürlich klar, dass ich unter diesen Umständen die Lorbeeren für unsere neue Idee allein kassiere.«

»Das liebe ich an dir, Flash.«

»Ich bin sicher, ich schaffe das auch ohne dich.«

»Klar schaffst du das. Ich würde wahrscheinlich sowieso nur alles verderben, indem ich einen der Hanson-Boys einen Dinosaurier nennen würde.«

»Das kommt bei den meisten Kunden schlecht an.« Ich musterte ihn kritisch. Sein Blick erschien mir nicht ganz klar. »Hast du einen Wunsch?«

»Dass morgen wäre.«

»Ich werde sehen, was ich tun kann.«

Ich ging in die Küche und goss Milch in einen Thermosbecher, nahm die Schachtel Cap'n Crunch aus dem Schrank und stellte beides auf den Nachttisch, damit Daz etwas in Reichweite hatte, falls er irgendwann Hunger bekäme.

»Danke«, sagte er. »Du bist eine liebe Mommy.«

»Das sagen die Frauen mir auch immer. Ruf mich an, wenn du was brauchst.«

»Ich glaube, ich brauche nur Schlaf.«

Ich holte die TV-Fernbedienung, legte sie auf das Kopfkissen neben seinem und ging. Trotz all dem war ich früher im Büro als sonst.

Am Abend hatten Michelle und ich unser Drink-Date. Seit sie auf der Party am 1. April davon gesprochen hatte, hatte ich darüber nachgedacht, worüber sie wohl mit mir reden wollte. War sie unglücklich in ihrem Job oder mit mir als Vorgesetztem? Würde sie mir gestehen, dass sie eine Schwäche für Daz hatte? Oder für mich? Und würde ich in letzterem Fall augenblicklich mein Prinzip vergessen, nichts mit einer Kollegin anzufangen?

Ich musste zugeben, dass ich sie in mehrerlei Hinsicht interessant fand. Natürlich stellte ich mir vor, mit ihr auszugehen. Ich stellte mir sogar vor, wie es im Bett mit ihr wäre. Aber wie bei Carnie und dem übrigen halben Dutzend toll aussehender Frauen in The Shop beherrschte ich mich. Ich hielt es einfach für unpassend, jemanden anzubaggern, mit dem ich zusammenarbeitete. Aber wenn *sie* auf *mich* zukäme, würde das diese Regel doch außer Kraft setzen, oder?

Natürlich gab es da noch zu bedenken, dass Daz Interesse an ihr zeigte – ein Interesse, das er mir gegenüber nun schon seit einem halben Jahr bekundete. Andererseits fand ich, dass ich, nachdem er in diesem halben Jahr keinerlei Anstalten gemacht hatte, Michelle sein Interesse in irgendeiner Form zu vermitteln, nicht verpflichtet war, mich zurückzuhalten, falls sie jetzt Interesse an *mir* zeigte. Ich hatte im Laufe unserer Freundschaft schon oft erlebt, dass Daz sich eine Frau aus dem Kopf schlug, und obwohl er kürzlich erwähnt hatte, etwas in Michelles Augen gesehen zu haben, schien er auch in diesem Fall dazu entschlossen. Was bedeutete, dass ich, wenn Michelle sich mit mir verabredet hatte, um mir zu eröffnen, dass sie ohne mich nicht leben könne, der Natur vielleicht ihren Lauf lassen würde.

Seit meiner Rückkehr in den Raum New York war mein Liebesleben bestenfalls als unbeständig zu bezeichnen. Ich suchte nicht ernsthaft nach einer Partnerin für eine feste Beziehung, und niemand schien erpicht darauf, mich zum Umdenken zu bewegen. Die Zeit, die ich mit Arbeiten zubrachte, machte es mir schwer, außerhalb der Agentur Frauen zu begegnen, und da ich mit denen in der Agentur nicht ausgehen wollte, bedeutete das, dass die meisten Versuche (die nur selten gutgingen) entweder durch Kuppelei zustande kamen oder durch Besuche in Bars oder Clubs (was manchmal auf beinahe komische Weise schieflief).

Da ich genug anderes im Kopf hatte, litt ich nicht unter der Situation, obwohl ich gegen ein bisschen mehr Sex nichts einzuwenden gehabt hätte.

Ich hatte viele weibliche Freunde, von denen ich alles bekam, was man sich platonischerseits wünschen konnte, und ich musste mir nie Sorgen machen, meinen privaten Terminkalender vollzukriegen. Doch in den seltenen Momenten, in denen ich mir gestattete, dieses Szenario weiterzuspinnen, fand ich die Vorstellung, mit vierzig noch immer an derselben Stelle zu stehen, ziemlich deprimierend.

Abgesehen von einem Anruf bei Daz, um zu hören, wie es ihm ging (er war inzwischen ins Wohnzimmer umgezogen, aß Salt-and-Vinegar-Kartoffelchips und schaute sich auf Toon Disney einen »Duck Tales«-Marathon an), und um ihm von dem Meeting mit den Leuten von SparkleBean zu berichten (das phantastisch gelaufen war und bei dem ich Daz entschuldigte und ihnen erzählte, dass der neue Ansatz allein seine Idee gewesen sei, ohne das Wort Dinosaurier fallenzulassen), dachte ich den ganzen Nachmittag über mein bevorstehendes Treffen mit Michelle nach.

Wir gingen ins Feel, eine Bar an der 10th Avenue. Sie war nicht elegant und alles andere als romantisch, aber das ruhigste Lokal in der unmittelbaren Nachbarschaft, und worüber Michelle auch immer mit mir reden wollte – ruhig war sicher nicht verkehrt.

Auf dem Hinweg redeten wir über Berufliches, und nachdem wir bestellt hatten, brachte ich sie auf den neuesten Stand von Daz' Verfassung. Als unsere Drinks kamen, prostete Michelle mir zu und senkte dann den Blick.

»Ich spiele mit dem Gedanken, nach Indiana zu gehen«, sagte sie.

Sie hatte wegen eines *Urlaubs* außerhalb des Büros mit mir reden wollen? »Dann tu das. Wie lange?«

»Vielleicht für immer.« Sie hob den Blick und fing meinen ein. »Kannst du mir so viel Zeit zugestehen?«

Offen gestanden fiel mir erst in diesem Moment ein, dass Michelle aus Indiana stammte. Sie war so eine typische New Yorkerin. »Warum willst du weg?«

Sie neigte den Kopf zur Seite und rührte in ihrem Drink. »Stört die Bedeutungslosigkeit dich nie?«

»Welche Bedeutungslosigkeit?«

Sie setzte sich aufrecht hin und beugte sich vor. »Die Bedeutungslosigkeit von *allem*. Vielleicht irre ich mich ja, aber ich denke, dein Leben unterscheidet sich nicht wesentlich von meinem – abgesehen vom Einkommen, natürlich –, und ich habe das Gefühl, dass *nichts* passiert. Arbeiten und trinken, arbeiten und trinken. Manchmal schiebt man zwischen dem Arbeiten und Trinken ein Essen in einem anständigen Restaurant ein. Manchmal hört man beim Trinken eine gute Band. Und im Sommer trinkt man zur Abwechslung auf Fire Island.«

»Vielleicht solltest du aufhören zu trinken.«

Sie schüttelte den Kopf. »Was sollte ich denn dann machen, wenn ich nicht arbeite?«

»Und du glaubst, die Lösung ist deine Rückkehr nach Indiana? Was erwartet dich in Indiana?«

»Das *Leben*. Das gilt auch für Minnesota, Delaware

oder Oregon, aber ich komme nun mal aus Indiana. Meine Familie ist dort. Meine unglaublich süße dreijährige Nichte, die ich nie sehe.«

Ich hatte sie noch nie über ihre Familie sprechen hören und war davon ausgegangen, dass sie ihr nicht wichtig war. »Viele Leute meinen, dass New York das Größte ist und alles Übrige bloß alles Übrige.«

Ihre Augen schossen Blitze. »Diese Leute irren sich!«

Das überraschte mich wirklich. Michelle war so weltgewandt, so souverän, wie für Manhattan gemacht. Erst in diesem Moment wurde mir klar, dass, stark genug für diese Stadt zu sein, nicht bedeutete, dass man seine Kraft unbedingt darauf verwenden wollte. »Heißt das, du kündigst?«

»Es heißt, ich möchte, dass du versuchst, mich zum Bleiben zu überreden.«

Wie sollte ich das verstehen? Erwartete sie, dass ich als Argument meine Gefühle für sie ins Feld führte? Das konnte ich nicht tun. »Du hast eine große Zukunft in der Werbung«, sagte ich.

Sie schnitt eine Grimasse. »In Indiana gibt es auch Werbeagenturen.«

»Nicht wirklich.«

»Doch, wirklich«, widersprach sie scharf. »Jedenfalls wirklich genug für mich.«

»Ich glaube, du kannst hier ganz groß Karriere machen, wenn du bei der Stange bleibst.«

Sie zuckte mit den Schultern. »Das ist nicht das A und O für mich, Rich.«

Noch eine Überraschung. Ich schlug einen anderen

Weg ein. »Deine New Yorker Freunde würden dich sehr vermissen.«

»Ihr würdet es verwinden.«

»Aber erst nach einer langen Trauerzeit.«

Sie lächelte unfroh. »Was machen wir aus unserem Leben?«

»Ich glaube, einer von uns denkt zu viel darüber nach.«

Wieder schüttelte sie den Kopf. »Oder nicht genug.« Sie schaute mich bedeutungsvoll an, doch ich verstand die Bedeutung nicht. »Vielleicht genügt mir ja auch ein Kurzurlaub zu Hause. Oder vielleicht kannst du mir für eine Weile deine Eltern leihen.«

»Nimm sie – sie gehören dir.« Ich streckte ihr die Hände hin, um das Angebot zu unterstreichen.

Sie legte die Hand auf meine Schulter. »Das ist sehr großzügig von dir.«

»Du hast sie noch nicht kennengelernt.«

Michelle schaute in die Ferne. »Ich vermisse Tawny«, sagte sie.

»Wer ist Tawny?«

»Der Familienhund. Sie ist schon zwölf, und ich weiß nicht, wie viel Zeit ihr noch bleibt.«

»Tawny ...«, sinnierte ich. »He, warte mal. Heißt euer Hund etwa ›Tawny Dancer‹?«

Sie nickte.

»Und wer von euch war ein so glühender Elton-John-Fan?«

»Dieses Geheimnis nehme ich mit ins Grab.«

»*Du* hast den Hund so getauft?«

Sie lachte. »Damals fand ich das originell.«

»Und der Hund liebt dich, obwohl du ihm das angetan hast?«

»Es ruft doch kein Mensch seinen Hund bei seinem vollen Namen, und außerdem versteht der Hund den Gag nicht.«

»Ich kann mir vorstellen, wie euer Tierarzt hinter vorgehaltener Hand kichert, wenn er sich den Impfausweis ansieht.«

Sie leerte ihr Glas und schleuderte den Tropfen, der darin geblieben war, nach mir. Ich zuckte zurück, und sie kicherte. Dann bedeutete sie dem Kellner, ihr noch einen Drink zu bringen.

»In ein paar Wochen steigt also die große Geburtstagsparty, ja?«

»Die Vorbereitungen laufen bereits. Ich glaube nicht, dass ich die Achterbahn an meinem Portier vorbeischmuggeln kann, aber die Affen dürften kein Problem sein.«

»Gute Musik?«

»Zwei Sampler sind schon gebrannt und vier weitere im Planungsstadium. Im Moment beschäftigt uns die Frage, wie viel Reggae zu viel ist und ob die Leute die subtile Ironie verstehen können, Aretha Franklin Miss Dynamite gegenüberzustellen.«

»Wenn du die Ironie verstanden wissen willst, dann solltest du es möglichst am Anfang tun – vor allem, wenn Daz wieder sein Lebenselixier ausschenkt.«

»Ein gutes Argument – ich werde daran denken.«

Michelles Drink kam, und ich bestellte noch einen,

was mir ein Stirnrunzeln des Kellners eintrug, der sich wahrscheinlich fragte, warum ich es nicht gleich getan hatte, als Michelle ihren bestellte.

»Du denkst doch nicht ernsthaft daran, nach Indiana zurückzugehen, oder?«, nahm ich den Faden wieder auf. Ich wollte wirklich nicht, dass sie ging.

Sie zuckte mit den Schultern. »Es war nur ein Schrei nach Aufmerksamkeit.«

»Betrachte ihn als gehört. Ich möchte nicht rührselig werden ...«

»Gott bewahre.«

»... aber ich würde dich wirklich vermissen. Unsere kleine Gruppe mag vor dem Altar der Bedeutungslosigkeit beten, aber die wäre noch ein gutes Stück bedeutungsloser, wenn du nicht mehr da wärst.«

Sie nahm meine Hand und drückte sie. »Das ist unglaublich süß.«

»Ich meine es ernst.«

»Danke.« Sie trank einen Schluck. »Ich denke tatsächlich oft daran, wegzugehen. Wie gesagt – vielleicht nur auf einen Besuch. Aber bald.«

»Überstürze nichts, okay? Wer weiß schon, was hinter der nächsten Ecke wartet? Vielleicht ist es etwas wirklich Bedeutungsvolles.«

»Wie ein großer Ausverkauf bei Sephora?«

»Genau daran hatte ich gedacht.«

Michelle und ich aßen einen Happen, und dann wollte sie in irgendeinen Club in Hoboken. Sie fragte, ob ich mitkommen würde, aber ich war in diesem Vierteljahr bereits einmal in New Jersey gewesen, und ein weiterer Besuch würde meine Quote übersteigen.

Auf dem Heimweg schaute ich bei Daz vorbei. Er öffnete mir in Boxershorts, und auf seinem Couchtisch stand eine Styroporverpackung von Burgerville. Burgerville behauptete, die besten Burger der Stadt zu haben, doch in meinen Augen waren sie nicht einmal die besten in diesem Block. Ich glaube, Daz liebte sie, weil sie den höchsten Fettgehalt aller Burger im Viertel hatten.

»Hey – schön, dass du da bist«, sagte Daz. »Ich bin schon total irre.«

»Weshalb?«

»Ich spiele Air-Hockey gegen mich selbst, und es ist die Hölle.« Um es zu illustrieren, schlug Daz den Puck von einem Tischende zum anderen, langte hinüber und versuchte, die Scheibe zu stoppen.

»Du dachtest im Ernst, das würde funktionieren?«

Er schaute mich verlegen an. »Ich langweile mich.«

»Ich nehme an, das bedeutet, dass es dir bessergeht.«

»Ja, viel besser«, antwortete er fröhlich. »Ich weiß nicht, was das heute früh war. Komm, lass uns ein Spiel machen.«

Ich nahm den anderen handtellergroßen Schläger und schaute mir den Punktestand an: Der rechte Daz hatte den linken Daz neun zu zwölf geschlagen. Ich fragte mich, ob Daz jetzt innerlich triumphierte oder haderte. Wahrscheinlich beides. Ich musste lachen, als ich mir ausmalte, wie er sich dabei verrenkt hatte, den

Puck mit den beiden Plastik-»Sombreros« hin und her zu schlagen. Das Bild war wesentlich erheiternder als das, das ihn in meiner Erinnerung an die Wand der Duschkabine gelehnt zeigte.

»Ich denke, wir müssen nächstes Wochenende eine Party geben«, sagte er, als wir zu spielen anfingen.

»Wir geben am Wochenende darauf eine *Riesenparty*. Die Idee ist sogar für deine Verhältnisse etwas überzogen, findest du nicht?«

»Es soll ja keine große Sache werden. Nur ein Warm-up, ein Probelauf.«

»Wozu brauchen wir einen Probelauf? Wir schmeißen jetzt schon seit zehn Jahren Partys miteinander.«

Er schoss scharf in meine Richtung, und der Puck prallte von der Bande ab in mein Tor. »Warum gönnst du mir die Party nicht?«, fragte er in ungewohnt scharfem Ton. Ich schaute verblüfft zu ihm hinüber, doch er starrte konzentriert auf den Spieltisch.

Ich wollte ihn nicht verärgern. »Es geht doch nicht darum, dass ich sie dir nicht gönne. Ich finde drei Partys in einem Monat lediglich übertrieben. Aber wenn du unbedingt einen Probelauf haben willst, dann sollst du ihn haben.« Wir spielten weiter. Seine Gereiztheit war verflogen, und ich fragte mich ernsthaft, ob ich sie mir nur eingebildet hatte.

»Ich muss noch ein Motto finden«, sagte er, während er den Puck, nach einer Lücke in meiner Verteidigung Ausschau haltend, auf seiner Seite hin und her schob. Ich kannte diesen Trick und verfolgte die Bewegungen, während wir uns unterhielten.

»Wie wär's mit ›Übertreibung‹?«

»Das würde keiner erraten.«

Nach einem Täuschungsmanöver schlug er in die andere Richtung. Ich schaffte es gerade noch, den Puck zu blockieren.

Ich gewann die Kontrolle und bewegte mich vorsichtig vorwärts, ohne Daz aus den Augen zu lassen. Es war schon vorgekommen, dass er über den Tisch hechtete. Ich wollte schnell schlagen, aber der Schläger traf den Puck nur an der Seite. Daz stürzte sich auf den Puck, doch es war zu spät, und die Scheibe landete weich in seinem Tor.

»Wo hast du denn das gelernt?« Daz schien beeindruckt.

»Ich habe erst angefangen, dir das immense Spektrum meiner Talente zu offenbaren.«

»Mit anderen Worten, es war Zufall.«

»Ja, es war Zufall.«

Erst nach Mitternacht hörten wir auf. Daz schlug mich in den fünf Spielen viermal, aber ich tröstete mich damit, dass ich ihm in zweien davon eine Verlängerung aufgenötigt hatte. Manchmal spielte er mich in Grund und Boden, und so war ich hochzufrieden mit dem Ergebnis.

»Hast du vor, morgen arbeiten zu gehen?«, fragte ich.

»Wenn du darauf bestehst. Es hat mir irgendwie gefallen, den ganzen Tag in der Wohnung rumzugammeln. Vielleicht könnte ich das zum Beruf machen.«

»Nein. Den Stress würdest du nicht aushalten. Dich zwischen Nickelodeon, E! und dem Wetterkanal entscheiden zu müssen, würde nach einer Weile zu anstrengend für dich werden.«

»Da könntest du recht haben. Ich habe heute wegen der ›Duck Tales‹ drei andere Sendungen verpasst.«

»Was ist denn mit dem Videorekorder?«

»Ich hatte keine Kassetten mehr.«

»Du hättest dir doch welche bringen lassen können.«

Er schlug sich an die Stirn. »Daran habe ich nicht gedacht.«

Ich lachte. Es war schön, dass er wieder der Alte war.

»Was liegt morgen an?«, fragte er.

»Nicht viel. Und das ist gut so, denn wir müssen einen Arbeitsplan für SparkleBean erstellen, und Carnie hat ein paar Ideen zu BlisterSnax-Max, über die zu reden ist.«

»Ich werde da sein.«

»Nur, wenn ich dich abholen komme.«

»Ich tue bloß so, als wäre ich abhängig davon, weil ich deine Aufmerksamkeit genieße.«

»Das habe ich schon vor Jahren durchschaut.«

»Hey – was hältst du davon, wenn sich für die Party alle als ihre Lieblingsfigur aus ›Duck Tales‹ kostümieren?«

»Ich glaube nicht, dass viele eine Lieblingsfigur aus ›Duck Tales‹ *haben*.«

»Und wenn sie sich als *meine* Lieblingsfiguren kostümieren?«

»Es gibt Grenzen für das, was andere aus Zuneigung für dich zu tun bereit sind.«
»Tatsächlich?«
Ich schlug ihm auf die Schulter. »Wir sehen uns morgen früh.«

7

Das Kapitel, in dem es um Prinzen geht

Kander and Craft hatten es geschafft, meine Neugier zu wecken. Ich wusste noch immer nicht, wie ich das erste Meeting mit Keane durchgestanden hatte, ohne es zu vergeigen, und ich wusste auch nicht, ob ich interessiert genug war, um aus diesem kleinen Flirt mehr werden zu lassen, doch ich musste zugeben, dass die Aussicht, Curt Prince kennenzulernen, mich ungeheuer reizte.

Bislang kannte ich Prince nur vom Hörensagen. Er hatte eine ganze Vitrine voller Clios und zeichnete für einige der heißesten Werbekampagnen der letzten Jahrzehnte verantwortlich. Er war der größte Regenmacher und hätte Partner in jeder großen Agentur sein können, wenn nicht Chef seiner eigenen, doch er gefiel sich besser in der Rolle des »freischaffenden Genies« bei K&C. Warum, entzog sich meiner Kenntnis. Er hatte sicher seine Gründe. Wie auch immer – die bevorstehende Begegnung hatte etwas von einem Mittagessen mit einem Rockstar oder einem Supermodel.

Ich hätte Daz gern eingeweiht, aber inzwischen hatte ich ihm in dieser Angelegenheit schon so viel verschwiegen, dass ich keine Möglichkeit sah, eine plausible Erklärung dafür zu finden. Also sagte ich mir, dass dies mein letztes Treffen mit K&C wäre. Danach würde ich Daz erzählen, dass ich mit Curt Prince zu Mittag gegessen hatte, er würde mich einen Lügner nennen, ich würde das mit einem Autogramm auf einer Serviette entkräften, und am Ende würde er einen Fußball nach mir schießen. Dann würden wir zu unserer Auto-Kampagne zurückkehren und vergessen, dass dieser Abwerbungsversuch je stattgefunden hatte.

Es wäre nicht das erste Mal, seit wir befreundet waren, dass Daz die Details eines Erlebnisses von mir in Form einer Zusammenfassung erfuhr. Einmal hatte ich eine ganze Liebesbeziehung, während er zu Besuch bei seiner Schwester war. Er war eine Woche weg – Linda war das einzige Familienmitglied, über das er sprach, und ich nahm an, das einzige, das er ertrug; er rief seine Schwester regelmäßig an und erzählte anschließend manchmal eine ganze Stunde von ihr –, während der ich mit dieser Frau, die ich kennengelernt hatte, alle Stadien von verliebt, ernsthaft engagiert, frustriert und letztlich stocksauer durchlief. Natürlich war die Sache mit Kander and Craft damit nicht zu vergleichen, aber ich war ziemlich sicher, dass Daz auf die gleiche Weise reagieren würde. Er würde einen Haufen Fragen stellen, ein paar Witze reißen und der Sache dann einen Platz in unserer gemeinsamen Geschichte zuweisen.

Wie angekündigt, rief mich Keanes Assistent am Morgen an. Er teilte mir mit, dass das Mittagessen im Aquavit stattfinden würde, ein weiteres Lieblingslokal von mir. Es besaß einen traumhaften Speiseraum mit einem Wasserfall und eine skandinavisch inspirierte Küche, die von Marcus Samuelsson, einem der großen Köche des Landes, absolut verblüffend interpretiert wurde. Das Restaurant war eines der echten Originale der City, nicht einfach zu beschreiben und in keine Schublade zu stecken. Mir gefiel, dass die Speisekarte sich täglich änderte und stets Überraschungen bot. Ich war etwas zu früh da und knabberte an einer Scheibe Brot, während ich den Wasserfall fixierte. Es tat mir gut, mich auf die Bewegungen zu konzentrieren und in das hypnotische Untermalungsrauschen via Lautsprecher hineinziehen zu lassen, mir eine kurze Zeit völliger Entspannung zu gönnen. Ich war so versunken, dass ich regelrecht hochschreckte, als plötzlich eine Stimme neben mir sagte: »Meditieren Sie?«

Ich stand lachend auf und reichte Prince die Hand. »Hi. Ich bin Rich Flaster.«

»Das dachte ich mir.« Er nahm meine Hand und schüttelte sie. »Und für den Fall, dass Sie es nicht schon erraten haben – ich bin Curt Prince. »Operations Man haben Sie ja schon kennengelernt, richtig?«

Ich schüttelte auch Keane die Hand.

»Was? Kein Aquavit?« Prince setzte sich. Seine Frage verwirrte mich, doch dann begriff ich, dass er nicht das Restaurant meinte, sondern den Klaren.

»Nein. Ich trinke mittags keinen Alkohol.«

»Ein Aquavit schadet nicht. Nach vieren ist man allerdings betrunken.« Er bedeutete dem Ober, drei Klare von einer Marke zu bringen, die ich nicht kannte, und wandte sich dann wieder mir zu. »Den werden eure Eltern sogar gesund für euch finden«, zitierte er einen Slogan, den ich mir für einen Müsliriegel ausgedacht hatte. »Einprägsam.«

Es schmeichelte mir, dass er sich den Text gemerkt hatte. »Danke.«

»Nein, ich danke *Ihnen*. Eine gute Werbung zu sehen vergoldet mir den Tag.«

Ich lächelte ihn an. »Gerade haben Sie *mir* den Tag vergoldet.«

Prince erwiderte mein Lächeln. Ich wusste, dass er Mitte vierzig war, aber ich wäre nicht darauf gekommen, wenn ich es nicht in der Fachpresse gelesen hätte. Seine Augen blitzten, und seine Gestik und Ausdrucksweise waren die eines Mannes meines Alters – oder sogar eines jüngeren. Mir fiel auf, dass die beiden mich erwartungsvoll ansahen.

»Oh, Sie sind auch sehr gut«, beeilte ich mich zu sagen.

»Danke«, erwiderte er mit einem Nicken. »Das hört man gerne.«

Keane beugte sich vor. »Curts Ego muss stündlich gefüttert werden. Wir haben mehrere Leute in unserem Stab, die allein dafür zuständig sind.«

Prince tätschelte Keanes Arm. »Sie behandeln mich sehr gut.« Er warf Keane einen ironischen Blick zu und schaute dann wieder mich an. »Wie ich von Noel hörte, haben Sie einige Zweifel, was das Downtown-Büro angeht.«

»Habe ich das gesagt?«

»Ich hoffe es, denn er erklärte mir, Sie besäßen einen guten Geschäftssinn, und wenn Sie bezüglich des Downtown-Büros *keine* Zweifel hätten, könnten Sie keinen guten Geschäftssinn besitzen.«

»Nun ja, die Erfolgsbilanz ist nicht berauschend.«

Prince brummte. »Ja. Man könnte auch sagen, sie ist im Keller. Wir bluten finanziell aus und verlieren Kunden an kleine Agenturen, die für uns eigentlich keine Konkurrenten sein sollten.«

Keane kicherte. »Mann, Curt, ich hätte nicht gedacht, dass Sie gleich so deutlich werden.«

Prince hob die Hand. »Ich will Rich zeigen, dass seine Zweifel berechtigt sind, und ich schätze es, dass er so offen seine Meinung äußert.« Der Aquavit kam, und Prince leerte sein Glas in einem Zug. Ich nippte nur an meinem. Der Schnaps brannte, stimulierte jedoch gleichzeitig einige Geschmackspapillen. »Aber offenbar sind Ihre Zweifel nicht so groß, dass Sie nicht an einer Fortsetzung unserer Unterhaltung interessiert sind.«

Ich leerte mein Glas. »Um ehrlich zu sein, bin ich nur hier, um sagen zu können, dass ich mit Ihnen zu Mittag gegessen habe.«

Prince lachte. »Sehr schmeichelhaft. Und totaler Blödsinn. Irgendetwas an K&C fasziniert Sie. Und wissen Sie was? Mich auch. Und das ist der Grund dafür, dass ich beschlossen habe, etwas aus diesem Büro zu machen.«

Wenn Prince mich damit beeindrucken wollte, dann war es ihm gelungen, denn es sprach Bände. Wenn K&C vorhätte, das Büro zu schließen, würden sie keinen wie Curt an Bord holen. Und wenn er nicht glaubte, den Laden hinzukriegen, würde er sich nicht damit befassen.

»Und wissen Sie, wie wir das Downtown-Büro zum Erfolg machen?« Er schaute in sein leeres Glas.

»Ich habe Rich erklärt, das Geheimnis sei finanzpolitischer Konservatismus«, sagte Keane.

»Finanzpolitischer Konservatismus? Quatsch. Was das Büro hochbringen wird, das ist Kreativität. Schnell, Rich – nennen Sie mir drei Spots aus dem letzten Jahr, die vom Downtown-Büro kamen.«

Damit hatte ich nicht gerechnet. Ich hatte zwar in der vergangenen Woche viel über K&C gelesen (wie auch schon in den vergangenen Jahren), aber diese Art Hausaufgaben hatte ich nicht gemacht. »Die Schuh-Kampagne für Sprong, richtig?«

»Die kam in Wahrheit aus dem Midtown-Büro, aber wir versuchten, glaubhaft zu machen, dass sie aus dem Downtown-Büro stammte. Es freut mich, dass uns das bei Ihnen offenbar gelungen ist.«

Ich kam mir vor, als hätte ich bei »Jeopardy« irrtümlich meinen Buzzer gedrückt. Nach einigem Überlegen schüttelte ich den Kopf. »Sorry – es fällt mir keiner ein.«

Prince nickte heftig. »Meine Rede. Wir sind Kander and Craft, um Himmels willen, und Ihnen fällt keine einzige Kampagne ein, die unsere hochkarätige Filiale entwickelt hat. Und warum? Weil keine davon etwas taugte. Ich sage nur Mind Bombs und shred.com und Freewheels.«

»Eure einzige Grenze ist die Schwerkraft«, zitierte ich den Slogan für Freewheels.

Prince zeigte mit dem Finger auf mich, als sei er der Lehrer und ich ein besonders kluger Schüler. »Was war Ihr erster Eindruck, als Sie diesen Slogan hörten?«

Ich entschied mich, ehrlich zu antworten, da Prince das zu erwarten schien. »Ich fand ihn ziemlich daneben.«

»Warum?«

»Weil man Vierzehnjährigen nicht mit Grenzen kommen sollte.«

Prince schlug mit der flachen Hand auf den Tisch. »Genau. Eure einzige Grenze ist die Schwerkraft«, wiederholte er spöttisch. »Scheiße. Ich könnte Ihnen aus dem Stehgreif drei bessere Slogans liefern.«

»Lasst die Schwerkraft hinter euch«, bot ich an.

»Eine echte Verbesserung. Wie wär's mit ›Schwerkraft? Da steht ihr drüber.‹?«

Ich erwärmte mich für diesen Wettstreit. »Schwerkraft? Wir brauchen keine Scheißschwerkraft‹«, sagte ich lachend.

»Oder wir lassen das mit der Schwerkraft ganz. Ich habe eine andere Idee: Spielen wir doch mit dem Namen des Produkts.«

Ich rutschte auf meinem Stuhl nach vorne. »›Freewheels – Freiheit auf Rädern‹.«

Prince lehnte sich zurück. »Ziemlich gut. Stellen Sie sich vor, was Ihnen alles einfallen würde, wenn Sie zehn Minuten darüber nachdächten. Die Burschen, die daran arbeiteten, hatten *drei Wochen!*« Er machte ein Gesicht, als hätte er verdorbenes Sushi gegessen, doch dann änderte seine Miene sich. »Was wollen Sie essen?«

Ich hatte überhaupt nicht registriert, dass Speisekarten vor uns lagen. Nachdem ich mich ein paar Minuten in das Angebot vertieft hatte, entschied ich mich für den Barsch mit schwarzer Olivenkruste an Zitronenconfitschaum. Keane wählte den Salm im Briocheteigmantel an Reisweinschäumchen. (Samuelsson war ein glühender Anhänger der von Ferran Adria in Spanien stammenden Schaum-Kreationen.) Prince bestellte den Gravad Lachs, eigentlich eine Vorspeise, als Hauptgericht.

Während des Essens unterhielten Prince und ich uns über Werbekampagnen, wie alte Freunde vielleicht ihre Meinung über sportliche Schlüsselereignisse oder große Augenblicke der Popmusik austauschten. Die besten Softdrinks-Spots. Die erotischsten Spots aller Zeiten. Die komischsten Versuche aller Zeiten, sexy zu sein. Auch Keane steuerte ab und zu etwas bei, aber ich merkte ihm an, dass das Thema ihn nicht annähernd so faszinierte wie uns beide.

Dann erörterten wir Strategien. Wann eine Anzeigenkampagne am geeignetsten war. Wann man eine Altersgruppe gegen eine andere austauschte. Wann es klug war, über die Köpfe der Zuschauer zu feuern. Und meinen Favoriten: Wie man einen Kunden überzeugte, dass er bekam, was er wollte, wenn man in Wahrheit tat, was man *selbst* wollte. Ich hatte nur sehr selten Gelegenheit, ein solches Gespräch in einer solchen Ausführlichkeit zu führen. Und ich hatte noch *nie* eines mit Curt Prince geführt. Es war, als spräche ich in den späten Sechzigern mit George Michael über Schallplatten oder mit Phil Jackson über Basketballtraining, während die Bulls auf dem Weg zur Meisterschaft waren, oder mit Cameron Crowe über Filmproduktionen, während er »Jerry Maguire« oder »Almost Famous« drehte. Ich tauschte mich mit einem absoluten Meister seines Fachs aus, und das war viel berauschender als vier Aquavits und hatte die gegenteilige Wirkung auf meine Gehirnzellen.

Während wir auf unseren Kaffee warteten, verfielen wir in Schweigen. Prince' Aufmerksamkeit wurde von dem Wasserfall gefangen genommen, die von Keane von der schönen Frau zwei Tische weiter.

»Und wie wollen Sie das Downtown-Büro auf Vordermann bringen?«, fragte ich, als wir unsere doppelten Espressi tranken.

»Als Erstes werde ich einen hochkarätigen Creative Director anheuern. Kennen Sie vielleicht jemanden, mit dem ich reden sollte?«

Ich schaute in meine Tasse. »Möglich.«

Prince beugte sich vor. »Hören Sie, Rich, ich will nicht um den heißen Brei herumreden. Ich spreche nur mit ein paar Leuten über die Angelegenheit. Mir gefällt, wie Sie arbeiten, und mir gefällt, was Sie sagen. Wenn Sie den Hut in den Ring werfen, würde ich gerne mit Ihnen im Gespräch bleiben.«

Ich nickte. »Die Sache klingt sehr reizvoll, und ich weiß zu schätzen, dass Sie mit mir im Gespräch bleiben wollen, es ist nur so, dass The Shop in den letzten Jahren so etwas wie mein Zuhause geworden ist.«

»Es ist Zeit für Sie, Ihr Zuhause zu verlassen.«

Ich schnitt eine Grimasse. »Das weiß ich.«

»Ich verlange nicht, dass Sie sich hier und jetzt entscheiden – und ich mache Ihnen noch kein definitives Angebot. Aber wie klingt das: Verbringen Sie doch das Wochenende mit mir und meiner Freundin in East Hampton. Wir relaxen, wir reden, ich zeige Ihnen eine rausgeschnittene Filmsequenz, bei der sie sich vor Lachen biegen werden, und wir sehen einfach, wie es sich entwickelt.«

Ich traute meinen Ohren kaum. »Sie meinen das kommende Wochenende?«

»Wenn Sie nicht beschäftigt sind, versteht sich. Ich lasse Sie Samstag früh abholen, und Sie bleiben bis irgendwann am Sonntag.«

»Wow. Das ist sehr freundlich von Ihnen.«

»Das macht er nicht bei jedem«, sagte Keane und bedachte Prince mit einem indignierten Blick, von dem ich nicht sagen konnte, ob er scherzhaft oder ernst gemeint war.

Prince verdrehte die Augen, und ich musste lachen. »Okay, ich komme gerne«, sagte ich.

Den Rest der Zeit redeten wir über Belanglosigkeiten, was mir ganz lieb war, weil ich meine Fähigkeit, sachlich zu denken, inzwischen total eingebüßt hatte. Als wir auf die Straße hinaustraten, schaltete Prince sein Mobiltelefon wieder ein und sah, dass er einen Anruf bekommen hatte. Daraufhin verabschiedete er sich schnell und eilte davon. Keane ging mit mir bis zur nächsten Ecke, wo wir entgegengesetzte Richtungen einschlugen.

Auf dem Rückweg ins Büro überschlugen sich die Gedanken in meinem Kopf. Der Job, den ich mir bereits ausgeredet hatte, weil er nicht das Richtige für mich wäre, erschien mir plötzlich ausgesprochen verlockend. Und die Tatsache, dass die Abwerbungsaktion ein Wochenende in den Hamptons mit einer lebenden Legende in der von mir erwählten Branche einschloss, war auch nicht ohne.

Erst kurz vor The Shop wurde mir bewusst, dass ich während des ganzen Essens kein einziges Mal Daz erwähnt hatte. Das war nicht meine Absicht gewesen. Ich hatte mir sogar vor dem Betreten des Restaurants ausdrücklich vorgenommen, noch einmal einen Vorstoß in diesem Punkt zu wagen. Aber dann hatte das Gespräch mich völlig gefangen genommen.

Erst als ich in The Shop aus dem Lift stieg, fiel mir ein, dass Daz am Wochenende mit mir eine Party geben wollte. Ein ehrlicher Mensch hätte die Gelegenheit ergriffen, reinen Tisch zu machen. Ich fing an zu flunkern.

8

Das Kapitel,
in dem es
um Notlügen geht

Ein paar Minuten nach meiner Rückkehr aus der Mittagspause platzte, in einer Hand ein Snickers und in der anderen eine Flasche SparkleBean, Daz in mein Büro.

»Eine *tolle* Mischung«, schwärmte er mit vollem Mund. »Wenn man einen Bissen Snickers mit einem Schluck Limonade kombiniert«, er demonstrierte es, »explodieren die Geschmacksknospen regelrecht. Meinst du, wir sollten die beiden Firmen zu einer gemeinsamen Kampagne animieren? Wer macht Snickers überhaupt?«

Er bot mir an, es auch mal zu versuchen, doch, noch satt von meinem Barsch an Zitronenconfitschaum, lehnte ich ab.

»Arbeiten wir heute Nachmittag weiter an dem *Brillante*?«, fragte Daz und wischte sich den Mund ab.

»Wir nennen ihn auf keinen Fall *Brillante*.«

»Also, ich weiß nicht – mir gefällt der Name immer besser. Ich finde, wir sollten ihn dem Kunden zumindest vorschlagen.«

»Und ich finde, wir sollten vorher noch ein klitzekleines bisschen unsere grauen Zellen anstrengen, denn das kann unmöglich das Beste sein, was uns einfällt.«

Er zuckte mit den Schultern und trank einen Schluck Limonade. »Wenn du meinst. Wann kommst du rüber?«

»Gib mir etwas Zeit. Während der Teambesprechung sind eine Menge Anrufe reingekommen.« In Wahrheit war nur ein einziger Anruf gekommen, aber ich brauchte nach meinem Lunch-Erlebnis einfach eine gewisse Dekompressionszeit. Die Rückkehr in The Shop – und zu Daz – war schwieriger als erwartet.

»Okay. Ich bin da.« Er nahm noch einmal seine gewagte Riegel-Limonade-Mischung zu sich und wandte sich zum Gehen. An der Tür drehte er sich um. »Hey – mir ist ein Motto für unsere Party am Wochenende eingefallen. Was hältst du davon, sie zur Pyjamaparty zu erklären? Die Kostüme wären bestimmt sehr lustig – und aufschlussreich.«

»Klingt gut. Es gibt nur ein Problem: Ich werde nicht dabei sein.«

Er machte ein Gesicht, als hätte ich ihn gebeten, die Ausdehnungsrate des Universums für diesen Augenblick zu errechnen. »Wow. Ich glaube, ich habe noch keine Party ohne dich gegeben, seit wir in New York sind. Ich muss in unserem Vertrag nachsehen, ob ich das überhaupt darf. Warum kannst du nicht dabei sein?«

Ich hatte mir zwar eine Ausrede zurechtgelegt, doch die Leichtigkeit, mit der sie mir von der Zunge ging, bereitete mir ein nicht unbeträchtliches Unbehagen. »Meine Mutter hat heute früh angerufen. Am Wochenende findet bei meiner Tante ein großes Familientreffen statt, und sie besteht darauf, dass ich komme.«

»Und das klingt für dich besser als eine Pyjamaparty?«

»Das interessiert nicht, Daz – es wurde mir keine Wahl gelassen. Du weißt doch, wie meine Mutter ist.« Ich schnitt eine Grimasse, um zu vermitteln, dass mir vor der Fete graute, glaubte mich aus Schuldgefühlen zu diesem Schmierentheater verpflichtet, denn ich war sicher, das Daz über meine heimlichen Verhandlungen mit K&C außer sich wäre und erst recht darüber, dass ich seine Party sausen ließ, um mich am Wochenende mit dem Typen, der unser Team auseinanderreißen wollte, in den Hamptons zu vergnügen.

»Ein verdammtes Pech, dass du das verpasst. Stell dir doch mal vor – ein paar von den Mädels kommen vielleicht in *Teddys!*«

Ich musste lachen. »Du hast eine lebhafte Phantasie. Jetzt verschwinde, damit ich endlich meine Anrufe erledigen kann. Ich komme so in einer halben Stunde rüber.«

Er prostete mir mit seiner beinahe leeren Limoflasche zu und ging. Ich hasste mich dafür, Daz so lieblos weggeschickt zu haben – und ich hasste mich dafür, dass ich nicht den Mut aufbrachte, ihm zu erzählen, was ich dieses Wochenende wirklich vorhatte.

Gleichzeitig war ich, so albern das auch erscheint, ein bisschen sauer auf ihn, weil er es mir so schwermachte. Ich sagte mir, dass ich nicht verpflichtet war, ihm jede Kleinigkeit aus meinem Leben mitzuteilen, und dass er mir hin und wieder einen gewissen Freiraum zugestehen musste. Wir waren beste Freunde, nicht Lebenspartner. Erst als ich laut sagte: »Ich wünschte, er hätte ein bisschen mehr Verständnis«, wurde mir bewusst, dass er kein Verständnis für etwas haben konnte, wovon er keine Ahnung hatte. Aus irgendeinem Grund machte mich das noch saurer.

Ich erledigte den Rückruf und führte noch ein paar weitere Telefongespräche, um einen gewissen Abstand zwischen meiner Mittagspausenunterhaltung im Aquavit und der nächsten beruflichen Aufgabe zu schaffen. Etwa eine Dreiviertelstunde später erschien ich bei Daz. Wir hatten noch nicht lange gearbeitet, als er über Übelkeit klagte.

»Die SparkleBean-Snickers-Kombi war wohl doch nicht das Wahre, was?«, scherzte ich.

»Ja, vielleicht.« Er war blass.

»War das alles, was es heute bei dir zu Mittag gab?«

»Nein – auch noch ein paar Marmeladendonuts. Entschuldige mich – ich muss mal kurz raus.«

Auch das irritierte mich nicht.

An diesem Abend gingen wir nach einem unbefriedigenden Brainstorming zu der Auto-Kampagne – und nachdem Daz versichert hatte, dass sein Magen wieder okay sei – mit Michelle, Carnie, Chess und noch ein paar Leuten aus der Agentur in einen Club namens Mark, der für einen Dienstag erstaunlich gut besucht war.

»Ich bin neugierig, ob wir Mark kennenlernen werden«, schrie Daz gegen den Technolärm an.

»Wer ist Mark?«, fragte ich.

»Der Typ, dem der Laden gehört.«

»Der Typ, dem der Laden gehört, heißt Mark?«

»Heißt der Laden nicht so, weil der Typ so heißt?« Daz grinste.

»Das ist eine dämliche Unterhaltung.«

Wir fanden einen Tisch in der Nähe der Tanzfläche, und Michelle und Carnie sprangen sofort, nachdem sie ihre Drinks bestellt hatten, auf, um zu tanzen. Seit meiner Verabredung mit Michelle fühlte ich mich mehr und mehr zu ihr hingezogen. Als sie mir von ihrer Idee erzählt hatte, in den Mittleren Westen zurückzugehen, hatte sie das irgendwie wertvoller für mich gemacht. Und wie sie sich zu der Musik bewegte, minderte ihren Wert in keiner Weise. Sie sah wirklich sensationell aus, und ich ertappte mich dabei, wieder einmal darüber nachzudenken, wie es wohl wäre, mich mit ihr gemeinsam zu bewegen – allein.

»Sind die beiden die schönsten Mädchen hier, oder sehe nur ich das so?«, fragte Daz.

Chess deutete mit seinem Bier auf eine grazile Asiatin mit bis zur Taille herabfallenden, seidig glänzenden Haaren. »Ich finde, die kann es mit ihnen aufnehmen.«

Mein Blick fiel auf eine Frau in einem schimmernden Neckholder-Top. »Oder die da.«

Daz zuckte mit den Schultern. »Ich weiß nicht. Die beiden sind okay, aber ich finde Michelle und Carnie trotzdem am schönsten. Nicht, dass Schönheit das Wichtigste wäre …«

»Schönheit ist nicht das Wichtigste?«, staunte Chess.
»Das Wichtigste? Nein.«
»Was ist denn wichtiger?«
»Für Daz ist ihre Bereitschaft wichtiger, mit ihm auszugehen.«
»Das ist richtig.«

Wir lachten alle. Wahrscheinlich hatte Daz recht damit, dass körperliche Schönheit nicht das Wichtigste in einer Beziehung war, doch meiner Erfahrung nach war sie eine Voraussetzung. Wenn ich mich nicht körperlich zu einer Frau hingezogen fühlte (und sie sich zu mir), würden wir nie so weit kommen, einander wirklich kennenzulernen. Und wenn ich eine Frau nicht ausgesprochen attraktiv fand, kam sie für mich als Partnerin von vornherein nicht in Frage, gleichgültig, wie interessant sie anderweitig sein mochte.

Die Musik wechselte, und Michelle und Carnie kamen an den Tisch und forderten Daz und mich zum Tanzen auf. Michelle nahm Daz bei der Hand, und ich folgte mit Carnie.

Eine der Schwachstellen meiner Maxime der Ablehnung innerbetrieblicher Affären war die Inkonsequenz, mit Kolleginnen aus der Agentur in Bars zu gehen, mit Kolleginnen aus der Agentur Nächte durchzufeiern oder mit Kolleginnen aus der Agentur zu tanzen. Die Art, wie Carnie und ich miteinander tanzten, war eindeutig erotisch – das wurde mir auf der Tanzfläche sehr bewusst –, aber da wir uns in der Öffentlichkeit befanden und noch andere Leute aus dem Büro da waren, sprach nichts dagegen. Es war ein weiterer Ausdruck unserer bereits bestehenden Beziehung, unserer Freundschaft. Daz, ein besserer Tänzer als ich, und Michelle, die bedeutend besser tanzte als wir alle, bewegten sich ebenfalls ziemlich lasziv, doch mit einer Grazie, die Carnies und meinen Tanzstil vulgär aussehen ließ.

»Sie tanzen gut miteinander, stimmt's?«, sagte Carnie, als sie bemerkte, dass ich die beiden beobachtete.

»Ja.«

»Er ist total vernarrt in sie.«

»Daz? Ja, er hat eine ausgeprägte Phantasie.«

»Vielleicht ist es ja gar keine Phantasie.«

Ich sah Carnie scharf an und hätte beinahe das Tanzen vergessen. »Wie meinst du das?«

»Ich meine, dass Daz ein Riesentyp ist. Das würde wohl niemand bestreiten. Und ganz bestimmt nicht Michelle.«

»Michelle mag Daz?«

»Jeder mag Daz.«

»Aber sie mag ihn mehr, als die meisten anderen ihn mögen?« Ein Anflug von Eifersucht ließ meinen Ton schärfer ausfallen als beabsichtigt.

»Was genau sie denkt, kann ich dir nicht sagen.«

»Du bist ihre beste Freundin und weißt nicht, was sie denkt?«

»Daz ist dein bester Freund – weißt du immer genau, was er denkt?«

Wieder schaute ich zu den beiden hinüber. Es fehlte nur noch, dass sie einander die Kleider vom Leib rissen. »Ja, ich glaube schon.«

»Was er *im Moment* denkt, weiß wohl jeder.«

Daz und Michelle waren völlig ineinander versunken, und obwohl Michelle und ich nichts miteinander hatten, ärgerte mich das.

Als der Song endete, gingen Carnie und ich an unseren Tisch. Daz und Michelle blieben auf der Tanzfläche und kamen mehrere Songs später überraschend mitten in einem Stück von Beam zurück. Daz leerte sein Glas in einem Zug und bestellte sich sofort den nächsten Drink. Er war schweißgebadet. Michelle leuchtete förmlich von innen heraus.

Kurz darauf tanzten Chess und Carnie, und wir anderen unterhielten uns über Nichtigkeiten. Es war ein für uns typischer Abend.

Wir waren noch keine Stunde da, als Daz sich zu Michelle beugte und ihr etwas ins Ohr flüsterte. Sie dachte kurz nach und nickte dann. Die beiden standen auf.

»Wir gehen«, erklärte Daz. Er schwitzte noch immer und trocknete sich mit einem Taschentuch die Stirn. Es war zwanzig Minuten her, dass er von der Tanzfläche gekommen war.

»Wie bitte?«, fragte ich.

»Wir gehen. Ich seh dich morgen früh.«

Ich schaute auf meine Uhr und dann wieder zu Daz hoch. Es war nicht die frühe Stunde, die mich verblüffte, sondern die Tatsache, dass Daz mit Michelle wegging. Nachdem er ihr etwas ins Ohr geflüstert hatte.

»Okay, dann bis morgen früh«, erwiderte ich in einem Ton, der Daz zeigte, dass ich nicht begriff, was hier passierte, und eine Erklärung haben wollte. Er konnte es nicht überhören, nicht einmal in der lauten Bar, aber aus irgendeinem Grund beschloss er, es zu ignorieren.

Die beiden verließen den Tisch, und Michelle ging zu Carnie, die noch immer tanzte, und sagte etwas zu ihr. Carnie wirkte leicht verwirrt und lächelte dann seltsam. Währenddessen schaute Daz quer durch den Raum, und ich hatte den Eindruck, dass er absichtlich nicht in meine Richtung sah.

Ich trank noch etwas, tanzte noch ein paarmal und unterhielt mich angeregt mit Christine aus der Buchhaltung über potenzielle Präsidentschaftskandidaten der Demokraten. Aber insgeheim war ich ziemlich sauer. Daz war einfach mit Michelle verschwunden, ohne sich Gedanken darüber zu machen, wie ich das empfinden würde. Ich hatte ihm von meiner Verabredung mit ihr erzählt, und er musste gemerkt haben, dass sie mehr für mich war als eine Kollegin, wenn ich auch nicht genau sagen konnte, was. Glaubte er wegen ihres Augenausdrucks beim Beam-Konzert ältere Rechte zu haben? Glaubte er, bei meiner Maxime, keine Kolleginnen zu daten, gebe es keine Ausnahme?

Plötzlich fühlte ich mich nicht mehr schuldig, weil ich das Wochenende mit Curt Prince in den Hamptons verbringen und Daz' Party dafür sausen lassen würde. Wenn er sich schofel benehmen durfte, dann durfte ich das auch.

Vielleicht passierte so etwas einfach nach einer gewissen Zeit in einer Freundschaft. Vielleicht hatte Prince recht: Irgendwann musste man weiterziehen, Gewohntes zurücklassen.

Es war schon sehr spät, als ich nach einem Absacker mit Chess in einer weiteren Bar schließlich nach Hause kam. Ich war seit Monaten nicht so betrunken gewesen. Voll angezogen ließ ich mich aufs Bett fallen und schlief mit dem Bild von Michelle in Daz' Armen ein.

In dieser Nacht hatte ich einen sehr plastischen Traum, an den ich mich morgens beim Aufwachen deutlich erinnerte. Höchst ungewöhnlich bei mir. Michelle war in einem String-Bikini in mein Büro gekommen, hatte fast nackt genauso sensationell ausgesehen, wie ich es mir immer vorstellte. Sie schloss die Tür hinter sich, setzte sich mir gegenüber und schlug ihre wohlgeformten, langen, seidenglatten Beine übereinander. Als sie auf unsere Hotelarrangements für eine Geschäftsreise zu sprechen kam, machte ich kühn den Vorschlag, ein Doppelzimmer zu nehmen. Michelle lächelte verführerisch und beugte sich vor. Ihr Bikinioberteil drohte an seiner Aufgabe zu scheitern, und ich machte mich bereit, mit einer Handbewegung meinen Schreibtisch leer zu fegen.

Plötzlich ging ohne vorheriges Anklopfen die Tür auf, und Daz kam herein. Ich wollte ihm sagen, dass er störte, doch er würdigte mich keines Blickes. Stattdessen legte er den Arm um Michelle, küsste sie aufs Ohrläppchen und flüsterte ihr etwas zu. Beide lachten, Michelle stand auf, und Daz schob sie, die Hand auf ihrem Hintern, zur Tür hinaus.

Ich war sexuell frustriert, wie seit meiner Teenagerzeit nicht mehr. Das allerdings war nicht Teil des Traums.

Und meine Frustration wurde noch durch Daz' Weigerung gesteigert, mir zu erzählen, wie es mit Michelle weitergegangen war. »Lass es gut sein«, wimmelte er mich jedes Mal ab, wenn ich ihn darauf ansprach. Ich ging sogar so weit zu sagen, dass ich erwartet hätte, Michelle bei ihm vorzufinden, als ich ihn morgens abholen kam. Das bescherte mir einen vernichtenden Blick, sonst nichts. Daz und ich hatten nicht die Angewohnheit, einander besonders heiße Nächte zu schildern, aber wir informierten einander, wenn eine neue Beziehung begann. Das war eine unserer unausgesprochenen Regeln.

Am Donnerstagabend fand das erste Training unseres Softballteams statt, das zur City Advertising League gehörte. Wir waren nie besonders gut – wir verfügten nicht über genügend Talente, um mit einigen der anderen Werbeagenturen konkurrieren zu können –, aber wir waren immer gut genug, um uns in der Mitte der Tabelle zu halten. Und wir bereiteten uns für jede Saison vor, als würden wir zur Liga-Meisterschaft antreten, obwohl wir wussten, dass das völlig unrealistisch war. Doch wer hätte Spaß daran, sich auf den sechsten Rang vorzubereiten? Aber von dem Moment an, als wir den Platz im Central Park betraten, war offenkundig, dass Daz nicht bei der Sache war.

Er hätte keinen ungünstigeren Zeitpunkt wählen können, um sich von seiner schludrigen Seite zu zeigen. Als Co-Captains waren wir verantwortlich für die Zusammenstellung der Mannschaft, mussten die Stärken und Schwächen unserer Spieler abwägen und aus jedem das Beste herausholen. Man konnte mir zwar vorwerfen, die Sache ernster zu nehmen, als ich es angesichts der Kulisse tun sollte, aber was das Verhalten in Anwesenheit unserer Kollegen betraf, vertrat ich die Ansicht, dass wir als Vorbilder agierten. Wir konnten das Visier öffnen, wenn wir mit engen Freunden aus der Agentur zusammen waren, aber in dem Team waren Leute, die uns nur als leitende Angestellte kannten. Das erforderte ein gewisses Benehmen, und ich würde mich daran halten, egal, was wir taten, und ungeachtet der Tatsache, dass ich von einer anderen Agentur hofiert wurde.

Daz hingegen schien zu glauben, dass die beste Methode, das Team zu leiten, darin bestand, die Wind Sprints auszusitzen, keine Cut-off Throws zu fangen und leichte Ground Balls mit einem angedeuteten Handschuhwinken passieren zu lassen. Ich weiß nicht, inwieweit es unseren Mannschaftskameraden auffiel und was sie davon hielten, aber ich war stinksauer auf ihn und wurde immer frustrierter. Okay, es war ihm vor ein paar Tagen dreckig gegangen, aber seit wann brauchte er so lange, um sich zu erholen? Er ließ sich einfach gehen.

Nach dem Training nahm ich ihn mir vor. »War dir das zu mühsam heute Abend?«

»Wie bitte?«, fragte er, als hätte er keine Ahnung, wovon ich sprach.

Wir verließen den Central Park auf der Westseite und gingen Richtung Uptown.

»Du warst heute echt scheiße.«

»Es war das erste Training«, meinte er lässig. »Sei nicht so streng mit mir.«

»Das war nicht die Tour de France – es war Softball für Arme. Ich habe keine Topform von dir erwartet, nur ein bisschen Engagement.«

Er schnitt eine Grimasse. »Ich habe getan, was ich musste.«

Je gleichgültiger er reagierte, umso wütender wurde ich. »Einen Dreck hast du getan! Du sahst aus, als hättest du am liebsten einen Liegestuhl auf dem Spielfeld. Hast du erwartet, dass dir jemand eine Limo und deine Pantoffeln bringen würde? Du bist Führungsspieler, Daz. Die Jungs erwarten *Führung* von dir.«

»Meine Güte, Rich – entspann dich mal. Was willst du von mir? Soll ich so tun, als ginge es um Leben und Tod?«

Ich begriff nicht, weshalb er sich so benahm. »Du warst doch immer mit Feuereifer dabei. Was zum Teufel geht hier vor?«

Er blieb stehen und wandte sich mir zu. Es war einer der seltenen Momente, in denen mir auffiel, dass Daz zehn Zentimeter größer war als ich. »Gib Ruhe, okay?«

»Was ist los mit dir? Bist du zu sehr damit beschäftigt, an dein nächstes Date mit Michelle zu denken, um mit deinen Freunden zu spielen?«

Daz schaute die Straße hinunter, und eine Sekunde lang dachte ich, er würde zu mir herumfahren und aus beiden Läufen auf mich feuern. Doch er streckte den Arm aus, und ein Taxi hielt neben uns.

»Das Gespräch ist beendet«, sagte er, stieg ein und zog die Tür zu.

Ich konnte nicht glauben, dass er mich einfach so stehen ließ. Daz war noch nie mitten in einer Auseinandersetzung davongelaufen. Verdattert und wütend schaute ich dem Taxi nach, und mein erster Gedanke war absurderweise, mich bei jemandem zu beklagen. Ich stellte mir vor, dass jeder der Passanten ebenso entsetzt über Daz' rüdes Benehmen war.

Schließlich ging ich weiter. Als ich eine Stunde später nach einem Zwischenstopp für einen Burger (bei dem *besseren* Burger-Schuppen in Daz' Block), von dem ich absolut nichts schmeckte, zu Hause ankam, war ich noch immer aufgebracht.

Am nächsten Morgen tat ich etwas, was ich ohne Vorankündigung noch nie getan hatte – ich holte Daz nicht zur Arbeit ab. Ich war einfach zu sauer und zu verwirrt. Es war schon fast zehn Uhr, als er auftauchte. Er steckte den Kopf zur Tür herein, bedachte mich mit einem tief enttäuschten Blick und verschwand ohne ein Wort.

Wir sprachen den ganzen Tag nicht miteinander. Ich nahm an, er fühlte sich genauso im Recht wie ich.

Ja, ich hatte es geschafft, mir meinen bevorstehenden Verrat sehr viel leichter zu machen.

9

Das Kapitel,
in dem es um selige
Ahnungslosigkeit geht

Der Wagen, mit dem Prince mich abholen ließ, war ein gelber Hummer. Sehr auffällig, aber da ich nicht verhindern konnte aufzufallen, beschloss ich, es zu genießen.

Als wir auf den Highway kamen, wurde mir bewusst, dass ich in der Eile mein Mobiltelefon auf der Frühstückstheke hatte liegen lassen. Ich erwog, den Chauffeur zu bitten, umzukehren, entschied mich dann jedoch, ein Wochenende lang gefährlich zu leben. Es waren keine dringenden Anrufe von Kunden zu erwarten, und falls einer meiner Freunde mit mir reden wollte, könnte er das Sonntagabend tun. Es war ein befreiendes Gefühl – wie ohne Unterwäsche auf eine Party zu gehen.

Als wir über die Brücke fuhren, dachte ich wieder an den Streit mit Daz. Ich hatte am Abend zuvor mehrmals bei ihm angerufen, weil ich die ungute Stimmung zwischen uns aus der Welt schaffen wollte, konnte ihn jedoch nicht erreichen. Schließlich sprach ich eine

Nachricht auf seine Mailbox, wünschte ihm eine schöne Party und bat ihn, eine Menge Fotos zu machen, vor allem, falls gewisse Personen tatsächlich in Teddys erschienen. Ich wollte nicht, dass unsere Meinungsverschiedenheit eine Kluft zwischen uns schuf. Ich glaube, wir wussten beide, dass irgendwann irgendetwas die Zeit, die wir miteinander verbrachten, drastisch reduzieren würde – ich glaube, wir gingen beide davon aus, dass dieses Etwas unsere jeweilige Traumfrau wäre –, aber ich wollte auf keinen Fall, dass es ein Job wäre oder eine Kollegin, von der ich sowieso tunlichst die Finger lassen sollte. Falls ich tatsächlich zu K&C wechselte, würden Daz und ich schon dafür sorgen, dass es uns nicht auseinanderbrachte. Und falls sich zwischen Daz und Michelle wirklich entwickelte, was sich zu entwickeln schien, dann würde ich mich für ihn freuen – und noch mehr für mich, wenn ihre Beziehung Michelle dazu bewegen würde, an der Ostküste zu bleiben.

Auf dem Long Island Expressway hieß es, wie vorausgesehen, stop-and-go, und die 27 krochen wir buchstäblich entlang, aber das störte mich nicht. Der Hummer war mit einem an einem Matrix-Bildschirm angeschlossenen DVD-Player ausgestattet, und das Soundsystem war das beste, das ich je in einem Auto erlebt hatte. Carl, der Chauffeur, schien ehrlich erfreut über meine CD-Auswahl – zuerst ein bisschen Coldplay, dann etwas Bob Marley und schließlich die neue von Radiohead. Allerdings war zu vermuten, dass er Profi genug war, um auch gute Miene zu machen, wenn ich die Greatest Hits der Powerpuff Girls wählte.

Um kurz nach zwölf bogen wir in Prince' Zufahrt ein. Sie wand sich circa 400 Meter zwischen sorgfältig gestutzten, niedrigen Hecken bis zu einem nachgemachten Tudorbau, der aussah, als wäre er gerade auf Hochglanz gebracht worden. Auf dem gärtnerisch angelegten und gepflegten, sich bis zum Meer erstreckenden Grund blühten verstreut erste Frühlingsblumen. Prince mochte lockerlassen, wenn die kreativen Säfte stiegen, aber die Leute, die seinen Besitz instand hielten, hatte er offensichtlich fest an der Kandare. Das Anwesen war atemberaubend.

Und das war sein *Wochenendhäuschen.*

Eine Frau mit kurzen, braunen Haaren kam aus dem Haus. »Hi, ich bin Andrea«, sagte sie und reichte mir eine schmale Hand. Ihr Griff war erstaunlich fest. »Curt hat vor zehn Minuten beschlossen, uns Lunch von der Barefoot Contessa zu holen. Er müsste bald zurück sein. Kommen Sie doch herein.«

Ich folgte ihr ins Haus. Carl nahm mir meine Reisetasche ab und verschwand damit nach oben. Als er gleich darauf wieder herunterkam, fragte er: »Haben Sie für die morgige Heimfahrt einen bestimmten Musik- oder Filmwunsch?«

Ich hatte Mühe, ernst zu bleiben. »Danke, nein. Ich habe den Eindruck, Sie sind bestens sortiert.«

Andrea führte mich von der Eingangshalle in ein Arbeitszimmer mit einem Plasmafernseher, gegen den meiner wie ein Gameboy aussah, an einem mit Antiquitäten eingerichteten Wohnzimmer und einem mit wuchtigen, aufwendig geschnitzten Möbeln ausgestatteten Speisezimmer vorbei in die größte Küche, die ich je gesehen hatte. Profi-Geräte, Arbeitsflächen aus rosa Granit, dekorativ von der Decke hängende Töpfe und Utensilien, mit verschiedenen Produkten gefüllte Hängekörbe und eine Ecke mit Gläsern, die Nudeln verschiedener Formen und Farben enthielten. »Wow«, sagte ich. »Wie ich die Sache sehe, sollte die Barefoot Contessa *hier* kochen.«

Andrea lächelte. Ich schätzte sie auf Mitte dreißig. »Curt und ich kochen beide leidenschaftlich gern. Ich war etwas überrascht, dass er unser Mittagessen von außerhalb besorgt, nachdem wir so viel im Haus haben.«

Meinem Wissen nach war Andrea Prince' »Freundin«, doch ihr Verhalten deutete auf mehr hin. Ich wusste nichts über das Privatleben des Mannes. In den Artikeln, die ich über ihn gelesen hatte, stand kein Wort darüber. War er der Typ Mann, der seine Langzeitlebenspartnerin als »Freundin« bezeichnete, oder war sie der Typ Frau, die ihren Platz in seinem Leben ernster nahm als er?

Andrea brachte mir ein Glas Eistee, und wir setzten uns auf die Terrasse. Im Lauf der letzten Woche war es merklich wärmer geworden, und so konnte man trotz der vom Wasser heraufwehenden Brise gut draußen sitzen.

»Sie sind bestimmt gerne hier«, sagte ich.

»O ja, ich genieße jede Minute«, antwortete sie mit einem verträumten Lächeln Richtung Atlantik. »Nicht unbedingt die Hamptons-Szene, obwohl sie wichtig ist für das, was ich tue, sondern diese Terrasse, diesen Strand, dieses Meer.«

Ich betrachtete Andrea dabei, wie sie ihre Welt betrachtete. Sie fühlte sich hier offenbar zu Hause, und es bedeutete ihr eine Menge. Plötzlich hoffte ich, dass Prince ebenso empfand. Ich wünschte mir, dass Andrea ihr Glück erhalten blieb. Keine Ahnung, warum.

Ich erfuhr, dass sie eine Charity-Organisation von Frauen leitete und Prince vor einem Jahr kennengelernt hatte, als sie ihn auf einer ihrer Veranstaltungen für die Zwecke ihrer Gruppe »einspannte«. Er spendete jedes Jahr einen beträchtlichen Teil seines enormen Einkommens, durchleuchtete die jeweiligen Organisationen zuvor jedoch gründlich, um sicherzugehen, dass sein Geld tatsächlich den von ihm gewünschten Zielort erreichte. Ihre Beziehung entwickelte sich im Rahmen dieses Vorgangs, und nach zwei Monaten bekam Andrea einen großen Scheck und die Einladung, bei Prince einzuziehen. Andrea entschied sich erst zwei Wochen, nachdem sie das Erstgenannte erhalten hatte, das Letztgenannte anzunehmen. Ich denke, sie brauchte diese Zeit, um ihn ihrerseits zu durchleuchten.

Ich war regelrecht gierig auf Informationen über Curt Prince. Vor unserer Begegnung am vergangenen Dienstag war er nur eine Ikone für mich gewesen, und seitdem war ich hin und weg. Aber es war mehr als Faszination und Ehrfurcht, was mich antrieb. Ich wollte wissen, wie es war, das Leben zu leben, das er lebte. Das Drumherum war spektakulär, aber mich interessierte, wie er mit diesem Drumherum umging. Ich war froh, dass er ein wohltätiger Mensch war, und genauso froh, dass er gewisse Anforderungen an die Organisationen stellte, die er unterstützte. Und aus irgendeinem geheimnisvollen Grund war ich außerdem froh, dass er Andreas zwei Wochen Bedenkzeit abgewartet hatte.

Ich war vielleicht eine Viertelstunde da, als Prince zurückkam. Er gab Andrea einen Kuss, und mir schüttelte er die Hand.

»Hatten Sie eine angenehme Fahrt?«, fragte er.

»Sehr. Ich habe mir ›8 Mile‹ angesehen und bekam Gelegenheit, das neue Radiohead-Album zu hören.«

»Die Burschen haben keine Linie«, meinte er stirnrunzelnd. »Aber ihre neue Platte gefällt mir trotzdem.«

»Ja, es sind ein paar interessante Stücke drauf.« Ich fand es ganz erstaunlich, dass er sich diese Band überhaupt anhörte, denn dass er das Album als »Platte« bezeichnete, machte unseren Altersunterschied deutlich.

»Hoffentlich haben Sie Hunger – ich habe den Laden so gut wie leer gekauft.« Er warf Andrea einen entschuldigenden Blick zu. »Ich weiß – es ist jedes Mal dasselbe.« Er wandte sich mir zu. »Wenn ich da reingehe, kann ich einfach nicht widerstehen. Die Angestellten kennen mich alle mit Namen. Wollen wir hier draußen essen?«

Während Andrea Teller und Besteck holte, arrangierte Prince die mitgebrachten Behälter auf dem Tisch: gegrillter Thunfisch niçoise, Tequila-Lime-Hühnchen, Salat von weißen Bohnen mit Rucola, Brokkoli mit Zitrone und Knoblauch, Sesamnudeln, gegrillte Shrimps mit Mangosalsa, Brotpudding und Brownies. Es war viel zu viel für uns drei, aber Prince schien die Absicht zu haben, von allem zumindest zu kosten.

»Seit wann haben Sie dieses Anwesen?«, fragte ich.

»Ich habe es vor fünf Jahren gekauft. Es war mein Trostpflaster nach einer extrem hässlichen Scheidung. Meine Tochter liebt das Haus.«

»Ich wusste gar nicht, dass Sie Kinder haben.«

»Ein Kind. Callie. Sie ist neun. Nach der Trennung ging ihre Mutter mit ihr nach Nordkalifornien zurück. Eines Tages, wenn wir uns besser kennen, werde ich Ihnen diesen Ringkampf haarklein schildern. Das Ende vom Lied war, dass Callie die Sommer hier verbringt und ich einmal im Monat zu ihr fliege. Und am Ende des Flurs habe ich einen Fetischraum mit allen möglichen Bildern von meiner Ex.«

Er lächelte, um mir deutlich zu machen, dass das Letzte ein Scherz gewesen war. Da ich nicht recht wusste, wie ich reagieren sollte, wickelte ich scheinbar konzentriert eine Sesamnudel um meine Gabel.

»Jedenfalls verschlug es mich irgendwann hierher, nicht etwa, weil ich ein Hamptons-Fan war, sondern, weil ich am Wochenende einfach rausmusste. Eines Tages war ich zu einer Party in diesem Haus eingeladen, erfuhr, dass der Eigentümer es verkaufen wollte, und machte ein Angebot, das er nicht ablehnen konnte. Eine meiner fünf Spontanaktionen.«

Er hatte noch vier andere Dinge getan, die ebenso spontan gewesen waren wie der Kauf dieses Palastes?

»Es war eine gute Entscheidung.« Andrea lächelte Prince voller Zuneigung an. »Und auch keine schlechte Investition.«

»Ja. Man sollte nicht glauben, wie der Wert dieses Anwesens inzwischen gestiegen ist. Nicht, dass ich es je verkaufen würde. Haben Sie den Brotpudding schon probiert? Er ist aus altbackenen Croissants gemacht.«

»Ich bin noch dabei, mich durch die Hauptgerichte zu arbeiten.«

»Aha. Sie sind einer dieser Vorspeise-Hauptgericht-Nachtisch-Typen.«

Erster Fehler des Tages. »Offenbar – aber es ist mir erst in diesem Moment bewusst geworden.«

»Ich sehe die Sache folgendermaßen: Wenn der beste Brotpudding auf dem ganzen Planeten vor einem steht, muss man zuerst etwas davon essen. Das andere Essen ist nachher auch noch da.«

»Ich wusste nicht, dass er so gut ist.«

Prince beugte sich zu mir. »Glauben Sie mir – Sie fangen erst an zu leben, wenn Sie ihn probieren.«

Ich tat mir etwas auf, kostete und lächelte anerkennend. Obwohl ich nicht so begeistert war wie Prince, verstand ich, warum er den Brotpudding so mochte. Das Tequila-Lime-Hühnchen hingegen war sensationell. Auf die Gefahr hin, zu konventionell zu erscheinen, nahm ich mir noch etwas von dem Pudding, aß aber einen halben Brownie dazu.

»Wissen Sie, was mich für dieses Anwesen eingenommen hat?«, fragte Prince.

»Die Küche? Die Zufahrt? Das Meer? Der Strand?«

»Nichts davon. Was die Küche angeht – die habe ich völlig neu gestaltet. Der Vorbesitzer hatte massenhaft Platz verschwendet. Nein – es war das hier.« Er stand auf und bedeutete mir, ihm zu folgen, führte mich in eine Ecke der Terrasse, wo jemand – wahrscheinlich ein Kind – den Namen »Dani« eingeritzt hatte. »Ich stand hier und plauderte mit einem Industriekapitän, als ich das sah. In diesem Moment wurde mir klar, dass hier ein kleines Kind gespielt hatte und dass es auch Callie gefallen würde, hier zu spielen. Man könnte sagen, dass ich damals leicht angeschlagen war. Aber es zahlte sich aus.«

Ich schaute zu Prince auf, und er zuckte leicht mit den Schultern. Die Geste berührte mich. Plötzlich begriff ich, wie ein Mann wie er einen solchen Spontankauf tätigen konnte. Es war ungeheuer liebenswert. Ich schaute wieder auf den eingeritzten Namen hinunter, fragte mich, was wohl aus Dani geworden war, und hoffte, eines Tages Callie kennenzulernen.

Nach dem Essen wanderten wir alle gemeinsam am Wasser entlang. Prince hatte den Arm um Andreas Schulter gelegt. Die beiden gingen sehr liebevoll miteinander um, küssten und berührten sich immer wieder. Normalerweise fühlte ich mich in einer solchen Situation unbehaglich, aber jetzt nicht. Es gefiel mir, dass sie es genossen, zusammen zu sein, dass die Beziehung offenbar beiden etwas bedeutete. Und die Magie dieses Fleckchens Erde begann auch auf mich zu wirken.

Es war wirklich wunderschön hier. Drei Meter entfernt rauschte die Brandung, und es waren kaum Leute unterwegs. Es war die optimale Zeit, hierherzukommen, bevor im Sommer die Horden einfielen. Die Hamptons erfreuten sich zwar ganzjährig größerer Beliebtheit als zu meiner Highschool-Zeit, aber trotzdem lebte es sich während der Nebensaison hier entspannter. Irgendjemand hatte mir einmal erzählt, dass Weihnachten hier draußen ein ganz besonderes Erlebnis sei. Ich fragte mich, ob Prince dann wohl jedes Jahr ein großes Fest für Freunde und Kollegen gab.

»Und wie verbringen Sie Ihr Leben, Rich?«, fragte Andrea mich.

»In erster Linie mit Arbeiten und den Rest mit Freizeitaktivitäten – Spiele spielen.«

»Keine Frau?«

»Nicht, wenn Sie damit was Ernstes meinen. Aber ich habe oft Dates.«

»Erst wird die Karriere zementiert, was?«, warf Prince ein.

»Ja – und ich habe das Gefühl, ich habe im Moment eine große Chance dazu. Und das andere? Wer weiß? Man kann es nicht erzwingen.«

»Zur Not gibt es ja noch die Katalogbräute.« Prince lachte.

Ich lächelte ihn an. »Sie haben recht. Daran habe ich gar nicht gedacht.«

»Vielleicht sollten Sie eine Kontaktanzeige aufgeben«, meinte Andrea. »Curt hat mir erzählt, dass Sie ein Ass darin sind, Dinge auf den Punkt zu bringen.«

Ich lachte. »Ich weiß nicht, ob ich *so* gut bin. Man muss sich ausführlich mit einem Produkt beschäftigen, um die Werbung dafür auf den Punkt zu bringen – aber ich bin noch nicht so weit, mich mit dem ›Produkt Partnerbeziehung‹ zu beschäftigen.«

Hatte ich das wirklich gesagt? Ich hatte es schon öfter *gedacht*, aber ich hatte es noch nie ausgesprochen – und dann auch noch in Gegenwart zweier Menschen, die ich kaum kannte. Es musste an der Salzluft liegen.

Während wir gemächlich dahinwanderten, wurde mir mehr und mehr die stärkende Wirkung von Sand und Brandung bewusst. Ich hatte nie verstanden, weshalb so viele New Yorker im Sommer an den Wochenenden aus Manhattan flüchteten. Wie konnte man die aufregendste Stadt des Planeten freiwillig verlassen – besonders, wenn so viele andere sie verließen und sie nicht annähernd so übervölkert war wie sonst? Doch jetzt begann ich es zu begreifen – auf eine Art wie noch auf keinem Strandspaziergang in der Vergangenheit. Die Vorstellung, alles hinter sich zu lassen, hatte tatsächlich etwas für sich.

Als wir ins Haus zurückkamen, musste Prince einige Telefonate erledigen und Andrea an einem Positionspapier arbeiten. Sie führten mich in die Gästesuite im Obergeschoss und überließen mich für eine Weile meinem Schicksal. Die Gästesuite war größer als meine gesamte Wohnung und wesentlich eleganter eingerichtet. Allerdings gab es keine Spiele hier. Dafür aber eine bemerkenswerte Auswahl an Büchern und Monatszeitschriften. Ich war gewohnt, in Gästezimmern Zeitschriften von vor zwei Monaten und Bücher von vor zehn Jahren vorzufinden, doch in diesem Regal standen Titel aus aktuellen Bestsellerlisten und einige Bücher, deren Besprechung ich in der letztwöchigen *New York Times Book Review* gelesen hatte, und die Magazine – in einem eigenen Ständer – waren sämtlich aktuelle Ausgaben. Vom Schlafzimmer der Suite aus gelangte man auf einen tiefen, umlaufenden Balkon, und ich ließ mich mit einer *Time* und einer *Entertainment Weekly* auf einer Liege nieder. Während ich mich entspannte, kam mir der Gedanke, dass ich, wenn ich den Job bei K&C annähme, vielleicht öfter hierher eingeladen, es vielleicht sogar regelmäßig auf Partyeinladungslisten schaffen würde. Noch eine angenehme Randerscheinung.

Nach etwa anderthalb Stunden bog Prince um die Ecke. »Wir essen heute Abend bei Nick and Toni's, wenn es Ihnen recht ist.«

Das Restaurant war berühmt dafür, dass man nur sehr schwer einen Tisch bekam. »Wenn wir neben Tom Hanks sitzen, gerne«, antwortete ich lachend.

»Ich werde sehen, was ich tun kann.« Er setzte sich auf die Kante der Liege mir gegenüber. »Fühlen Sie sich wohl?«

»Es geht«, erwiderte ich mit einem Lächeln. »Wenn der Balkon vielleicht einen Grad weiter nach Westen ausgerichtet wäre, würde ich im Moment genau die richtige Menge Sonne bekommen. Und wenn diese Liege für mich maßgefertigt wäre, wäre sie vielleicht eine winzige Spur bequemer. Und der Diener ist seit einer halben Stunde überfällig, um mir die Füße zu massieren.«

Prince lachte in sich hinein. »Ich habe Sie nicht eingeladen, um Sie mit meinen weltlichen Gütern zu beeindrucken.«

»Ich bin trotzdem beeindruckt.«

»Das müssen Sie nicht. Weltliche Güter sind nur Beiwerk. Angenehmes Beiwerk, aber dennoch nur Beiwerk. Wissen Sie, was wirklich zählt? Feuer.«

»Im Kamin?«

Prince verzog den Mund zu einem angedeuteten Lächeln und schüttelte den Kopf. »Philosophische Betrachtungen sind nicht Ihr Fall, was?«

Offenbar war meine schnoddrige Art nicht gut angekommen. Ich musste dringend daran arbeiten. Es heißt, der erste Schritt zur Lösung eines Problems ist sein Erkennen, richtig? Ich wollte wirklich nicht als Klugscheißer rüberkommen. »Tut mir leid – das war daneben. Ich denke, ich habe verstanden, was Sie meinen. Man muss sich engagieren.«

»Man muss sich *emotional* engagieren. Man muss das Gefühl haben, dass das, was man tut, die Mühe wert ist – immer. Ansonsten schlägt man nur die Zeit tot.«

Ich klappte das offen auf meinem Schoß liegende Magazin zu und legte es neben meine Liege. »Dieses Gefühl habe ich.«

»Davon gehe ich aus. Deshalb habe ich Sie eingeladen, und deshalb will ich weiter über den Job des Creative Director mit Ihnen reden. Was denken Sie inzwischen über K&C-Downtown?«

Ich schaute sinnend in den Himmel und dann wieder zu Prince. »Ich denke, dass ich weiter darüber nachdenken möchte.« Das war eine Lüge. So, wie ich mich hier, von Prince' weltlichen Gütern umgeben und von der Frühlingsbrise umfächelt, fühlte, hätte ich auf der Stelle unterschrieben, wenn der Mann mir einen Vertrag überreicht hätte.

»Das höre ich gerne, denn ich denke, ich will ebenfalls weiter darüber nachdenken.« Sein Blick ging in die Ferne. Von diesem Teil des Balkons sah man ein Stück Ozean. Ich war sicher, von seinem Schlafzimmer aus sah man das ganze Panorama. »Andrea mag Sie übrigens – und sie ist nicht leicht zu gewinnen. Ich wette, Sie hat Ihnen erzählt, was sie macht.«

»Sie ist sehr beeindruckend.«

»Sie haben keine Ahnung, *wie* sehr. Im Moment läuft sie auf Wochenendmodus, was bedeutet, dass sie drei Viertel ihres Verstandes in Winterschlaf gelegt hat. Sie ist einer der intelligentesten und wachsten Menschen, die ich kenne.«

»Sie beide müssen ein phantastisches Gespann sein.«

»Ja. Es ist schön, einen Grund zu haben, aus dem Büro nach Hause zu kommen. Nachdem Norma mit Callie weggegangen war, arbeitete ich nur noch wie ein Verrückter.«

»K&C hätte sicher nichts dagegen, wenn Sie das beibehalten hätten. Dann würden Sie das Downtown-Office in Rekordzeit auf Vordermann bringen.«

»Und dabei wahrscheinlich einige Leute umbringen. Irgendwann begreift man, dass man nicht endlos auf Hochtouren laufen kann.«

Das hatte ich nicht erwartet. »Wann sind Sie darauf gekommen?«

»Etwa vor einem Jahr.«

Ich hatte gedacht, es wäre bei der Geburt seiner Tochter passiert oder an seinem vierzigsten Geburtstag. »Was war denn vor einem Jahr?«

Er verdrehte die Augen und schüttelte selbstkritisch den Kopf. »Ich steckte mitten in den Vorbereitungen einer Präsentation für einen riesigen Kunden – von denen kann man nie genug haben, richtig? Ich habe noch etwa zwei Stunden Zeit, und Callie ruft mich an. Das ist ziemlich ungewöhnlich, also gebe ich ihr ein paar Minuten, obwohl ich mit meinen Gedanken bei den fünf Dingen bin, die ich noch tun muss, damit die Präsentation perfekt wird. Wir legen auf, und sie ruft gleich darauf wieder an. Anstatt mir zu überlegen, dass sie vielleicht etwas auf dem Herzen hat, erinnere ich sie ziemlich unfreundlich, dass ich ein vielbeschäftigter Mann bin. Als müsste ich ihr das sagen. Sie schweigt einen Moment, und dann erzählt sie, dass ihre beste Freundin nach L. A. zieht. Meine Reaktion? Ich wimmle Callie ab. Ich sagte zwar nicht, dass es beste Freundinnen gebe wie Sand am Meer, aber man hätte es so interpretieren können.

Ein paar Stunden später erfahre ich, dass der Kunde sich für eine andere Agentur entschieden hat. Ich bin stinksauer und weine mich bei meiner Assistentin aus. Ich erzähle ihr sogar, dass Callie mich ›gestört‹ hat. Und in diesem Moment ging mir ein Licht auf. Meine Tochter, die mich normalerweise nie in der Firma anrief, weil sie wusste, dass ich immer ›schwer‹ beschäftigt war, hatte mich angerufen, weil sie ein echter Kummer bedrückte, und ich hatte sie nicht nur abgewimmelt, sondern ihr auch noch das Gefühl gegeben, mich gestört zu haben. An diesem Abend flog ich zu ihr, um mich zu entschuldigen.«

»Hat sie Ihnen verziehen?«

»Ja. Das tut sie immer. Ich will nur nicht, dass sie mir zu oft verzeihen muss.« Er schaute mich mit einem Ausdruck an, den ich bei ihm noch nicht gesehen hatte. Dann schlug er sich mit der flachen Hand auf den Schenkel. »Genug der Nabelschau. Andrea hat vorgeschlagen, vor dem Essen einen Bummel durch den Ort zu machen. Haben Sie Lust?«

Nicks and Toni's bestätigte alles, was ich darüber gehört hatte – auch, dass sich hier die Prominenz traf, und das sogar im April. Ich fragte mich, ob sie vielleicht Leute auf Abruf hatten, falls um acht noch kein Star aufgetaucht war. Vielleicht ein Billy-Joel-Double. Oder einen Nebendarsteller aus einer Kabel-Serie, der notfalls herhalten musste. Ich glaube, Prince merkte mir an, dass ich es genoss, hier zu sein, und ich glaube, es gefiel ihm trotz seiner Erklärung, dass diese Dinge nur Beiwerk seien. Ich konnte mir vorstellen, dass es schwierig war, nicht nach diesem Beiwerk süchtig zu werden, nachdem man sich daran gewöhnt hatte, und ich konnte mir vorstellen, dass es nahezu unmöglich war, bescheiden zu bleiben. Allerdings gelang das Prince besser als den meisten reichen Leuten, die ich kannte.

Nach dem Essen gingen wir in eine Bar in Amagansett, weil dort eine Band auftrat, die Prince mochte. Er kannte sich aus in Musik, und es stellte sich heraus, dass er an manchen Wochenenden in einem Club am Schlagzeug saß, »um am Ball zu bleiben«. Wir unterhielten uns über Konzerte, die wir besucht hatten, und ich bemerkte, dass Andrea sich ausklinkte. Offenbar interessierte sie dieses Thema nicht. Ich fragte mich, ob ich mit einer Frau zusammenleben könnte, die sich nicht für Musik interessierte, und kam zu dem Schluss, dass es, wenn alles andere stimmte, wahrscheinlich möglich wäre. Und bei Andrea schien alles andere zu stimmen.

Als wir um ein Uhr nachts aus der Bar zurückkamen, war ich total aufgedreht. Prince und Andrea wünschten mir eine gute Nacht, aber ich würde bestimmt eine Weile brauchen, bis ich einschlafen könnte. Da es auf dem Balkon zu kühl war, setzte ich mich mit der neuen *Variety* ins Bett. Um vier Uhr früh wurde mir bewusst, dass ich beim Lesen eingeschlafen sein musste. Ich warf die Zeitschrift auf den Boden, deckte mich zu und war Sekunden später wieder weg.

Als ich am Sonntag um halb zehn nach unten kam, fand ich Prince in der Küche. Er plante offenbar irgendetwas mit Eiern, Käse, Brot und Wurst. Wie auch immer er diese Zutaten kombinieren wollte – es standen ihm dafür eindrucksvolle Utensilien zur Verfügung. Während meiner Zeit bei Tyler, Hope and Pit hatte ich eine Kampagne für eine hochkarätige kleine Küchengerätefirma entwickelt und deshalb ein wenig

Ahnung davon, wenn auch nicht aus eigener Erfahrung. Der Kunde schenkte mir einen dekorativen Edelstahlstandmixer, und das Ding stand noch immer an prominenter Stelle in meiner Küche, obwohl es bei der ersten Benutzung, als ich geeiste Margaritas machen wollte, den Geist aufgegeben hatte.

»Hey«, sagte Prince, als er mich hereinkommen sah. »Gut geschlafen?«

»Das Fehlen des Verkehrslärms war etwas störend, aber ansonsten – danke, ja.«

»Andrea ist noch nicht auf. Sie schläft sonntags gern lange. Samstagmorgens ist sie noch nicht entspannt genug dafür.«

»Klingt, als nähme sie ihren Job ziemlich ernst.«

»Wir alle nehmen unsere Jobs ernst. Sie engagiert sich emotional. Als sie vor einiger Zeit das Frauenhausprojekt betreute, kam sie jeden Abend weinend nach Hause.«

So hatte ich Andrea nicht eingeschätzt. Mein Blick ging Richtung Schlafzimmer, als würde ich dadurch ein besseres Gefühl für ihre Persönlichkeit bekommen.

»Das ist ja auch nicht ohne.«

»Kann man wohl sagen. Und ich war froh, dass sie weinte. Andernfalls wäre ich ernsthaft beunruhigt gewesen.«

Ich nickte und begann in der Küche herumzuwandern.

»Ich hatte für den Brunch im East Hampton Point reservieren lassen«, erzählte Prince, während er vor sich hin werkelte, »aber als ich heute aufwachte, war mir nach Kochen zumute. Ich habe schon einen Mokkakuchen im Ofen, und das hier wird ein Auflauf. Wir essen, wenn Andrea aufsteht – falls das in absehbarer Zeit passieren sollte. Vor ein paar Monaten hat sie einmal bis sage und schreibe zwei Uhr nachmittags geschlafen.«

Ich ging zu ihm hinüber und nahm einen der dort liegenden Schneebesen in die Hand. »Für diese Firma habe ich mal eine Kampagne entwickelt.«

»Wirklich? Ich fand ihre Werbung immer mies.«

Ich legte den Schneebesen wieder hin. »Ich war noch ein Neuling.«

»Hey – wer von uns hat noch keinen Mist produziert?«

»Was war denn Ihre schlechteste Kampagne?«

Er hielt inne und starrte sinnend an die Decke. »Die absolut schlimmste?« Er lachte. »Wahrscheinlich die für die Leg-Dream-Miederhose.«

»Oh, mein Gott! Doch nicht etwa die ›Besser als Haut‹-Kampagne?!«

Er bedachte mich mit einem gespielten Schaudern. »O Gott, nein! So schlecht war ich nie. Aber meine Kampagne war der Vorläufer, den sie für ›Besser als Haut‹ fallenließen. Es war wirklich schrecklich. All diese Frauen, die in den unmöglichsten Stellungen ihre Beine präsentierten. Und der Jingle war noch schlimmer. Klang wie ein drittklassiger Madonna-Song. Ich kann nicht bei Trost gewesen sein, als ich den verbrach.«

»So was kenne ich auch. Einmal ließ ich zu ›Great Balls of Fire‹ eine animierte Katze herumschleichen.«

»Nicht für eine Miederhose, hoffe ich.«

»Für Floh- und Zeckenhalsbänder.«
»Oh.«

Wir machten uns daran, eine Liste der schlechtesten Werbespots zu erstellen, die wir je gesehen hatten – lokale Kabel-Spots ausgeschlossen –, und Prince bestand darauf, dass wir zumindest jeweils einen unserer eigenen mit einbezogen, obwohl ich das Gefühl hatte, dass keiner von uns jemals so tief gesunken war, um sich ernsthaft dafür zu qualifizieren. Er zumindest nicht. Ich erinnerte Prince, dass ich die herausgeschnittene Filmsequenz noch nicht gesehen hatte, die er mir bei unserem ersten Lunch vorzuführen versprochen hatte, und er sagte, er würde sie mir später zeigen.

Der Auflauf wanderte in den Backofen. Andrea erschien um Viertel vor elf, bewegte sich träge durch die Küche, obwohl sie hellwach wirkte. Wieder beschlossen wir, auf der Terrasse zu essen.

»Kaum zu glauben, dass das Wetter heute noch besser ist als gestern.« Ich nippte an meiner Bloody Mary. »Genau richtig, um auf dem L. I. E. dahinzuschleichen.«

»Wann holt Carl Sie ab?«, fragte Prince mich.

»Um drei.«

Er ging ins Haus und kam mit seinem Mobiltelefon wieder. »Ich sage ihm ab. Wir wollen nach Montauk hinausfahren. Ich weiß nicht, wie oft Sie schon dort waren, aber um diese Jahreszeit ist es besonders dramatisch. Und morgen früh nehmen wir Sie mit in die City – es sei denn, Sie müssen heute Abend zurück sein.«

»Nein, muss ich nicht. Danke, ich bleibe gern.« Ich würde wahrscheinlich später ins Büro kommen als sonst, aber sie würden mir verzeihen. Und wenn nicht – wie die Dinge lagen, würde es vielleicht gar keine Rolle mehr spielen.

Allerdings wäre es der zweite Werktag, an dem ich Daz nicht abholte. Das würde einer Erklärung bedürfen. Dieses Wochenende war so aufregend, dass ich bisher weder an seine Party noch an unsere Unstimmigkeiten gedacht hatte. Jetzt erschien mir meine Wut ziemlich lächerlich. Die Softball-Sache war einfach albern gewesen. Und das mit Michelle? Damit müsste ich wohl leben. Wenn ich nicht mehr mit ihr zusammenarbeiten würde, könnte ich mich vielleicht endlich dazu überwinden, mit Carnie auszugehen.

Ich nahm mir vor, morgen reinen Tisch mit Daz zu machen. Ich hatte es schon viel zu weit getrieben, ohne ihn einzubeziehen. Im selben Moment beschloss ich, noch einen weiteren Versuch zu starten, uns beide als Paket zu verkaufen.

»Wissen Sie etwas über Eric Dazman, Curt?«

Er lächelte. »Keane hat mich darauf vorbereitet, dass Sie den Namen dieses Wochenende vielleicht zur Sprache bringen.«

»Er ist wirklich großartig.«

»Davon bin ich überzeugt. Sein Bildmaterial ist faszinierend. Es gibt da nur zwei Probleme. Zum Ersten ist der Artdirector im Downtown-Büro vielleicht der einzig fähige Mitarbeiter dort, und zum Zweiten habe ich gehört, dass Ihr Freund Eric ein wenig lax ist.«

»Lax?«, wiederholte ich entgeistert. »Wo haben Sie denn das her?«

»Das spielt keine Rolle.«

Ich sah das zwar anders, aber Prince' Ausdruck zeigte mir, dass ich keine Antwort bekommen würde. »Es ist mir ein Rätsel, wie jemand, der Daz kennt, so etwas über ihn sagen kann.«

»Sie sind vielleicht ein solches Naturtalent, dass es Ihnen überhaupt nicht klar ist, Rich, aber die großen Aufträge bekommen Leute, die in ihrem Beruf aufgehen. Die sogar von Werbung träumen.«

»Sagten Sie nicht, man könnte nicht endlos auf Hochtouren laufen?«

»Da gibt es einen Unterschied. Wenn Sie und ich zurückschalten, sind wir trotzdem innerhalb von Sekunden wieder auf Höchstgeschwindigkeit, aber von Mr. Dazman habe ich anderes gehört.«

Ich hatte keine Ahnung, wovon er sprach. Daz war fraglos weniger ehrgeizig als ich, aber er war ein sensationeller Könner. Und er hatte noch nie einen Ablieferungstermin platzen lassen. Wie hatte Prince hören können, dass Daz nicht tüchtig war? Wer konnte ihm so etwas gesagt haben? Wir setzten immer alles daran, unsere Kunden zufriedenzustellen.

Ich hätte gerne nachgebohrt, aber die Art, wie Prince das Thema Daz abgeschlossen hatte, machte deutlich, dass es sinnlos wäre, mich weiter für meinen besten Freund einzusetzen. Und dass ich damit vielleicht sogar meine eigenen Chancen bei K&C minderte. Ich würde mir Argumente für die Zerschlagung des Teams ausdenken müssen, das wir immer gewesen waren. Falls ich den Job bei K&C tatsächlich bekäme, würde ich dafür sorgen, dass unsere gemeinsame Freizeit davon möglichst unbeeinträchtigt blieb. Und sobald ich fest im Sattel säße, wäre es einfacher, Daz nachzuholen.

Als wir uns am nächsten Morgen um halb sieben auf die lange Fahrt nach Manhattan machten, war ich überzeugt, bereit zu sein, Flash und Dazzle beruflicherseits zu trennen. Curt Prince arbeitete nicht mit dem Holzhammer. Er wedelte nicht mit Geld oder Dingen vor meiner Nase herum (genau genommen machte er mir überhaupt kein Angebot). Nein, er zeigte mir auf subtile und überzeugende Weise, was K&C mir im Gegensatz zu The Creative Shop oder irgendeiner anderen Agentur – einschließlich meiner geplanten eigenen – zu bieten hatte: Curt Prince höchstpersönlich. Wenn er maßgeblich am Wiederaufbau der Downtown-Niederlassung beteiligt wäre, dann musste ich die Gelegenheit, daran mitzuarbeiten, sehr ernsthaft erwägen. Die Chance, beim Meister in die Lehre zu gehen, war eine unglaubliche Verlockung.

Als der Wagen knapp drei Stunden später vor meinem Büro anhielt, küsste ich Andrea zum Abschied auf die Wange und umfasste Prince' Hand mit beiden Händen. Ich dankte ihm überschwenglich für das phantastische Wochenende und sagte ihm, dass ich mich darauf freute, unser Gespräch fortzusetzen.

Ich schwebte wie auf Wolken.

Es dauerte etwa sieben Minuten, bis ich auf dem Boden aufschlug.

10

Das Kapitel,
in dem es um unseren kurzen
Aufenthalt im Krankenhaus geht

Als ich beschwingt auf mein Büro zuschritt, sah ich Carnie vor der Tür stehen. Ihre Miene war ungewöhnlich ernst.

»Wo bist du gewesen, Rich?«, fragte sie in einem mütterlich-tadelnden Ton, der so gar nicht zu ihrem Alter passte.

Ich schaute auf meine Uhr. »Na schön, ich komme etwas zu spät, aber was soll's? Heute Vormittag steht nichts Wichtiges auf dem Programm.« Ich gab mich lässig, aber insgeheim wurde mir mulmig. Hatten Wind und Meer und die Barefoot Contessa mich so berauscht, dass ich darüber meine Pflichten vergessen hatte? Stand vielleicht ein Meeting an? Ich nahm mir vor, meine Arbeit bei The Shop ab sofort wieder ernst zu nehmen, bis ich die Firma verließ.

»Warst du schon zu Hause?«, fragte Carnie.

Wortlos hob ich meine Reisetasche hoch.

»Das heißt, du weißt das von Daz noch gar nicht.«

Ich blieb wie angewurzelt stehen. So wie Carnie es

gesagt hatte, deutete es nicht darauf hin, dass sie mir erzählen wollte, was für eine tolle Party er auf die Beine gestellt oder was für alberne Scherze er sich hatte einfallen lassen – oder dass er die ganze Zeit in einer Ecke mit Michelle geknutscht hatte. Nein, so, wie sie es gesagt hatte, deutete es auf etwas Ernstes hin.

»Was ist los?«

»Du bist das ganze Wochenende nicht an dein Mobiltelefon gegangen, Rich«, sagte sie kummervoll.

»Was ist mit Daz?«, fragte ich mit wachsender Besorgnis.

»Er ist im Krankenhaus.«

Aus irgendeinem Grund beruhigte diese Information mich. Wahrscheinlich hatte er sich den Knöchel gebrochen, als er auf dem Tisch tanzte oder so was. Das sähe ihm ähnlich. Angesichts seiner Unbekümmertheit war es erstaunlich, dass er sich in all der Zeit, die wir uns kannten, nie eine ernsthafte Verletzung zugezogen hatte.

»Was hat er angestellt?« Meine Anspannung war gewichen, und ich ging auf Carnie zu, um die Unterhaltung mit ihr in meinem Büro fortzusetzen.

»Es war Samstagnacht gegen zwei«, sagte sie. »Daz wollte Tequila-Nachschub aus der Küche holen und brach zusammen.«

Wieder blieb ich abrupt stehen. Etwa ein halber Meter trennte uns noch. »Er brach zusammen?«

»Ja, einfach so. Er war bewusstlos. Es war ein Schock, das kann ich dir sagen. Wir riefen den Notarzt, und Michelle und ich verbrachten die ganze Nacht und gestern fast den ganzen Tag im Krankenhaus.« Erst jetzt fiel mir auf, dass ihre Augen tief in den Höhlen lagen und rot gerändert waren.

»Weiß man schon, was ihm fehlt?«

Sie fing an zu weinen, was mir schrecklich an die Nieren ging. Ich nötigte sie mit meinen Fragen, das Ganze noch einmal zu durchleben, und ich wünschte, ich könnte ihr das ersparen, aber ich musste wissen, was los war. »Die Ärzte haben uns nur gesagt, dass eine Menge Tests gemacht werden und dass die Ergebnisse heute vorliegen werden.«

Ich zwang mich, meine Füße vom Boden zu lösen, betrat mein Büro, stellte die Reisetasche ab und ging wieder hinaus. »Ich fahre ins Krankenhaus. St. Luke's, nehme ich an.«

»Ja. Aber erwarte nicht zu viel. Daz ist ziemlich neben der Spur, und die Ärzte werden dir nicht mehr sagen als uns. Sie reden nur mit Familienangehörigen.«

Ich schüttelte milde tadelnd den Kopf. »Ich *bin* ein Familienangehöriger. Ich melde mich, sobald ich weiß, was da vorgeht.«

Als ich das Gebäude verließ, kam gerade ein Taxi. In den zehn Minuten, die wir zu dem nahe der Columbia University gelegenen Krankenhaus brauchten, versuchte ich zu analysieren, was Carnie mir erzählt hatte. Daz war ohnmächtig geworden, und die Ärzte machten diverse Untersuchungen. Das konnte alles Mögliche bedeuten. Dass er plötzlich eingeschlafen war, als wir Search and Destroy spielten, dass er sich im Büro hatte übergeben müssen, seine schwache Vorstellung beim Softball – vielleicht waren das alles Symptome gewesen. Vielleicht hatte er sich den Epstein-Barr-Virus eingefangen oder so was, was eine Änderung seines Lebensstils erforderte, aber ansonsten leicht zu behandeln wäre. Vielleicht war er blutarm und brauchte ein Eisenpräparat. Vielleicht würde es schon genügen, wenn er sich von Cap'n Crunch verabschiedete. Es war bestimmt nichts Schlimmes. Kein Grund zur Panik. Ich schwor mich auf diesen Gedanken ein.

Doch als ich vor dem Krankenhaus ausstieg, wurde ich nervös. Meine Erfahrungen mit Krankenhäusern waren gottlob sehr begrenzt. Als ich dreizehn war, hatte nach einem üblen Sturz mit dem Fahrrad mein linkes Bein genäht werden müssen. Kein angenehmes Erlebnis, aber die Narben machten etwas her. Und einmal musste ich meine Großmutter im Krankenhaus besuchen, als sie im Sterben lag, doch nach einer Viertelstunde wurden meine Schwester und ich gnädigerweise entlassen, und ich glaube nicht, dass sich diese Episode prägend auswirkte. Trotzdem wurde mir ganz flau, als ich die Eingangshalle betrat. Es fielen mir nicht viele positive Dinge ein, die in Krankenhäusern passierten. Sicher, es wurden Babys geboren, aber ich hatte noch nie eine Frau besucht, die gerade ein Kind bekommen hatte. Ich konnte mir nicht länger etwas vormachen – dass Daz hier lag, bedeutete nichts Gutes.

Ich fuhr mit dem Lift in das angegebene Stockwerk, aber sie ließen mich nicht in sein Zimmer. Eine Schwester erklärte mir, dass gerade die Ärzte bei ihm wären.

Ich wollte hören, was sie ihm zu sagen hatten, glaubte jenseits jeglicher Vernunft, dass durch meine Anwesenheit die Diagnose geändert werden könnte.

Aber ich musste draußen bleiben. Also setzte ich mich auf einen Stuhl und wartete. Ich konnte es nicht fassen, dass ich mir in East Hampton eine schöne Zeit gemacht hatte – meinen Aufenthalt sogar noch verlängert hatte und gestern Abend mit Andrea und Prince ins Kino gegangen war und anschließend Margaritas getrunken hatte –, während mein bester Freund in einem Krankenhausbett lag. *Ich* hätte den Notarzt rufen müssen. *Ich* hätte bei Daz sein müssen. Jetzt *war* ich hier, und ihn nicht gleich sehen zu können bereitete mir körperliche Beschwerden.

Ich schlug wechselweise die Beine übereinander. Ich stand auf. Ich ging den Flur hinauf und hinunter. Nach etwa zwanzig Minuten, ich hatte mich gerade wieder hingesetzt, kamen zwei Ärzte aus dem Zimmer. Ich versuchte, in ihren Gesichtern zu lesen, doch es gelang mir nicht. Wahrscheinlich beinhaltete das Medizinstudium ein Pokerface-Training. Als sie außer Sicht waren, stand ich auf. Ich wollte keine einzige Sekunde mehr vergeuden.

Als ich eintrat, starrte Daz an die Decke. Er war an eine Infusion angeschlossen und hatte einen dieser Sauerstoffschläuche in der Nase, die, wie ich erst vor kurzem begriffen hatte, nicht durch den Hals nach unten führen. Schließlich sah er mich an und lächelte matt. Er wirkte völlig entkräftet.

»Dann haben sie dich also doch noch erreicht«, sagte er leise. »Wie war das Familienfest?«

»Wen interessiert das?« Ich trat an sein Bett. »Was geht hier vor?«

Wieder lächelte er. Es strengte ihn sichtlich an. »Da siehst du, was passiert, wenn du mich morgens nicht abholst: Ich lande im Krankenhaus.«

Ich mimte den Zerknirschten, obwohl mir tatsächlich der Gedanke kam, dass ich nicht unschuldig an dieser Entwicklung war. Ich hatte unser Karma beschädigt. Da ich nicht wagte, ihn zu berühren, klopfte ich auf die Bettkante. »Komm, lass uns abhauen. Wir haben zu tun.« Wenn ich ihn damit zu Hause aus dem Bett kriegte, dann sollte es auch hier klappen, richtig?

»Ich fürchte, du wirst allein gehen müssen. Wie es aussieht, bin ich … verhindert.«

Ich holte mir einen Stuhl ans Bett. Innerlich vor Nervosität zitternd, setzte ich mich. Ich wollte, dass Daz mir sagte, dass alles in Ordnung war. Ich wollte mit ihm in meiner Wohnung »Spiderman« auf DVD ansehen oder in seiner Wohnung Air-Hockey spielen. »Haben sie dir was gesagt?«

Er lachte, doch es war kaum mehr als ein Hauch. »Ja, sie haben mir was gesagt.«

Mein Mund wurde trocken. »Darf ich es erfahren?«

Er verzog das Gesicht. »Glaube mir – du willst es nicht wissen.«

Ich beugte mich zu ihm vor. »Erzähl's mir, Daz.«

Zum ersten Mal schaute er mich wirklich an, und in diesem Moment erschien er mir wie ein Fremder. Er war schwach und krank und mutlos. Ihn so zu sehen machte mich unendlich traurig.

»Ich habe einen bösartigen Gehirntumor«, sagte er mit dünner Stimme.

Während ich mir auf der Herfahrt und dann draußen auf dem Flur einzureden versucht hatte, dass Daz' Ernährungsweise für seinen Zusammenbruch verantwortlich war, hatte ich gleichzeitig bereits die Möglichkeit in Betracht gezogen, dass er ernstlich krank war. Ich hatte sogar den Schreckensgedanken zugelassen, dass Daz vielleicht schon tot wäre, wenn ich zu ihm käme. Aber nichts davon hatte mich darauf vorbereitet, zu hören, dass er tatsächlich schwer krank war. Was hatte es für einen Sinn, sich auf das Schlimmste vorzubereiten, wenn es einen dann trotzdem traf wie ein Uppercut von Mike Tyson?

»Wie ist das möglich?«, fragte ich. »Ich meine, hättest du nicht irgendwelche Symptome haben müssen. Ja, gut, du warst müde und so, aber hätte da nicht mehr sein müssen? Man fängt sich einen Gehirntumor doch nicht einfach ein wie eine Grippe.«

Daz schaute mich eine Weile schweigend an und antwortete dann: »Der Tumor sitzt im Temporallappen. Bei dieser Art gibt es nicht viele Symptome. Obwohl in nächster Zukunft allerhand auf mich zukommt.«

»Jesus«, sagte ich, darüber staunend, wie das Schicksal einem ein Messer in den Rücken rammte. »Und was wirst du jetzt tun?«

Wieder dieses gehauchte Lachen. »Ich hatte daran gedacht, mich sinnlos zu betrinken.«

»Ich meine, was die Behandlung angeht.«

Wieder schaute er an die Decke und schwieg. Lange. Ich war versucht, ihn mit einer Berührung aus seiner Starre zu holen, erkannte jedoch, dass er selbst daraus erwachen würde, wenn er so weit wäre. Dies war vielleicht die bisher längste Gesprächspause zwischen uns, in der weder ein Videospiel noch laute Musik lief. Ohne den Blick von der Decke zu lösen, sagte er schließlich: »Er ist schon sehr weit fortgeschritten. Eine Behandlung macht nicht mehr viel Sinn.«

Ich fuhr zurück, als hätte er mich geschlagen. Dann schaute ich ebenfalls zur Decke hinauf, obwohl sie Daz keine brauchbaren Antworten zu liefern schien. »Wie kann er schon weit fortgeschritten sein? Hätte man nicht einen Hinweis darauf bei deinen Bluttests finden müssen? Willst du mir erzählen, dass diese Krankheit ohne jede Vorankündigung kommt?«

Sein Blick glitt in meine Richtung, aber an mir vorbei. »So gut wie, ja. Und in meinem Alter wachsen diese Dinger sehr schnell. Allerdings habe ich seit meinem Check für das Michigan-Fußballteam keinen Bluttest mehr machen lassen.«

»Was soll das heißen?«

Die Frage verblüffte ihn sichtlich. »Welchen Teil davon verstehst du nicht?«

Als ich jetzt darüber nachdachte, stellte ich fest, dass ich mich nicht erinnern konnte, jemals mitbekommen zu haben, dass Daz zu einem Arzt ging. Natürlich machte man sich in unserem Alter nicht groß Gedanken über die Gesundheit, aber ich ließ mich seit jeher einmal im Jahr durchchecken.

»Es fällt mir schwer, das alles zu begreifen«, sagte ich. Im Moment fiel mir *alles* schwer. Meine Haut kribbelte, und mir war schwindlig.

Daz lächelte, und diesmal erkannte ich sein Lächeln beinahe wieder. »Vielleicht solltest du dir auch den Kopf untersuchen lassen.«

Ich grinste, und ich sah, dass ihm das gefiel. Ich wollte ihn umarmen, Körperkontakt zu ihm herstellen, aber ich hatte Angst, dass wir dann beide zu heulen anfangen würden. Also schlug ich stattdessen auf die Matratze. »Scheiße! Weißt du, was das bedeutet?«

»Irgendwie schon.«

»Es bedeutet, dass ich mir ganz allein einen Namen für diese verdammte Karre ausdenken muss.«

Das entlockte ihm ein richtiges Lachen. »*Brillante*«, sagte er träumerisch.

Ich schüttelte entschieden den Kopf. »Ich weiß, du bist krank, und ich sollte nett zu dir sein, Daz, aber ›Brillante‹ ist immer noch ein unmöglicher Name für ein Auto.«

Er hob und senkte den linken Arm, in dem keine Infusionsnadel steckte, wodurch sich bei der Bettdecke Falten bildeten. »Dann kann ich dir nicht helfen.«

»Na, vielen Dank auch«, sagte ich so übertrieben indigniert, dass er erkennen musste, dass ich scherzte. Wieder entstand eine Pause. Verzweifelt suchte ich nach einem anderen Gesprächsthema. Wollte er vielleicht darüber sprechen, was in ihm vorging? Wollte er, dass ich es ihn für ein paar Minuten vergessen ließ? Ich war ratlos.

Daz bog den Kopf nach hinten und legte den linken Unterarm über die Stirn. »So ein Mist, dass das ausgerechnet jetzt passieren muss, wo auf Nick at Nite alle Folgen von ›Cheers‹ wiederholt werden. Die mit Kirstie Alley werde ich wahrscheinlich nicht mehr erleben.«

Diese Aussage war derart grotesk, dass ich schallend lachte. Das brachte Daz zum Lachen, und dann konnten wir beide nicht mehr aufhören. Das hatten wir schon oft getan, uns gegenseitig immer wieder angestachelt. Und solange es dauerte, erschien das Leben wieder fast normal. Soweit das möglich war, wenn der beste Freund in einem weißen Klinikhemd im Bett lag und einem gerade eröffnet hatte, dass er unheilbar krank war. Wir hatten uns gerade beruhigt und rangen noch nach Luft, als ein Arzt hereinkam und mich bat, draußen zu warten.

Zutiefst beunruhigt verließ ich das Zimmer. Ich wollte, dass wir weiterlachten. Ich wollte, dass das Ganze ein makabrer Witz war. Ich wollte in das Zimmer zurückgehen und erfahren, dass Daz mich nur aus Rache veralbert hatte, weil ich ihn am Freitag nicht abgeholt hatte. Und ich wusste, dass nicht die geringste Chance bestand zu bekommen, was ich wollte. Daz würde sterben. Daran gab es nichts zu deuten.

Obwohl meine Beine mich kaum trugen, hätte ich es nicht ausgehalten, auf einem Stuhl zu sitzen. Ich dachte daran, Carnie anzurufen und sie und alle anderen bei The Shop wissen zu lassen, was ich erfahren hatte, aber dann fiel mir ein, dass mein Mobiltelefon zu Hause lag (nicht, dass ich es offiziell hätte benutzen dürfen) – das

Mobiltelefon, auf dem die vergeblichen Versuche gespeichert waren, mir mitzuteilen, was passiert war, während ich es mir in den Hamptons gutgehen ließ. Um irgendetwas zu tun, ging ich zur Schwesternstation und wieder zurück – dreimal, bis die Tür sich wieder öffnete.

Ich konnte mir nicht vorstellen, dass der Arzt Daz etwas eröffnet hatte, was noch schlimmer war als das, was er bereits wusste, aber er wirkte noch trauriger.

»Wir haben über Möglichkeiten gesprochen«, sagte er.

Ein Hoffnungsschimmer. »Du meinst experimentelle Behandlungsmethoden?«

»Ich meine Möglichkeiten bezüglich der Umgebung, in der ich mein Leben beenden möchte.« Er schaute mir in die Augen, und ich hatte Mühe, nicht in Tränen auszubrechen. Die Worte »mein Leben beenden« schnürten mir die Kehle zu. »Hier will ich nicht bleiben. In ein Hospiz will ich auch nicht. Ich will in meine Wohnung zurück.«

»Dann lass uns gehen.« Ich trat auf das Bett zu, versuchte den Schmerz durch Agieren zu vertreiben. »Wie zieht man die Infusion raus?« Ich tat, als wolle ich danach greifen.

Daz hob die Hand. »Ich wünschte, es wäre so einfach, aber ich muss vorher einen Haufen Arrangements treffen.«

»Lass mich das übernehmen.«

»Danke, aber selbst wenn ich wollte, dass du es mir abnimmst – sie würden es nicht zulassen. Ich muss das selbst machen.«

Ich ließ mich auf den Stuhl fallen. »Krankenhäuser sind Scheiße. Alles, was mit Krankenhäusern zu tun hat, ist Scheiße.«

»Jedenfalls schlägt das hier jedes, das ich in Manhattan von innen gesehen habe, um Längen.«

Daz sprach über Manhattan, Kansas. Er fand es köstlich, dass er von einem Manhattan ins andere gegangen war. Ich fand es köstlich, dass er Manhattan, Kansas, in einem Atemzug mit Manhattan, New York, nannte, und Letzteres auch noch als »das andere« bezeichnete. Der Gedanke hatte mich vorübergehend von der Aussage abgelenkt, die Daz gerade gemacht hatte.

»Wie viele Krankenhäuser hast du denn in Manhattan von innen gesehen?«, fragte ich.

»Alle. Und noch ein paar in der Umgebung.« Er schaute mich an, und ich bin sicher, dass er sah, wie verwirrt ich war. »Diese Krankheit ist sozusagen Tradition in meiner Familie. Drei Onkel von mir – beiderseits – starben mit Anfang dreißig daran. Und auch wenn das nichts damit zu tun hat – meine Mutter war häufig krank und bekam schließlich Lungenkrebs.«

Ich fasste es nicht. »Du hast also gewusst, dass es dich möglicherweise erwischt.«

»Eher *wahrscheinlich*.«

»Und trotzdem bist du nie zum Arzt gegangen?«

Er schüttelte den Kopf. »Ich wollte es nicht hören.«

Ich wusste nicht, was mich mehr erschütterte: dass Daz die Gefahr dieser Erbkrankheit ignoriert hatte, dass er sein Leben lang vor einem Todesurteil davongelaufen

war oder dass er es mir gegenüber nie erwähnt hatte.
»Wenn frühzeitig etwas unternommen worden wäre ...«

»Flash – es ist, wie es ist.«

Ich starrte ihn an. Noch nie war Daz mir so rüde ins Wort gefallen. Veränderte sich seine Persönlichkeit? Konnte das Schicksal so grausam sein?«

»Ich wuchs mit Ärzten auf, die das Äquivalent zu Darth Vader waren, okay?«, sagte er. »Jedes Mal, wenn ich einen von diesen Typen sah, erzählte er jemand anderem, dass er sterben würde. Man neigt dazu, solchen Leuten aus dem Weg zu gehen.«

Ich nickte stumm. Was sollte ich auch dazu sagen?

»Das mit meiner Mutter war ein absoluter Alptraum.« Ob sein geschwächter Zustand der Grund dafür war, dass er so leise sprach, oder der Inhalt seiner Worte, konnte ich nicht sagen. »Ich war damals schon irgendwie daran gewöhnt, dass meine Verwandten in der Blüte ihrer Jahre starben, aber als die Bombe bei uns zu Hause einschlug, war ich doch ein wenig erschüttert, wie du dir sicher denken kannst. Mom war überzeugt, dass sie sterben würde wie ihre Brüder, und das teilte sie jedem mit, den sie kannte, und sorgte dafür, dass alle ihre Angst teilten.«

»Wie alt warst du damals?«

»Dreizehn. Die Pubertät in vollem Gang und die potenziell tödliche Krankheit der Mutter – eine vernichtende Kombination. Ich war nicht gerade die Personifizierung von ›Haltung unter Druck‹.«

Ich lachte leise. »Du warst *nie* die Personifizierung von Haltung unter Druck, Daz.«

Seine Miene verfinsterte sich. »Gut zu wissen, dass du mich nicht mit Samthandschuhen anfassen wirst.«

Ich fühlte mich getadelt. »Sorry.«

»Nein, wirklich.« Er lächelte. »Es freut mich. Jedenfalls flippte jeder in unserer Familie auf seine ganz spezielle Weise aus. Es muss für Außenstehende faszinierend gewesen sein.«

»Aber sie wurde wieder gesund, richtig?«

»Sie starb nicht, aber sie mussten ihr den einen Lungenflügel fast vollständig entfernen, um sie zu retten. Sie hat uns beinahe umgebracht, aber sie starb nicht.«

Ich fragte mich, wie ich als Kind mit einer solchen Situation umgegangen wäre. Angesichts meines merkwürdigen Verhältnisses zu meiner Mutter war ich mir da absolut nicht sicher. Dann dachte ich darüber nach, wie ich mit dem umgehen würde, was Daz jetzt durchmachte. Und ich stellte fest, dass ich keine Ahnung hatte. Obwohl ich ihm Haltung unter Druck abgesprochen hatte, schien er seine Diagnose sehr gefasst zu akzeptieren. Ich glaube nicht, dass ich das gekonnt hätte. Ich hätte bestimmt gewütet und die Götter verflucht und wahrscheinlich verlangt, jede denkbare Therapiemöglichkeit an mir auszuprobieren. Ich hätte den Ärzten das Leben schwergemacht und meinen Freunden das Leben schwergemacht und wahrscheinlich unentwegt Dinge gesagt, die ich lieber nicht hätte sagen sollen.

»Wirst du klarkommen?«, fragte ich.

»Natürlich werde ich klarkommen. Zu Beginn der Softballsaison müsste ich wieder auf den Beinen sein, aber du solltest mich vielleicht in der Batting Order zurückstufen, vierter Schlagmann geht nicht mehr.«

»Ich meinte, ob du *klarkommst*. Ich bin für dich da, wann immer und wofür immer. Das weißt du. Aber brauchst du ... Hilfe, um mit dieser Situation klarzukommen?«

Daz zog eine Braue hoch. »Du meinst Drogen?«

»Wenn du das willst.«

Er schenkte mir ein waschechtes Daz-Grinsen. »Du bietest mir an, Drogen für mich zu beschaffen? Mann, ich wünschte, ich hätte schon vor langer Zeit gewusst, dass du dazu bereit wärst.«

»Ich biete dir nicht an, Drogen für dich zu beschaffen«, widersprach ich leicht irritiert, unterdrückte meine Verärgerung jedoch sofort. »Aber wenn du welche haben willst, werde ich mir was einfallen lassen. Wir müssen da doch jemanden kennen, richtig? Wenn alle Stricke reißen, bliebe immer noch Alphabet City.«

Er ließ den Kopf ins Kissen sinken. »Danke, aber ich denke, ich komme ohne Ecstasy zurecht. Wie ich die Sache sehe, kriege ich in naher Zukunft sowieso ein paar pharmazeutische Hämmer verabreicht.« Er beugte sich vor, und ich stand auf, um ihm zu helfen, eine bequemere Lage zu finden. Er winkte ab.

»Ich habe diesen Tag schon lange erwartet, weißt du – aber es stellt sich heraus, dass ich nicht so gut darauf vorbereitet war, wie ich dachte.«

»Wie soll man auf so etwas vorbereitet sein? Wie soll man so etwas auch nur begreifen?«

»Man hört doch ständig davon. Von Männern, deren Väter und Großväter und Urgroßväter an einem Herzinfarkt starben, die jeden Morgen nach ihrem fünfunddreißigsten Geburtstag überrascht aufwachen, dass sie die Sonne wieder aufgehen sehen. Ich denke, ich war auch einer von diesen Typen.«

»Du bist nicht fünfunddreißig.«

»Ja, das muss es sein. Aber weißt du was? Ich glaube, ich habe mir eingeredet, *keiner* von denen zu sein. Ich meine, bei einer Familiengeschichte wie meiner beschäftigt man sich ziemlich regelmäßig mit diesem Thema. Doch gleichzeitig habe ich mich darauf versteift, anders zu sein. So viel zur Macht des positiven Denkens.«

»Vererbung ist ein ziemlich erbarmungsloser Meister«, sagte ich düster.

»Hey, das ist ein guter Slogan. Ist dir der gerade eingefallen?«

Ich schaute ihn an und schüttelte den Kopf. In diesem Augenblick war er ganz der Alte. »Ja, ich glaube, ich werde ihn für die nächste SparkleBean-Kampagne verwenden.«

»Ich bin sicher, die Leute von Bean werden ihn lieben.« Er lachte, doch es schien ihn anzustrengen. »Hör mal, ich könnte wirklich Hilfe bei den vielen Arrangements brauchen, die ich treffen muss. Gilt dein Angebot noch?«

»Ich bin für dich da, solange du mich brauchst.«

»Das sagst du *jetzt*.«

Ich grinste ihn an. »Ja, kurzfristig schaffe ich alles.«

»Du bist wirklich ein toller Freund, Flash.«

Wir machten uns an die Arbeit. In den nächsten Stunden fungierte ich als Daz' Assistent, während er Vorkehrungen traf, die ihm verbleibende Zeit in der relativen Behaglichkeit seiner Wohnung zu verbringen. Ich hätte gerne noch mit ihm über seine Familie gesprochen, darüber, wie er sich fühlte und was ihm durch den Kopf ging, aber jetzt hatten sachliche Dinge Vorrang. Diese Gespräche mussten warten. Doch wir würden sie führen. Ich schwor mir – uns beiden –, dass wir sie führen würden.

Schließlich war alles arrangiert. Daz würde noch eine Nacht im Krankenhaus bleiben und morgen nach Hause gehen.

»Ich bin ziemlich erledigt«, sagte er mit schwacher Stimme. »Ich glaube, ich schlafe eine Runde.«

»Nur zu. Ich werde hier sitzen und warten, bis du aufwachst.«

Ich glaubte, Freude in seinen Augen zu lesen. Dann las ich etwas anderes darin.

»Was?«, fragte ich.

»Du willst mir beim Schlafen zuschauen?«

»Ich werde eine Zeitschrift durchblättern oder so was, wenn dir das recht ist.«

»Sei mir nicht böse, aber mir ist nicht wohl bei dem Gedanken.«

»Du willst nicht, dass ich hier bin, während du schläfst?«

»Versteh mich nicht falsch – ich weiß den Gedanken zu schätzen, Flash, aber es wäre mir lieber, du würdest gehen.«

Ich war zwar ein wenig verletzt, aber ich hoffte, dass er es mir nicht anmerkte. Ich stand auf. »Okay. Dein Wunsch ist mir Befehl.« Ich drückte den Arm ohne Nadel. »Ich komme heute Abend wieder.«

»Das ist schön.«

Ich tätschelte seine Schulter und wandte mich zum Gehen.

»Rich?«

»Ja?« Ich drehte mich um.

»Tut mir leid.«

Ich schaute aus dem Fenster, auf den Boden und erst dann zu Daz. »Mir auch.«

Es war knapp, aber ich schaffte es, das Zimmer zu verlassen, bevor die Tränen flossen. Auf dem Flur saß ich minutenlang auf einem Stuhl, bis ich mich so weit gefasst hatte, dass ich wieder funktionierte. Diese Situation war unglaublich und nicht zu verkraften. Ich hatte mich nie in meinem Leben hilfloser gefühlt, hilfloser, als ich es mir jemals hätte vorstellen können.

Als ich auf dem Weg nach draußen durch die Krankenhauskorridore wanderte, war ich froh, dass wir unsere letzten gemeinsamen Wochen nicht vor dieser Kulisse spielen würden. Das wäre zu morbide gewesen, eine Pervertierung unserer langen gemeinsamen Zeit davor. Es würde ihn nicht heilen, aber Daz in seine Wohnung zurückzubringen wäre zumindest eine kleine Verbesserung für ihn.

Ich war schwer angeschlagen, aber ich wusste, dass ich noch immer nicht ganz begriffen hatte, dass ich

Daz verlieren würde. Ich stand unter Schock, befand mich in der Verleugnungsphase. Aber wenn mich die Erkenntnis schließlich mit voller Wucht träfe, würde es nicht in dieser gestärkten, weißen, sterilen Umgebung geschehen. Daz wäre zu Hause, und ich wäre bei ihm.

11

Das Kapitel,
in dem es um
Pflichterfüllung geht

Ich ging in die Agentur, weil ich nicht wusste, wohin ich sonst gehen sollte, aber an produktives Arbeiten war nicht zu denken. Ich konnte nur an Daz denken, daran, wie es für ihn war, das durchzumachen, wie verängstigt er sein musste, und dass es alles andere als fair war. Die Leute gaben sich die Tür in die Hand, um mit mir über ihn zu reden. Die Kollegen aus der Buchhaltung und der Poststelle erkundigten sich nach ihm, und an ihrer Anteilnahme war zu erkennen, dass er zu jedem von ihnen eine gewisse Beziehung hatte. Es war, als wäre er der Bürgermeister von The Creative Shop. Der Gedanke bescherte mir eines der seltenen Lächeln dieses Tages.

Die Leute wollten Einzelheiten wissen, und die Aufzählung der Fakten (soweit ich sie preisgab) fiel mir leichter als ihre Bewältigung. Während ich sah, wie Augen sich vor Schreck weiteten und Hände vor den Mund geschlagen wurden, stellte ich fest, dass die Worte eine gewisse Distanz zur Realität schufen. Über die

Krankheit zu sprechen war, als spräche ich über ein Buch, das ich gelesen, oder eine Show, die ich im Fernsehen gesehen hatte. Und nachdem ich die Informationen zum fünften Mal heruntergebetet hatte, verloren die Worte an Bedeutung. Ich wünschte, ich hätte die Möglichkeit, Daz' Tumor in Luft aufzulösen, indem ich bei ihm säße und das Ding buchstäblich zerredete.

Ich fragte mich, ob Daz in diesen heiligen Hallen den Status einer Legende erlangen würde, ob die Leute in vielen Jahren noch darüber sprechen würden, was sie gerade getan hatten, als sie erfuhren, dass der große Eric Dazman dem Tod geweiht war. Ich wünschte es mir. Ich wollte einer derjenigen sein, die dafür sorgten. Ich wäre vollauf damit zufrieden, wenn man in mir nichts als eine lebende Erinnerung an Daz sähe.

Kurz vor Feierabend bekam ich einen Anruf von Noel Keane. Es hätte ein Anruf vom Mars sein können, so gravierend unterschied sich die Welt, in der ich mich mit Keane und Prince aufgehalten hatte, von der, die ich heute früh betreten hatte. Keane berichtete mir, dass er mit Prince über unser Wochenende gesprochen und den Eindruck gewonnen habe, dass die Dinge sich sehr positiv entwickelten. Er wollte noch ein Gespräch mit mir führen, bevor er »etwas auf den Tisch lege«, und hoffte, wir könnten uns in naher Zukunft zusammensetzen.

Ich wollte dieses Gespräch nicht führen. Nicht jetzt zumindest. Vielleicht auch nie. Aber es war schwierig, Noel Keane etwas abzuschlagen. Also erklärte ich ihm, ich stecke bis über den Kopf in Arbeit und könne mich nur sehr schwer freimachen, aber er schaffte es irgendwie, mich zu überreden, ihn am Donnerstag auf einen Drink zu treffen. Ich fühlte mich wie eine Spielfigur. In einem Anflug von Aufbegehren wollte ich Keane sagen, dass ich in nächster Zeit wirklich überhaupt keine Zeit für eine Zusammenkunft hätte, doch ich brachte es nicht über die Lippen. Ich wusste, dass eine Absage aus privaten Gründen für die Leute von K&C nicht akzeptabel wäre, und ich hätte es nicht verkraftet, auch noch diese Hoffnung zu verlieren. Der Tag war schon schlimm genug.

Nach Keanes Anruf brachte ich überhaupt nichts mehr zustande. Was ich vorher gerade noch geschafft hatte – E-Mails zu beantworten und Spesenabrechnungen zu schreiben –, ging jetzt über meine Kräfte. Ich hatte Rupert schon gesagt, dass ich mir morgen freinehmen würde, um Daz zu helfen, sich zu Hause einzurichten. Es hätte zwar niemand protestiert, wenn ich mir länger freigenommen hätte, aber das hätte ich The Shop gegenüber als unloyal betrachtet. Zu sagen, dass ich in diesem Fall hin- und hergerissen war, wäre eine Untertreibung. Rupert war derart erschüttert gewesen, als ich mit der Nachricht über Daz' Gesundheitszustand zurückgekommen war – ich konnte ihn unmöglich hängenlassen. Ich musste etwas für die Auto-Kampagne tun, meinen Notstromgenerator anwerfen und die Reserven mobilisieren, die mich befähigten, alles andere beiseitezuschieben und etwas zu leisten.

An diesem Abend verbrachten ich und eine Gruppe von Kollegen ein paar Stunden mit Daz. Michelle war allerdings nicht dabei. Daz wirkte etwas entspannter und bemühte sich nach Kräften, Carnie und Chess aufzuheitern. Ich spielte mit und redete allerhand Unsinn, um der Situation den Ernst zu nehmen. Die anderen waren sichtlich verblüfft über mein Verhalten, aber ich wusste, dass Daz verstand, warum ich tat, was ich tat. Schließlich warf er uns hinaus, indem er uns erklärte, dass ihm Schlaf wesentlich lieber wäre als Gesellschaft. Ich denke, die Anstrengung, die anderen daran zu hindern, zusammenzubrechen, hatte ihn erschöpft.

Ich fuhr mit dem Vorsatz nach Hause, kreativ zu sein, diese Nacht zu nutzen, Angst und Wut und Schmerz zu verdrängen. Ich legte Musik auf – einen der Sampler, die wir für unsere gemeinsame Geburtstagsparty nicht mehr brauchen würden – und ließ mich mit einem Block auf dem Sofa nieder. Das Erste, was ich hinschrieb, war der Slogan, der Daz eingefallen war: »Nur Ihre Zukunft ist strahlender.« Ich weigerte mich, über den Zynismus dieses Satzes nachzudenken, und begann, ihn zu variieren. Doch alles, was mir einfiel, war entweder nichtssagend oder gestelzt oder einfach nur peinlich. Nach etwa einer Stunde standen Dutzende von Sätzen auf dem Block, aber keiner war eine echte Alternative zu dem Slogan, der Daz beim Pizzaessen eingefallen war. Es geschah nicht oft, aber hin und wieder fiel uns beim ersten Brainstorming etwas ein, auf dem wir dann die gesamte Kampagne aufbauten. Ich dachte darüber nach, wie der Slogan in halbminütigen Fernseh- und Radiospots eingesetzt werden sollte. Als einmaliges Motto oder mehrmals zwischendurch?

Ich kam nicht weiter. Sicher, ich hatte über die Jahre eine Reihe wirklich guter Ideen gehabt, aber vielleicht nur, weil ich Daz quasi als Resonanzboden hatte. Vielleicht war seine kreative Energie der Antrieb für meine eigene. Traf das nicht auch auf andere große Teams der Vergangenheit zu? Ich meine, die Leistungen von Lennon und McCartney als Einzelpersonen waren nichts gegen das, was sie gemeinsam zustande brachten. War mir ein Leben in Mittelmäßigkeit bestimmt, weil unser Duo auseinandergerissen würde? Und war das eine Art karmischer Strafe dafür, dass ich erwog, allein zu K&C zu wechseln?

Ich wandte mich der Aufgabe zu, einen Namen für das Auto zu finden. Ich wusste, dass mir etwas Besseres als *Brillante* einfallen würde. So gut wie alles wäre besser. Ich überlegte mir Wörter, die Helligkeit vermittelten: Corona, Flare, Beacon, Blaze, Sparkle, Coruscation, Glimmer, Radiance, Ray.

Dazzle? Nein, eher nicht. Nicht einmal jetzt.

Ich versuchte es mit Wörtern, die Potenzial vermittelten, scheiterte jedoch auch hier.

Also ging ich daran, Wörter zu erfinden – Gleamlighter, Streamrider, Flarefire –, die jedoch allesamt klangen, als hätten wir sie aus einem unserer Videospiele geklaut. Ich zog fremdsprachliche Wörterbücher zu Rate (leider hatte ich keine koreanische Ausgabe) und verlegte mich zu guter Letzt auf den beliebten Trick, Wörter auf x-beliebigen Gegenständen zu suchen. Die erste Seite der Regionalbeilage der *New York Times* blieb unergiebig, das Cheatcodebook von meinem Couchtisch, die Brezeltüte daneben und das Cover des neuen Jayhawks-Albums ebenso.

Plötzlich schoss mir das Wort »Spike« durch den Kopf, und ich dachte darüber nach. Es konnte für einen Karriereschub stehen oder für eine Beschleunigung durch den Tritt aufs Gaspedal. Es konnte für die Zeltstange stehen, an der man seine berufliche Entwicklung festmachte, und dafür, was man mit dem Football tat, nachdem man im Spiel des Lebens den metaphorischen Touchdown geschafft hatte. Das Wort hatte etwas, was die Jungen ansprach, aber auch die über Vierzigjährigen nicht abschreckte, die vielleicht geneigt waren, den Wagen zu kaufen, wenn sie glaubten, dass er sie jugendlich wirken ließ. Wirklich keine schlechte Idee.

Ich verwarf sie. Sie stand auf einer Stufe mit *Brillante*.

Ich schaute auf meine Notizen und den jämmerlichen Versuch hinunter, ein von einem Lichtschein umgebenes Auto zu zeichnen. Wenn sich die künstlerischen Fähigkeiten auf Strichmännchen beschränkten, sollte man sich nicht einbilden, ein als solches erkennbares Auto hinzukriegen. Alles in allem hatte ich nach mehreren Stunden nicht viel vorzuweisen. Ich riss die Blätter vom Block, zerknüllte sie und warf sie einzeln in den Papierkorb. Oft führte mich eine scheinbar endlose Reihe schlechter Ideen zu einem guten Einfall – nach dem Prinzip, dass die Chancen sich verbesserten, wenn man den Mist hinter sich hatte –, aber ich war sicher, dass ich mich heute Abend nur im Kreis bewegen würde.

Also beschloss ich, mir die Frustration des Tages mit ein bisschen Search and Destroy von der Seele zu spielen. Ich stellte den Gegner auf das Level »Prepare to get Bloody« ein, da ich mich »Resistance is Futile« heute Abend nicht ganz gewachsen fühlte. Wie beim letzten Spiel mit Daz wählte ich Blitar und trat einen Vernichtungsfeldzug an. Damit war ich ein paar Minuten lang beschäftigt, und als ich General Krus' schimmernde Festung eroberte, gab es eine eindrucksvolle Technicolor-Explosion, und ich jubelte und schrie vor Begeisterung. Doch im Gegensatz zu Daz stieß die PlayStation-Konsole keine Beschimpfungen aus oder drohte mir mit Vergeltung oder versuchte, mich mit einem Bier abzulenken. Und nach einer Weile wurde klar, dass der computergesteuerte Krus nicht viel aushielt.

Ich startete das Spiel erneut und stellte diesmal die höchste Geschicklichkeitsstufe ein. In diesem neuen Kampf verlor ich zwar ein paar Verbündete, aber ansonsten war er nicht wesentlich schwieriger. In all den Stunden, die Daz und ich mit diesem Spiel verbrachten, hatten wir die Kernprogrammierung des Spiels überflügelt. Das ließ alle möglichen Schlüsse zu, und keiner davon machte mich glücklich.

Ich legte das Spiel in seine Box zurück und stellte sie ins Regal. Mein Blick fiel auf das Cheatcodebook, und ich fragte mich, ob es wohl einen Code darin gab, den ich eingeben könnte, um das Gerät zu einem schwierigeren Gegner zu machen. Natürlich war das Buch dafür nicht gedacht, und ich war sicher, dass nicht viele Leute nach diesem Service verlangten.

Es war kurz nach elf, und ich wusste nicht, was ich mit mir anfangen sollte. Natürlich hätte ich jemanden anrufen, vielleicht etwas trinken gehen und versuchen können, für eine Weile zu entspannen. Aber ich war nicht in Stimmung für Gesellschaft. Ich könnte ins Bett gehen. Wahrscheinlich würde ich schnell einschlafen. Schließlich war ich sehr früh aufgestanden. Aber auch dazu hatte ich keine Lust. Ich erwog, Daz im Krankenhaus anzurufen und mir ein paar spöttische Bemerkungen über meine lahmen Slogan- und Namensfindungsversuche anzuhören. Aber er war müde gewesen und schlief bestimmt.

Ich schätze, das war ein Grund für die Erfindung des Heimkinos mit Riesenbildschirm und Surroundsound: Wenn man das Licht ausmachte und die Lautstärke so weit aufdrehte, dass sie alles andere übertönte, aber nicht so laut, dass sich die Nachbarn beschwerten, konnte man sich in einer anderen Welt verlieren.

Die Idee war verlockend. Ich durchforstete mein DVD-Regal und entschied mich schließluch für »The Matrix«, holte mir ein Bier und wartete darauf, mich zu verlieren. Es passierte nicht. Es reichte nicht einmal zur Ablenkung. Aber die Zeit verging.

12

Das Kapitel,
in dem es um
beste Freunde geht

Am nächsten Tag fuhr ich Daz abholen. Ihn aus dem Krankenhaus herauszukriegen erforderte einen ungeheuren Papierkrieg, wovon ich ihm nichts abnehmen konnte, weil ich kein Familienmitglied war. Das Ganze nahm Stunden in Anspruch, und ich bin sicher, Daz fragte sich, wie viel vom Rest seines Lebens er wohl mit der Organisation desselben zubringen würde. Als endlich alles erledigt war, wurde Daz von einem Pfleger im Rollstuhl nach unten gekarrt. Es dauerte ewig, bis wir ein Taxi hatten, was mich tierisch nervte, denn ich dachte irrationalerweise, dass sich Daz' Verfassung schlagartig bessern würde, sobald ich ihn aus dem Dunstkreis von St. Luke's entfernte.

In der Lobby seines Hauses angekommen, plauderten wir mit dem Portier wie an einem ganz normalen Tag. Daz schien seine Krankheit nicht ansprechen zu wollen. Natürlich bestand keine Verpflichtung, den Mann zu informieren, aber ich dachte, dass er vielleicht gern Bescheid wüsste. Die Angestellten wurden zwar dafür bezahlt, freundlich und hilfsbereit zu sein, aber wie der Chauffeur, der mich in die Hamptons hinausgefahren hatte, schienen die Leute in Daz' Lobby echt herzlich zu sein. Ich glaube, dass sie erschüttert reagieren würden, wenn sie von Daz' Krankheit erführen, und man ihnen die Neuigkeit schonend beibringen sollte.

Als wir in die Wohnung kamen, empfing uns das Chaos der Samstagsparty, und während Daz sich in seinen Massagesessel setzte, machte ich mich daran, Ordnung zu schaffen. Das war zwar nicht meine Stärke, aber wir konnten das Zeug – einschließlich einem Rest Guacamole – unmöglich stehen lassen, bis in ein paar Tagen die Putzfrau käme.

»Keine in den Teppich eingetretenen Chips und nur ein Fleck auf dem Couchtisch«, berichtete ich, als ich die leeren Gläser einsammelte. »War das eine *Teegesellschaft*?«

»Offenbar bist *du* das Ferkel, Flash. Meine übrigen Freunde scheinen sich benehmen zu können.«

Daz machte heute einen wacheren und frischeren Eindruck. Ich hatte mich im Internet schlaugemacht und erfahren, dass diese Krankheit einen schnellen Verlauf nahm, der in Wellen verlief. Es würde noch kurze Perioden geben, in denen Daz einen völlig gesunden Eindruck machte, und weniger häufige, in denen er niedergeschlagen und kraftlos wirkte. Mit der Zeit würde sich die Situation umkehren und die guten Perioden würden seltener. Und all das würde von seiner Reaktion auf die Medikamente beeinflusst.

Ana, die Tagschwester, erschien zwanzig Minuten nach unserer Ankunft, schüttelte Daz' Kissen auf und gab ihm ein paar Tabletten. Ich wusste nicht, was sie ansonsten noch hier tun könnte. Die Ärzte hatten eindringlich zur Einstellung einer Pflegerin geraten, und da Daz sich keine Geldsorgen mehr machte, hatte er den Rat befolgt. Doch alles, was sie tat, war, ihm Medizin zu geben, für ihn zu kochen und sich anzusehen, was immer Daz sich in dem Fernseher im Wohnzimmer ansah. Wahrscheinlich würde sie sich in den kommenden Wochen als wertvoller erweisen, aber im Moment erschien sie mir als unnötige Extravaganz.

Ich hatte eigentlich den ganzen Tag bei Daz bleiben wollen, doch Anas Anwesenheit bereitete mir Unbehagen. Allerdings beruhte das auf Gegenseitigkeit: Immer wieder warf sie mir einen Blick zu, der mir vermittelte, dass ich störte. Vielleicht hätte sie gern die Füße hochgelegt und sich entspannt, vielleicht sogar ein Nickerchen gemacht, wagte es aber nicht, weil sie sich von mir beobachtet fühlte.

Am späten Nachmittag schaltete Daz auf Cartoon-Network, lachte und sprach ab und zu mit dem Fernseher. In einer Werbepause wandte er sich mir zu.

»Okay – ich habe eine Entschuldigung, nicht zur Arbeit zu gehen. Was ist deine?«

Ich war so verblüfft, dass ich nicht gleich antwortete. Schließlich sagte ich leise: »Ich leiste dir Gesellschaft.«

»Du überlegst nicht, wie du all das nachholen sollst, was die letzten Tage liegengeblieben ist?«

»Nein.«

Er schaute mich skeptisch an, aber ich hatte wirklich nicht darüber nachgedacht. Zugegeben, normalerweise hätte ich es getan, wenn ich zwei Tage hintereinander nicht im Büro gewesen wäre, aber in diesem Fall nicht.

»Warum gehst du nicht für eine Weile in die Agentur?«, fragte er.

»Wirfst du mich raus?«

Seine Augen verengten sich. »Was steckt dahinter?«

»Ich kann dir nicht folgen.«

»Hast du dir unbezahlten Urlaub genommen, um jeden Tag mit mir fernsehen zu können?«

»Ich werde morgen ein bisschen arbeiten.«

»Geh heute ein bisschen arbeiten. Morgen wirst du *viel* arbeiten. Jemand muss doch die Fahne hochhalten.«

»Die Fahne?«

Er langte herüber und legte die Hand auf meinen Arm. »Du musst von jetzt an Flash *und* Dazzle sein, Rich.«

Tränen schossen mir in die Augen. Daran würde ich mich offenbar gewöhnen müssen. Ich blinzelte ein paarmal schnell hintereinander und schaute in die andere Richtung, als suche ich dort etwas.

»Bist du sicher, dass du allein zurechtkommst?«, fragte ich, als ich meiner Stimme wieder traute.

»Ich hab doch Ana«, antwortete Daz mit einer Kopfbewegung in die Richtung der Frau, die keine Notiz von unserem Gespräch zu nehmen schien. Dann nickte er zum Fernseher hinüber. »Und ich habe Scooby. Geh und mach was Spektakuläres. Oder zumindest Einträgliches.«

Und so fuhr ich ins Büro, doch mir war nicht wohl dabei, Daz zu verlassen. Ich hatte nicht darüber nachgedacht, wie ich seine Betreuung und den Job unter einen Hut bringen könnte, aber Daz hatte es offenbar getan. Er würde mich jeden Tag mit der Anweisung in die Firma schicken: *Du musst jetzt allein so brillant sein, wie wir es gemeinsam waren.* Ganz ohne Druck.

Nach meiner Ankunft in The Shop bemühte ich mich, voranzukommen, und ich war nicht so schlecht, wie ich befürchtet hatte. Es war halb sieben, und ich hatte Daz im Lauf des Tages schon mehrmals angerufen, als er mich anrief.

»Du musst mir unbedingt Doritos oder so was mitbringen, wenn du kommst. Ana hat mir gerade das schlechteste Essen meines Lebens vorgesetzt.«

»Wirklich?«

Er tat so, als würge er. »Ich wusste bis heute nicht, dass etwas gleichzeitig fade und widerlich schmecken kann. Die Frau ist auf eine schreckliche Art genial. Cool Ranch wäre toll. Wann kommst du?«

»Carnie und ich sprechen gerade über BlisterSnax-Max. Ich bin in einer Stunde bei dir, wenn dir das recht ist.«

»Klingt gut. Denk dran: Cool Ranch Doritos. Eine große Portion. Die gibt es im Gristedes auf der Sechsundachtzigsten.«

»Ich bring dir zwei Portionen.«

»Du bist Spitze, Flash.«

Carnie und ich beendeten unser Gespräch, und ich beschloss, Daz mit einem der riesigen Pastrami-Sandwiches vom Carnegie Deli für sein offenbar fürchterliches Abendessen zu entschädigen. Obwohl ich sicher war, dass er von dem Sandwich begeistert sein würde, wollte ich ihn nicht enttäuschen, indem ich ohne die Pommes erschien. Ich ließ das Taxi Ecke 86th und Broadway halten und lief die paar Schritte zum Gristedes.

Als ich die Wohnung betrat, war Ana schon gegangen, was mir sehr recht war, denn sie hätte mich bestimmt noch mehr verabscheut als ohnehin, wenn sie gesehen hätte, dass ich Daz etwas zu essen mitbrachte. Ich holte den Betttisch heraus, den ich besorgt hatte, und Daz bekam große Augen, als ich ihm das Sandwich präsentierte. Ich stellte eine Dose Dr. Brown's Cream Soda daneben.

»Kein SparkleBean?«

»Beim Carnegie Deli gibt es kein SparkleBean.«

»Das wird sich ändern, sobald unsere Kampagne anläuft.«

»Ja.« Ich lächelte. »Wahrscheinlich.«

Er biss von seinem Sandwich ab und verdrehte schwelgerisch die Augen. Ich freute mich, dass es ihm schmeckte, doch ich war überrascht. Wenn ich vor mir gehabt hätte, was er vor sich hatte, hätte ich wahrscheinlich nie wieder einen Bissen gegessen. Aber vielleicht bewirkte seine Situation, dass er etwas Gutes jetzt ganz besonders genoss.

»Du musst mir ab sofort jeden Tag so eins mitbringen«, sagte er.

Ich pickte ein heruntergefallenes Stück Pastrami aus meiner Verpackung. Als wäre nicht schon genug auf meinem Sandwich gewesen. »Es würde dir bald zum Hals heraushängen.«

»Auf keinen Fall.« Er biss wieder ab und kaute genüsslich. »Wir waren viel zu selten im Carnegie.«

»Es ist immer brechend voll da drin.«

»Das ist keine Entschuldigung. Dieses Sandwich ist ein einzigartiges Erlebnis. Wie viele einzigartige Erlebnisse sind einem im Leben vergönnt?«

Ich neigte den Kopf zum Zeichen, dass ich seiner Argumentation zustimmte. Ich ging sehr gern ins Carnegie, aber die Menschenmassen waren wirklich stressig. Andere Delis behaupteten zwar, genauso gute Sandwiches zu machen, aber ich hatte es noch nie ausprobiert. Daz hatte recht. Wir hätten öfter hingehen sollen. Das Gedränge hätte uns nicht davon abhalten dürfen.

Eine Weile aßen wir schweigend. Daz gab mir seine Gurke. Das neue Beam-Album lieferte die musikalische Untermalung. Daz hatte es am Erscheinungstag erstanden – drei Tage, ehe wir in das Konzert gingen –, weil er schon vorher kennen wollte, was sie an dem Abend spielen würden. Und die nächsten Tage »studierte« er die Songs immer und immer wieder.

Zum Nachtisch gab es Doritos. Daz hielt ein Pomme frite ins Licht und betrachtete es, wie jemand anderer vielleicht einen teuren Cognac betrachten würde.

»Als Teenager verputzte ich jeden Abend eine solche Tüte voll mit Bill Franks.«

»Bill Franks?«

Daz aß den Dorito und spülte ihn mit dem Rest seines Cream Soda hinunter. Das war seine Vorstellung von Haute Cuisine, und ich fragte mich, was für einen Schlangenfraß Ana ihm serviert haben musste, dass er sich beschwert hatte. »Mein bester Freund in der Highschool.«

»Der Typ mit der Harley?«

»Nein, das war Frank Simmons.«

»Wenigstens war einer der Namen richtig.«

»Die beiden Jungs waren total verschieden. Frank Simmons und ich verbrachten nicht viel Zeit miteinander. Nur, wenn er mich auf seinem Bike mitnahm.«

»Und wer ist nun Bill Franks?«

Daz fischte noch ein paar Pommes aus der Tüte und antwortete mit vollem Mund: »Ich habe dir bestimmt schon von ihm erzählt.«

»Ich schwöre dir, ich habe noch nie von ihm gehört.«

»Hm.« Daz lehnte sich in die Kissen zurück. Er hielt mir die Tüte hin. Als ich dankend ablehnte, stellte er sie vor sich auf die Bettdecke. »Bill und ich waren fast die ganze Highschool-Zeit zusammen. In einem Jahr wohnte ich sogar ein paar Wochen bei ihm zu Hause. Wir waren beide in der Fußballmannschaft und unternahmen nach dem Training alles Mögliche. Als er ein Auto bekam, fuhren wir nach den Spielen los, aßen Doritos – meistens Cool Ranch, aber manchmal auch

Nacho Cheese –, tranken Bier und kurvten lärmend durch Manhattan. Manchmal kamen wir erst um zwei Uhr früh nach Hause. Hin und wieder hatten wir sogar Gesellschaft, wenn du weißt, was ich meine.«

»Soccer-Groupies.«

Er nickte grinsend. »Du sagst es.«

Ich langte hinüber und schnappte mir ein Dorito. »Warum gibt es in der Werbebranche keine Groupies?«

»Ich denke, das versteht sich von selbst.«

Ich war da nicht so sicher, fand es jedoch im Augenblick nicht der Mühe wert, der Sache nachzugehen. »Ihr beide wart also mit den schönsten Mädchen unterwegs, die es nicht erwarten konnten, eure kühnsten Phantasien wahr werden zu lassen.«

»Der Wagen war eine siebenundachtziger Chevette, und das mit den Mädchen passierte nur einmal.«

»Die Geschichte klingt nicht so gut.«

»Texte sind *dein* Ressort. Jedenfalls war das eines der Dinge, die Bill und ich gemeinsam machten. Natürlich trainierten wir viel – sogar in seinem Zimmer köpften wir uns den Ball zu –, aber er war der erste Typ, mit dem ich wirklich reden konnte.«

»Das muss sich ziemlich komisch angehört haben beim Kopfballtraining.«

Daz warf mir seinen typischen gespielt enttäuschten Blick zu, aber ich hatte den Eindruck, dass er diesmal wirklich enttäuscht war. Ich beschloss, meine Klugscheißer-Attitüde zurückzufahren. Das war schon das zweite Mal in dieser Woche. Ich musste in diesem

Punkt wirklich an mir arbeiten. Aber diese Erkenntnis half mir im Moment nicht weiter – ich wusste trotzdem nicht, wie ich mit Daz reden sollte. Wäre es ihm lieber, wenn ich eine zahmere Tonart anschlüge, oder würde es ihn irritieren, wenn ich ihn plötzlich anders behandelte?

»Bill war nicht der Hellste, aber er hatte ganz vernünftige Ansichten – zumindest fand ich das damals –, und wir redeten stundenlang über Gott und die Welt.«

Es verblüffte mich, Daz davon schwärmen zu hören, denn ich hatte nie erlebt, dass er an langen Gesprächen interessiert gewesen wäre – es sei denn, es ging um große Gitarristen oder Top-wide-Receiver. Und plötzlich sah ich vor mir, wie er im Zimmer herumhüpfte wie der Daz, den ich kannte, dabei aber über Hoffnungen und Träume, Ängste und Unsicherheit redete. Es passte einfach nicht.

»Wann hast du das letzte Mal mit Bill Franks gesprochen?« Ich wäre nicht überrascht gewesen, wenn er mir eröffnet hätte, dass er letzte Woche mit ihm telefoniert hatte oder dass Bill Franks am Ende des Flurs wohnte.

»Das ist eine Geschichte für sich.« Er lehnte sich tiefer in seine Kissen. »Wie du weißt, hatte ich dieses Soccer-Stipendium von der Michigan bekommen. Bill war auch ein ziemlich guter Fußballspieler, aber wie gesagt, nicht besonders helle. Seine Noten reichten gerade mal fürs Cloud County Community. Ich weiß nicht, warum er überhaupt studierte. Wahrscheinlich dachte er, dass er in der Fußballmannschaft glänzen, vielleicht alle Prüfungen bestehen und dann ganz weit weg von Manhattan gehen würde.«

»Aber daraus wurde nichts?«

»Nein. Kaum hatte er den Campus betreten, wurde er drogensüchtig. Als er in den Weihnachtsferien nach Hause kam, war er nicht wiederzuerkennen. Er hatte den Fußball an den Nagel gehängt, hörte nur noch Punk-Rock und redete nur noch über Drogenräusche. Und das alles nach drei Monaten.« Daz schien es heute ebenso wenig zu verstehen wie damals. Er wirkte sogar ein wenig verletzt.

»War eure Freundschaft damit zu Ende?«

»Nicht sofort. Wir verbrachten sogar viel Zeit miteinander in diesen Ferien. Ich war in meinem ersten Semester in Michigan lockerer geworden und nahm an, dass er eben noch ein bisschen lockerer geworden war. Aber es störte mich, dass er über nichts anderes als Drogen reden wollte. Schließlich gibt es über Drogen nicht übermäßig viel zu sagen. Abgesehen davon interessierte ihn bloß laute Musik. Vor allem die von The Ramones. Als ich eines Tages vorschlug, ein paar Ballübungen zu machen, schaute er mich an, als käme ich von einem anderen Stern. Fußball war für ihn kein Thema mehr. Wahrscheinlich zu wenig Drogen und Headbanging für seinen Geschmack.

Richtig schlimm wurde es aber erst im Sommer. Obwohl er in den Weihnachtsferien schon sehr seltsam gewesen war, besuchte ich ihn, als ich nach Hause kam. Schließlich waren wir seit langem befreundet. Jedenfalls hatte er inzwischen ein Mädchen. Den Namen habe ich vergessen. Wir gingen zu dritt auf eine Party, und eine Weile benahm Bill sich normal – für seine Verhältnisse. Aber er war schon ziemlich high gewesen, als er mich abholte, und gleich nach der Ankunft auf der Party verschwanden er und sein Mädchen, um Stoff nachzulegen. Irgendwann fingen die beiden an zu streiten und wurden handgreiflich. Er war ungefähr dreißig Zentimeter größer als sie, und mir wurde mulmig. Die anderen schauten tatenlos zu, aber ich ging hin und packte ihn bei der Schulter. Er fuhr zu mir herum und sagte: ›Ich liebe dich, Mann, aber wenn du mich noch mal anfasst, bring ich dich um.‹ Dann fing das Mädchen an, mich zu beschimpfen, und als wäre das Ganze nicht schon irre genug, begannen sie wieder, sich zu schubsen, und während das Mädchen mich anschrie, sagte er immer wieder: ›Ich liebe dich, Mann, aber wenn du mich anfasst, bring ich dich um.‹ Es war surreal.«

»Bist du abgehauen?«

»Nein. Ich dachte wirklich, er würde sie verletzen. Also ging ich dazwischen. Er holte aus, und ich versetzte ihm einen Kinnhaken. Bill fiel um. Ich hatte keine Übung als Faustkämpfer, aber mein Schlag hatte getroffen. Die Freundin beugte sich über ihn und beschimpfte mich wüst. Es war okay, dass sie ihn hatte verprügeln wollen, aber dass jemand anders ihn angefasst hatte, war ein Frevel. Wenn es nicht so traurig gewesen wäre, hätte ich gelacht. Ich sagte ihr, sie solle zur Hölle fahren, und verließ die Party.« Daz verfiel in nachdenkliches Schweigen.

»Und das war das letzte Mal, dass du ihn gesehen hast?«

Er schaute auf und nickte. »Das war das letzte Mal, dass ich ihn sah. Ich erfuhr, dass ich ihm den Kiefer gebrochen hatte, und erwartete, dass er sich an mir rächen würde, aber er tat es nicht. Irgendwann war er weg. Ich habe keine Ahnung, was aus ihm geworden ist.«

»Eine verrückte Geschichte.«

»Ja. Eine originelle Art, eine Freundschaft zu beenden.« Er schaute mich an, und ich fragte mich, was er dachte. Auf keinen Fall konnte er denken, dass so etwas zwischen uns passieren könnte. Gewalttätigkeit wäre in unserer Freundschaft absolut unmöglich. Wenn einer von uns auch nur daran dächte, würde der andere lachen, und die Luft wäre raus.

»Von meinen Freundschaften hat keine ein so übles Ende gefunden. Mein bester Freund hieß Toby Macklin. Wir lernten uns in der Vorschule kennen und waren lange unzertrennlich. Er war ein guter Kerl und ein großer Baseballfan, und wir redeten stundenlang über Sport. Einmal hingen wir ein ganzes World-Series-Spiel lang am Telefon und kommentierten den Verlauf. Als ich vierzehn war, zog er mit seinen Eltern nach Nordkalifornien. Wir schrieben uns noch eine Weile, aber mit der Zeit schlief der Kontakt ein. Wenn es damals schon E-Mails gegeben hätte, wären wir wahrscheinlich in Verbindung geblieben, aber Briefe schreiben war auf die Dauer nicht unser Ding. Als ich hörte, dass er an der Stanford den MBA gemacht hatte, wollte ich ihm eine Glückwunschkarte schicken, aber ich vergaß es immer wieder.

Auf der Highschool wurde Zack Farley mein bester Freund. Wir kannten uns seit der Grundschule und waren ziemlich gut befreundet gewesen, hatten uns dann jedoch aus den Augen verloren. Auf der Highschool war er viel cooler als früher. Er lernte Schlagzeug und spielte mit älteren Kids in einer echt heißen Band. Ich ging oft zu ihren Proben und entwickelte mich allmählich zu ihrem inoffiziellen Tonmeister. Im vorletzten Schuljahr begleitete ich sie zu vielen Gigs, was ziemlich aufregend war, weil ich auf diese Weise in Bars kam, in die ich normalerweise aus Altersgründen nicht reingekommen wäre. Allerdings stellte sich heraus, dass es keine Groupies für Tonmeister gibt.

Als es hieß, sich für eine Universität zu entscheiden, wählte ich die Michigan, und Zack – der Zusagen vom Boston College und der Virginia hatte – entschied sich gegen ein Studium, damit er bei der Band bleiben konnte. Seine Eltern zeigten kein Verständnis für seinen Entschluss, und eines Nachts packte er seine Sachen und zog zu dem Bassisten. Danach sahen wir uns nur noch selten.«

»Hat er Karriere gemacht?«

»Nein. Ich habe gehört, dass er jetzt Zahnmedizin studiert. Aber er war ein guter Schlagzeuger. Wahrscheinlich wird er mit fünfzig am Wochenende auf Hochzeiten spielen.«

Daz schüttelte lachend den Kopf. »Wie oft haben

wir mit diesen Typen Lösungen für die Probleme der Welt gefunden?«

Ich nickte. »Stimmt. Zack war ein Puzzle-Fan. Er sah die Krise im Nahen Osten und die Notsituation des Schreiadlers als Puzzlespiele.«

»Vielleicht hat er eine Zukunft als Politiker.«

»Das würdest du nicht sagen, wenn du seine Lösungen gehört hättest. Zacks Lieblingswort war *tiefgreifend*. Leider war sein Verständnis von ›tiefgreifend‹ ein Synonym für ›absolut lächerlich‹.«

»Bills Überlegungen waren nicht tiefgreifend – eher von der ›Wie überstehe ich den Tag‹- und ›Wie kriege ich mehr Mädchen ins Bett‹-Sorte.«

»Ein Thema, das alle guten Freunde ausführlich diskutieren.«

»Das ist kein Witz – wir redeten über fast jedes Mädchen in der Schule. Bill stellte bei jeder Einzelnen Spekulationen darüber an, wie sie im Bett war. Er besaß eine lebhafte Phantasie und erstaunliche Kenntnisse der menschlichen Anatomie.« Er schüttelte den Kopf und verlor sich in Gedanken. »Aber er war ein wirklich guter Kerl«, fuhr er schließlich fort. Ich wünschte, er wäre nicht so abgestürzt.« Die Musik endete, und es wurde still im Zimmer. »Ich muss die CD wechseln.«

Daz hatte einen CD-Player im Wohnzimmer und eine Minianlage im Schlafzimmer. Letztere fasste bis zu fünfzig Discs, aber Daz bestand darauf, immer nur eine einzulegen, da er, wie er argumentierte, vorher schließlich nicht sagen könnte, auf welche Musik er gerade Lust hätte.

Während er eine neue CD aussuchte, knüllte ich die Sandwich-Verpackungen zusammen und brachte sie in die Küche. Zu meiner Erleichterung stellte ich fest, dass Ana sich des Partygeschirrs angenommen hatte. Sie mochte eine unfähige Köchin sein, aber wenigstens saß sie nicht nur vor dem Fernseher.

»Weißt du, was mir immer einfällt, wenn ich an meine Highschoolzeit denke?«, fragte Daz, als ich zurückkam. Er ließ die All-American Rejects anlaufen und lehnte sich zurück. »Wie ich damals über meine Zukunft nachdachte.«

»Du meinst, im Hinblick auf die vielen Krebsfälle in deiner Familie?« Ich hatte seine gestrige Eröffnung noch nicht verkraftet. Sie war der zweite Teil der Schlagkombination, die mich jedes Mal traf, wenn ich daran dachte, wie krank Daz war.

»Nicht nur. Ich dachte auch darüber nach, was ich mit meinem Leben anfangen würde. Wie es für mich laufen würde.«

»Hast du je gedacht, dass du in dem *anderen* Manhattan ein genialer Artdirector sein würdest?«

Er schüttelte entschieden den Kopf. »Nicht im Traum. Ich wusste nicht einmal, was ein Artdirector *tut*, bis ich dich kennenlernte. Als ich mich an der Michigan bewarb, wusste ich, dass ich zeichnen konnte und damit Geld verdienen könnte, wenn ich es richtig lernte. Und ich dachte, wenn es reichen würde, um meinen Lebensunterhalt zu bestreiten, würde mir schon jemand den richtigen Weg zeigen.«

»Und was wolltest du in deiner Schulzeit werden?«

»Natürlich der erste amerikanische Soccer-Star – was ein ziemlich kühner Traum war, da es in den Staaten damals nur Hallenfußball und keine professionelle Outdoor-Liga gab. Aber nach meinem triumphalen Auftritt bei den Olympischen Spielen und der Weltmeisterschaft würde ich berühmt sein. Ich hatte sogar im Kopf, Lou Gehrig abzulösen.«

»Da hättest du dir auch vornehmen können, Astronaut zu werden.«

»So ungefähr. Aber warum hätte ich davon träumen sollen, Gebrauchsgrafiker zu werden? Ich meine, es ist vielleicht aufregender als Buchhalter, aber zum Star wird man nicht damit.«

»Ich wusste gar nicht, dass du ein Star werden wolltest.«

»Ein Shootingstar. Eine Weile war ich regelrecht besessen davon. Vielleicht, weil ich einen bleibenden Eindruck hinterlassen wollte. Du weißt schon – je mehr Menschen wissen, wer du bist, umso größer ist die Chance, dass sich einer an dich erinnert.«

Ich wusste nicht, wie ich darauf reagieren sollte. Wahrscheinlich hätte ich Daz sagen sollen, dass sich Massen von Leuten an ihn erinnern würden, aber ich war regelrecht erschüttert, dass ihm das wichtig war. Er hatte nie den Eindruck gemacht, als schere er sich darum. Ich hatte ihn sogar dafür bewundert, dass er so gut verbarg, dass es ihn nicht interessierte.

»Du hast früher doch auch nicht gedacht, dass du mal in die Werbung gehen würdest, oder?«, fragte er.

»Nein.«

»Was dann?«

»Na ja, natürlich wollte auch ich Spitzensportler werden – aber meine Basketball-Star-Phantasien legten sich ziemlich schnell, als ich es mit zwölf nicht einmal zum Startspieler meines Little-League-Teams schaffte. Danach beschloss ich zu schreiben.«

»Das tust du doch.«

»Ich meine *richtig*. Theaterstücke.«

Daz bedachte mich mit einem seiner typischen ungläubigen Blicke. »Du wolltest als Junge *Stückeschreiber* werden?«

»Ich weiß, das klingt wahrscheinlich bescheuert, aber wir wohnten nahe der City und gingen viel ins Theater. Ich war dreizehn oder vierzehn, als meine Mutter mich in ›Six Degrees of Separation‹ mitnahm – und damals nahm ich mir vor, irgendwann auch ein solches Stück zu schreiben.«

Daz schien verwirrt. »Du warst kein einziges Mal im Theater, seit ich dich kenne.«

Ich zuckte mit den Schultern. »Der Reiz verflog. Und als ich an der Michigan anfing, entdeckte ich, dass ich als Stückeschreiber nicht viel zu sagen hatte. Damals begann ich mich für die Werbung zu erwärmen.«

Diese Dinge über mich zu sagen war beinahe ebenso überraschend wie einige der Dinge zu hören, die Daz sagte. Es war sehr lange her, dass ich daran gedacht hatte, Stücke zu schreiben. Es kam mir fast vor, als spräche ich über jemand anderen. Daz und ich waren noch keine engen Freunde gewesen, als mein Prof für Dramatisches Schreiben mir eröffnete, dass meine Dialoge hölzern wirkten und meine Situationen unglaubwürdig – und als wir es dann waren, hatte ich diesen Traum bereits eingemottet.

»Wie haben wir uns gemacht?«, fragte Daz nach einer neuerlichen Pause.

»Inwiefern?«

»Ich spreche von dem, was wir erreicht haben.«

»Du meinst, abgesehen davon, dass du kein Soccer-Superstar geworden bist und ich nicht den Pulitzerpreis bekommen habe?«

»Genau.«

Ich lehnte mich zurück und überlegte einen Moment. »Ich denke, wir haben uns gut gemacht.«

»Wirklich?«

Ich wollte sagen, dass Menschen von Ende zwanzig sich nicht den Kopf darüber zerbrechen müssten, was sie erreicht hatten. Aber natürlich konnte ich das nicht. Nicht zu Daz.

»Ja, ich finde schon. Wir haben viel Spaß, wir verdienen viel Geld, wir bekommen viele Komplimente, und wir haben viele Freunde. Das heißt doch was, oder?«

»Ja, das heißt was.« Daz schaute in die Ferne. »Ich bin froh, dass du meinst, dass wir uns gut gemacht haben«, sagte er dann. Als er mich anschaute, erwartete ich, Traurigkeit oder zumindest Bedauern in seinen Augen zu lesen, doch ich las eine gewisse Zufriedenheit darin.

Danach wurde unsere Unterhaltung oberflächlich. Ich erzählte, dass ich im Büro so gut wie nichts zustande brachte, und er gab mir Anweisungen, wie ich das

Softballteam in seiner Abwesenheit zu händeln hätte. Ich schlug vor, das Team abzugeben, aber er erlaubte mir nicht, als Mannschaftskapitän zurückzutreten. Als das Rejects-Album endete, machte Daz den Fernseher an, und wir sahen uns auf HBO einen seichten Film an.

Zum zweiten Mal in zwei Tagen war ich nach einem Gespräch mit Daz ein wenig verwirrt, ein wenig überrascht und ein wenig melancholisch. Das war früher nie so gewesen.

Es war nicht unangenehm. Ungewohnt, aber nicht unangenehm. Ganz und gar nicht.

13

Das Kapitel,
in dem es um
gebrochene Herzen geht

Wir, Daz' engste Freunde bei der Agentur, nannten uns S.D.F. – »Selbsthilfegruppe der Daz-Fans« – und trafen uns regelmäßig, um uns über seinen Zustand und unsere Gedanken und Gefühle bezüglich seines Zustands auszutauschen. Dieser Austausch half uns, aber es gab zwei Bedingungen, um in die S.D.F. aufgenommen zu werden: keine Tränen und keine Rührseligkeiten. Das Letzte, was wir jetzt gebrauchen konnten, war, uns gegenseitig noch weiter zu demoralisieren. Es ging darum, einander zu unterstützen, nicht darum, in Kummer zu versinken. Letzteres taten wir wahrscheinlich alle mehr als genug, wenn wir allein waren.

Am nächsten Morgen berief Michelle ein außerplanmäßiges S.D.F.-Treffen ein. Wir beide waren die einzigen anwesenden Mitglieder.

»Ist er gut versorgt?«, fragte sie, als sie sich mir mit einem Kaffee gegenübersetzte.

»Ja. Ich habe auf dem Weg hierher vorbeigeschaut, um sicherzugehen, dass die Pflegerin erschien, und sie kam auf die Minute pünktlich. Daz klagt, sie sei eine grauenvolle Köchin, aber ansonsten macht sie einen sehr guten Eindruck. Allerdings weiß ich nicht, warum sie den ganzen Tag bei ihm sein muss. Sie gibt ihm seine Medikamente, schüttelt die Kissen auf und sitzt den Rest der Zeit untätig herum. Ich denke, er hätte noch eine Weile damit warten können, sie einzustellen.«

»Liegt er im Bett?«

»Er *muss* nicht im Bett liegen. Gestern hat er eine Zeitlang in seinem Massagesessel gesessen und anschließend noch auf dem Sofa. Aber ich habe das Gefühl, dass er die meiste Zeit im Bett zubringen wird. Da scheint er sich am wohlsten zu fühlen.«

Meine Schilderung beunruhigte Michelle sichtlich. Sie schaute weg, und als sie sich mir wieder zuwandte, war sie gefährlich nahe daran, ihre Mitgliedschaft in unserer Gruppe zu verlieren.

»Wäre es nicht besser, wenn er öfter aufstünde?«, fragte sie mit belegter Stimme.

»Inwiefern besser?«

»Ich weiß nicht ... es würde nicht so ... resigniert wirken.«

Ich beugte mich vor und legte meine Hand auf ihre, aber es war kein Annäherungsversuch. Meine lustvolle Sehnsucht nach ihr war in den Strudel der Ereignisse der letzten Tage geraten und von der Strömung fortgerissen worden. »Daz *hat* resigniert, Michelle. Er hat schon lange resigniert – er hat es uns nur nie gesagt.«

»Also wartet er jetzt auf seinen Tod?«

»Ich weiß nicht, ob er es so sieht, aber er weiß, dass er diese Krankheit nicht besiegen kann.«

Sie nickte und schaute wieder weg. »Es ist so unglaublich traurig.« Sie atmete tief durch und bemühte sich sichtbar um Fassung. Nervös tippte sie mit ihren langen Fingernägeln auf ihre Schenkel und beobachtete sich dabei, während sie fortfuhr: »Ich weiß, es ist schrecklich, aber ich scheue mich, ihn zu besuchen. Ich fürchte mich davor, ihn so zu sehen.«

»Er sieht noch immer wie der alte Daz aus, Michelle.«

»Aber er *ist* nicht mehr der alte Daz, und ich glaube, ich müsste immer daran denken, wenn ich bei ihm wäre.«

Ich wollte ihre Angst nicht herunterspielen, aber es erschien mir wichtig für sie – und für ihn –, dass sie sie überwand. »Ich glaube, er würde sich sehr über Besuch freuen. Vor allem über deinen.«

Ihre Fingernägel stoppten abrupt, und sie neigte den Kopf zur Seite. »Was meinst du damit?«

Mir wurde bewusst, dass ich noch immer nicht wusste, was sich an dem Abend in der Bar neulich und seitdem zwischen ihnen abgespielt hatte. »Dass ich denke, dass du ihm wichtig bist und es jetzt von besonderer Bedeutung für ihn ist, die Menschen zu sehen, die ihm wichtig sind.«

Michelle schloss die Augen und öffnete sie sehr langsam wieder. Sie trank einen Schluck Kaffee. »Ich fahre nach der Arbeit zu ihm. Vielleicht kommen Carnie und Brad mit.«

»Nach der Arbeit bin *ich* bei ihm. Besucht ihn doch heute Nachmittag. Er freut sich ganz bestimmt über Gesellschaft, und mir hat er verboten, ihn während der Geschäftsstunden zu besuchen – er findet, ich soll *arbeiten*.«

»Okay – wir versuchen es.« Sie trank noch einen Schluck, und dann saß ich nicht zum ersten Mal in den letzten Tagen schweigend mit einem von Daz' Freunden zusammen.

»Weißt du noch, was ich dir erzählt habe, als wir neulich was trinken waren?«, fragte sie schließlich. »Ich habe beschlossen, meine Familie zu besuchen.«

»Okay.«

»So für einen Monat, denke ich.«

»Einen Monat?« Das klang nicht nach Urlaub. Das klang eher nach Umzug.

»Ich muss mir über einiges klarwerden. Du hattest mich an dem Abend fast überredet, in New York zu bleiben, aber dann begann ich doch wieder in die andere Richtung zu tendieren. Ich muss darüber nachdenken, was ich mit meinem Leben anfangen will. Im Moment bin ich ziemlich neben der Spur. Natürlich weiß ich, dass The Shop mir keinen Monat Urlaub bezahlt, aber ich habe zwei Wochen, und den Rest der Zeit kannst du hoffentlich auf mich verzichten.«

Das war eine der Situationen, die ich in meiner Position als Vorgesetzter noch immer nicht zu handeln wusste. Sollte ich Michelle belehren, dass es einen Grund dafür gab, dass Angestellten nur eine bestimmte Anzahl von Urlaubstagen zuerkannt wurde? Oder sollte ich tun, was ich wirklich wollte, und ihr die Zeit bewilligen, die sie brauchte? Würde ich anders reagieren, wenn wir nicht seit Jahren befreundet wären? Ich wollte glauben, dass es nicht der Fall wäre.

»Ich werde mit Steve reden. Wir finden bestimmt eine Lösung.« Ich musterte sie forschend. »Bist du okay?«

»Nein, nicht wirklich«, antwortete sie leise. »Und nach der Sache mit Daz noch weniger. Ich glaube, ich habe, was John Mayer eine ›Quarterlife-Crisis‹ nennen würde.«

Wieder legte ich meine Hand auf ihre. Ich war im Grunde kein Anfasser, aber mir schien, als hätte Michelle das Bedürfnis nach einer Berührung. »Tu, was du tun musst. Aber wenn möglich, verlass uns nicht für immer.«

Sie lächelte mich traurig an und stand auf. »Ich werde ein paar Leute für einen Nachmittagsbesuch bei Daz zusammentrommeln.«

»Er wird sich freuen.«

Sie wandte sich zum Gehen. An der Tür drehte sie sich um. »Findest du es lieblos von mir, dass ich noch nicht bei Daz war und mir nicht wohl dabei ist, ihn zu besuchen?«

»Du bist doch dabei, über deinen Schatten zu springen, oder?«

Sie nickte.

Ich konnte nicht nachvollziehen, was in ihr vorging, aber es war eines der ungeschriebenen Gesetze unserer Selbsthilfegruppe, andere nicht dafür zu verurteilen, wie sie mit der Krise umgingen – solange sie Haltung bewahrten. Michelle balancierte hart an der Grenze dieser Vorschrift, übertrat sie jedoch nicht – zumindest nicht in meiner Gegenwart.

»Sieht er wirklich noch aus wie der alte Daz?«, fragte sie.

»Beinahe zu hundert Prozent.«

»Ich denke, ich werde mich heute Nachmittag davon überzeugen.«

Kurz vor zwölf rief Steve Rupert mich in sein Büro. Offenbar hatte er einen schlimmen Tag. Sogar seine besonders scheußliche Krawatte schien dafür zu sprechen.

»Ich komme gerade von einem Besuch bei Daz«, sagte er.

»Ist alles in Ordnung?«

»Es scheint ihm gutzugehen. So gut, wie es ihm eben gehen kann unter diesen Umständen. Er ließ alle Allman-Brothers-Alben nacheinander laufen. Das schien ihn bei Laune zu halten.«

»Sehr gut – dann ist er, bis ich heute Abend komme, bei was Langsamerem angelangt.«

Rupert ließ den Blick über seinen chaotischen Schreibtisch wandern, als suche er etwas, womit er seine Hände beschäftigen könnte. »Ich glaube, die Pflegerin teilt seinen Musikgeschmack nicht.«

Ich lehnte mich an den Türrahmen. »Es soll ihr nichts Schlimmeres passieren.«

Er schaute auf und bedeutete mir, mich zu setzen. Das tat er so gut wie nie. Unsere Gespräche in seinem

Büro waren normalerweise sachlich und entweder zu kurz oder zu heftig dafür. Ich ließ mich auf der Sofakante nieder.

»Ich bin sicher, Sie wollen nicht darüber reden«, sagte er in dem Ton, in dem er mir sonst mitteilte, dass ein Kunde ein Konzept abgelehnt hatte, »und ich will auch nicht darüber reden – aber wir müssen. Die Koreaner stehen in zehn Tagen auf der Matte.«

Ich hob die Hand. »Machen Sie sich keine Sorgen. Ich bin dran. Wir haben schon ein paar ziemlich gute Ideen.«

Er stand auf, kam hinter seinem Schreibtisch hervor und setzte sich zu mir in einen Sessel. »Wie wollen Sie die Ideen *umsetzen*, Rich?«

»Sie sind nicht so weit, dass man sie umsetzen kann. Wir feilen noch daran.«

Rupert presste die Lippen aufeinander und sagte dann: »Wir müssen Sie mit einem anderen Artdirector zusammenspannen.«

Ich schwöre, bis zu diesem Moment hatte ich keine Sekunde daran gedacht. Es war mir völlig klar, dass Daz nicht zurückkommen würde, und mir war ebenso klar, dass ich die Sache nicht allein durchziehen könnte. Aber aus irgendeinem Grund – und da fallen mir mehrere Möglichkeiten ein – hatte ich nicht begriffen, dass Daz und ich nicht nur kein Team mehr sein würden, sondern dass auch jemand anderer seinen Platz einnehmen müsste.

»An wen denken Sie?«, fragte ich vorsichtig.

Rupert schien erleichtert zu sein, dass das Gespräch

ins Laufen gekommen war. Er legte die Hände auf die Knie. »Vance Beals.«

Vance war seit ein paar Jahren bei The Shop und leistete gute Arbeit. Er war definitiv der vielversprechendste aufstrebende Grafiker der Agentur, und ich wusste, dass einige Texter gut mit ihm konnten. »Vance ist gut.«

»Könnten Sie sich vorstellen, mit ihm zusammenzuarbeiten?«

»Sicher.« Ich sah Steve scharf an. »Bei diesem Projekt, meinen Sie, oder?«

»Ja, für den Anfang.«

»Bei diesem Projekt. An BlisterSnax kann dann ein anderer mit mir arbeiten und an SparkleBean wieder ein anderer und so weiter. Auf die Weise muss niemand zu lange meine Verrücktheit ertragen.«

Er lehnte sich zurück. »Halten Sie das wirklich für die beste Methode?«

Ich merkte erst, dass ich aufgestanden war, als ich stand. »Ich werde mich nicht einfach so mit einem neuen Artdirector zusammentun, Steve. Auf *keinen* Fall.« Ich war laut geworden.

Rupert bedeutete mir gelassen, mich wieder hinzusetzen. »Ich bin dagegen, dass mein Toptexter von Artdirector zu Artdirector flattert. Dabei kann nichts Brauchbares rauskommen, und es würde Ihnen auch nicht guttun. So sehr es uns beiden widerstrebt – wir müssen über die Zukunft nachdenken, Rich.«

Ich war wütend, dass er das Thema zur Sprache brachte, obwohl der kleine Teil von mir, der in diesem

Augenblick rational dachte, begriff, dass es Ruperts Aufgabe war, das zu tun. Eine kleine Stimme in meinem Hinterkopf sagte mir, dass ich mich nicht darüber aufregen sollte, dass ich nicht nur emotional zu aufgewühlt war, um klar zu denken, sondern auch noch am Donnerstag eine Verabredung mit Noel Keane zu einem Drink hatte. Letzteres spielte jedoch wirklich keine Rolle. Derzeit arbeitete ich für The Creative Shop, und es bestand die Chance, dass das auch noch eine ganze Weile so bleiben würde. Und selbst wenn nicht – ich gehörte zur Belegschaft von The Creative Shop, bis mein Anstellungsverhältnis endete.

»Glauben Sie mir, ich weiß, was wir tun müssen – aber bitte haben Sie Verständnis dafür, dass ich ein bisschen Zeit brauche, um mich auf die neue Situation einzustellen. Sie wollen, dass ich bei der Auto-Kampagne mit Vance zusammenarbeite, und das werde ich tun, doch wenn er mein neuer Partner sein soll, dann muss ich ablehnen. Nichts gegen Vance, aber ich bin im Moment nicht bereit für einen neuen Partner.«

Rupert schaute eine Weile schweigend aus dem Fenster. Er sah jetzt noch deprimierter aus als bei meinem Eintreten. Schließlich wandte er sich mir wieder zu.

»Ich verstehe, dass es hart für Sie ist. Ich will Ihnen niemanden aufnötigen, und ich will Sie nicht zwingen, zur Tagesordnung überzugehen. Aber ich muss den Laden hier am Laufen halten. Arbeiten Sie mit Vance an der Auto-Kampagne. Wie es weitergeht, entscheiden wir danach.«

Als ich diesmal aufstand, tat ich es bewusst. »Danke, Steve. Ich will keine Schwierigkeiten machen. Vance und ich kommen bestimmt gut miteinander zurecht, und ich bin sicher, das wir Ihnen was Gutes auf den Tisch legen werden.«

»Davon bin ich überzeugt.«

»Es ist lange her, dass ich mit jemand anderem zusammengearbeitet habe.«

»Ich weiß.«

»Ich werde vielleicht eine Anlaufzeit brauchen.«

»Es wird schon klappen.«

Bevor ich ging, sprach ich ihn auf Michelles Urlaubswunsch an. Rupert erklärte sich bereit, Michelle eine der beiden Verlängerungswochen als Überstunden abfeiern zu lassen. Ich war froh, die Sache ohne lange Diskussion für sie geregelt zu haben. Es war so viel einfacher, über die Anliegen eines anderen zu sprechen als über meine eigenen.

Zum Abendessen holte ich uns was Asiatisches bei Ruby Foo's: Frühlingsrollen mit Hummer und Shrimps, mit Tamarinde glasierte Spanferkelrippchen, Rindfleisch mit sieben Gewürzen und Thai-Hühnchen mit Knoblauch und Chili. Alles sehr intensiv – Daz' war kein *Fein*schmecker – und alles köstlich.

»Ana hat es heute tatsächlich fertiggebracht, einen geschmacksfreien Hamburger zuzubereiten. Ich glaube, ich sage ihr, sie soll das mit dem Kochen lassen. Wir werden uns ab jetzt lieber was kommen lassen. Hoffentlich kränke ich sie damit nicht.«

»Sie wird's überleben.«

Er schaute sich die Behälter an, die ich auf seinem Betttisch arrangiert hatte. »Du hättest nicht zu Ruby Foo's gehen müssen. Der Hunan Wok um die Ecke ist auch sehr ordentlich.«

»Wir wollen aber nicht ›sehr ordentlich‹ essen – wir wollen *spitzenmäßig* essen.«

Er nickte beifällig. »Danke. Es sieht toll aus.«

Ich war froh, dass er auch heute wieder Appetit hatte, denn ich wusste, dass sich das ändern würde. Vielleicht schon bald. Meine Kenntnisse des Krankheitsverlaufs waren eher mäßig. Die Informationen auf den einschlägigen Websites waren nicht befriedigend. Es gab zwar Leute, die ich hätte anrufen können, und Hunderte von Büchern zu dem Thema, aber irgendwie sperrte ich mich dagegen. Ich wusste, dass seine Motorik sich in naher Zukunft dramatisch verschlechtern würde und seine geistigen Fähigkeiten von da an rapide nachlassen würden. Daraus ergab sich für mich, dass Beste aus jedem verbleibenden Moment zu machen. Mehr musste ich wirklich nicht wissen.

»Ich hatte heute ein Gespräch mit Steve«, erzählte ich. »Wegen der Auto-Kampagne. Er will, dass ich mich dafür mit Vance zusammentue.«

Daz ließ seine Essstäbchen sinken und blickte gen Himmel. Dann schaute er auf sein Bett und stieß einen Fluch aus. Mir war elend zumute. Ich verwünschte mich dafür, dass ich keine taktvollere Form gefunden hatte, ihm diese Neuigkeit mitzuteilen.

»Ich weiß nicht, was ich sagen soll, Daz.«

Er schüttelte den Kopf, lachte und schob sich eine Portion Rindfleisch in den Mund. »Arschloch«, sagte er kauend. »Steve hat heute früh mit mir darüber gesprochen. Was dachtest du denn, was ich von dir erwarte? Dass du in den Ruhestand gehst?«

»Es ist okay für dich?«

»Meinst du das mit Vance oder dass ich auf den Müll geworfen werde?«

Ich erholte mich von meiner Zerknirschung. »Das mit Vance. Wie du das andere findest, ist mir egal.«

Daz schnippte mit seinen Stäbchen eine Portion Reis in meine Richtung. »Er hat's nicht mit Bewegung, und seine Perspektive ist immer dieselbe, aber er kann auch vieles und wird bestimmt besser mit der Zeit.«

»Ich arbeite nicht auf Dauer mit ihm zusammen – bloß bei diesem Projekt.«

Er nickte, und ich fragte mich, ob er dachte, dass ich das nur gesagt hätte, um ihn zu trösten. »Hast du schon einen Namen gefunden?«

Ich schnitt eine Grimasse.

Er lachte. »Du bist hilflos ohne mich.«

»Habe ich das je bestritten? Aber in diesem speziellen Fall war ich auch *mit dir* hilflos.«

»Das glaubt nur einer von uns.«

»Ach, komm – du willst mir doch wohl nicht immer noch *Brillante* verkaufen!«

»Hey – das ist jetzt dein Auftrag mit *Vance*.«

Wir aßen eine Weile schweigend. Dickie Betts von den Allman Brothers war mitten in einem seiner verrückten Gitarrensoli. Ich wollte von Daz wissen, warum er die Alben in der Reihenfolge ihres Erscheinens spielte, aber er konnte es mir nicht wirklich erklären. So sehr ich ihre Musik und ihr musikalisches Können bewunderte – das Erste, was mir jedes Mal einfiel, wenn ich an die Allman Brothers dachte, war, dass in zwei aufeinanderfolgenden Jahren zwei Bandmitglieder bei Motorradunfällen ums Leben kamen (einer davon der unersetzliche Duane Allman, einer der größten Rockgitarristen aller Zeiten).

»Hat Michelle dich heute Nachmittag besucht?«, fragte ich.

»Ja, aber nur kurz. Sie hatte Chess und Brad dabei. Wir haben uns zusammen ›Rugrats‹ angesehen.«

»Ich kann mir keine aufregendere Art vorstellen, einen Nachmittag zu verbringen. Hat sie dir erzählt, dass sie für eine Weile nach Indiana fliegt?«

Sein verletzter und verwirrter Ausdruck sagte mir, dass sie es nicht getan hatte. Wieder hatte ich ein Thema falsch angepackt, und diesmal war Daz' Reaktion nicht gespielt.

»Wann fliegt sie?«, fragte er leise.

»Das haben wir noch nicht besprochen. Wahrscheinlich irgendwann nächste Woche.«

Ich sah Daz an, dass er im Geiste die Unterhaltung am Nachmittag abspulte. »Nein, sie hat es nicht erwähnt.«

Ich trank einen Schluck Clubsoda und schaute Daz neugierig an. »Was war da eigentlich zwischen euch?«

»Was meinst du?«, fragte er verständnislos.

»Letzte Woche in der Bar. Du weißt schon – die Sache, nach der ich dich am nächsten Tag auf ein halbes Dutzend verschiedene Arten gefragt habe. Du hast ihr was ins Ohr geflüstert, und dann seid ihr verschwunden. Das kann normalerweise nur eines bedeuten.«

Sein Gesicht erhellte sich, und dann brach er in schallendes Gelächter aus. »Du hast tatsächlich gedacht, wir wären losgezogen, um miteinander zu schlafen?«

»Es sah irgendwie so aus«, erwiderte ich leicht verunsichert.

»In meinen wildesten Träumen, vielleicht. Nein – in meinen wildesten Träumen *definitiv*. Aber in der Realität – nein, wir haben nicht miteinander geschlafen.«

»Worum ging es dann in der Bar?«

»Ich dachte, ich würde ohnmächtig.«

»Was?«

»Es ging mir dreckig, und ich dachte, ich würde das Bewusstsein verlieren, und ich fand es keine gute Idee, das in einer Bar zu tun. Das Gedränge, die Gefahr, getreten zu werden, die Möglichkeit, dass jemand kreischte und so weiter. Also bat ich sie, mich in ein Taxi zu setzen, und sie begleitete mich nach Hause.«

»Warum hast du nicht mich gebeten?«, fragte ich irritiert.

»Aus zwei Gründen. Erstens sieht sie viel besser aus als du. Wenn eine Frau wie Michelle bereit ist, einen nach Hause zu bringen – und ich war ziemlich sicher, dass sie es tun würde –, sucht man nicht nach Alternativen. Und zweitens wollte ich dich nicht beunruhigen.«

»Also hast du stattdessen Michelle beunruhigt?«

»Das ist was anderes.« Er warf mir einen Blick zu, der mir sagte, dass ich darauf selbst hätte kommen können.

»Wie sich zeigt, hätte ich Grund gehabt, beunruhigt zu sein.«

»Ich war genug beunruhigt für uns beide. Es fühlte sich nicht wie eine Erkältung an, wenn du verstehst, was ich meine.«

Ich schüttelte den Kopf, wusste nicht, ob ich beleidigt oder gerührt sein sollte, dass er mich hatte schonen wollen. Dann dachte ich wieder an die Szene zwischen ihm und Michelle und lachte. »Ich dachte wirklich, ihr beide würdet es angehen.«

»Glaub mir – das hättest du erfahren.«

»Aber du hast eine Schwäche für sie, richtig?«

»Das ist nicht mehr relevant.«

»Natürlich ist es relevant – auch wenn du nichts unternimmst.«

»Wenn das so ist, hatte ich zahlreiche relevante Beziehungen in meinem Leben.«

Weder Daz noch ich hatten uns als erfolgreiche Dater erwiesen, seit wir in New York waren. Warum es bei mir nicht lief, verstand ich, aber Daz war ein unglaublich netter, offener, herzlicher Typ, er sah ziemlich gut aus und hatte reichlich Kohle. Aus meiner Sicht machte ihn das zu einem Spitzenkandidaten für eine ernsthafte Beziehung. Aber er hielt eine Romanze nie lange durch, schien es nicht einmal zu versuchen.

»Weißt du, welche Frau ich mir auf Dauer an deiner Seite vorstellen konnte?«, fragte ich. »Veronica Bishop.«

»Wirklich?« Er lächelte, vielleicht in Erinnerung an sie. »Wie kamst du darauf?«

»Ihr beide wart total vernarrt ineinander. Das war mehr als Sex.«

Veronica und Daz hatten sich vor zwei Jahren im Frühling kennengelernt, und eine Weile sah es so aus, als verbinde die beiden etwas Besonderes. Dann war plötzlich Schluss, und er sprach nicht darüber.

»Es war wirklich klasse mit ihr. Aber dann kamen wir an einen Punkt, wo es hü oder hott hieß, und es wurde laut, wenn ich mich recht erinnere.«

Ich bin sicher, dass er sich recht erinnerte. Ich bin sicher, dass er sich an *alles* erinnerte. »Für mich sah es wirklich so aus, als wäre sie verrückt nach dir.«

»Tja, was weiß man.«

»Hat die Trennung dir was ausgemacht?« Er hatte damals so gefasst gewirkt, dass ich mich gefragt hatte, ob ich seine Gefühle für sie vielleicht überschätzt hätte.

»Ja, schon. Nicht zum Von-der-Brücke-Springen, aber egal war es mir nicht. Ich habe eine Woche ohne Warheads gelebt.«

»Heißt übersetzt?«

Er sah mich an, als nerve ihn, es erklären zu müssen. »Ich liebe diese Kaugummikugeln, und ich *versagte* sie mir. Es war eine Form von Selbstgeißelung.«

»Aha. Das leuchtet ein.« Ich versuchte diesen neuen Einblick in Daz' Charakter im Nachhinein auf andere Situationen in unserer Vergangenheit anzuwenden. War es vorgekommen, dass er auf Erdbeerzahnpasta verzichtete oder auf Songs von den Goo Goo Dolls oder auf neue Folgen von »Survivor«, um sich zu bestrafen? War das ein Zeichen, das mir hätte auffallen müssen?

»Bei dir und Liz hatte ich dasselbe Gefühl, weißt du«, sagte er.

»Dich geißeln zu müssen?«

»Dass ihr lange zusammenbleiben würdet, Idiot.«

Liz Painter war eine unglaubliche Frau gewesen. Intelligent, gewitzt, unglaublich sexy und aufregend genug, um mich ständig in Atem zu halten. Seit ich Daz kannte, war die Beziehung zu ihr meine längste – fast drei Monate im Sommer und Herbst 99 –, und ich war fasziniert davon, wie die Dinge sich entwickelten. Bis sie eines Tages für ein langes Wochenende verschwand und mich anschließend in die Wüste schickte.

»Nein, Liz war eine zweite Alicia.«

»Wer?«

»Du weißt schon – Alicia Bingham. Das Mädchen, das mir als Junior auf der Highschool das Herz brach.«

»Alicia?«

»Ich bin sicher, dass ich dir von ihr erzählt habe. Ich dachte immer noch oft an sie, als ich aufs College ging. Alicia Bingham – die erste Verkörperung meiner Traumfrau.«

»Blond?«

Ich bedachte ihn mit einem finsteren Blick. »Dunkel. Nachtschwarze Haare. Smaragdgrüne Augen. Sie sah sensationell aus. Als sie mich fragte, ob ich sie zum Ball der Ehemaligen begleiten würde, fiel ich aus allen Wolken. Sie war das erste Mädchen, zu dem ich ›Ich liebe dich‹ sagte, das erste Mädchen, mit dem ich bis zur dritten Base kam, das erste Mädchen, das ich zu einem Familienfest mitnahm. Ich war total verrückt nach ihr. Wir küssten uns stundenlang. Ich rede nicht von fummeln, was tief blicken lässt, denn ich war ernsthaft in Fummelstimmung damals. Nein, wir küssten uns und schauten einander tief in die Augen. Es war der Inbegriff der Romantik für mich. Ich war völlig weg.«

»Die Geschichte hat ein böses Ende, oder?«

»Natürlich hat sie ein böses Ende. Dachtest du, ich wäre heimlich verheiratet oder so was?«

Daz zuckte mit den Schultern und nahm sich das letzte Stück Hühnchen.

»Aber bevor die Geschichte böse endete, wurde sie richtig gut. Wir blieben das ganze Schuljahr zusammen und verbrachten einen herrlichen Sommer miteinander, hauptsächlich am Strand und hauptsächlich knutschend. Und sogar eine Nacht, als ihre Eltern übers Wochenende wegfuhren. Ich dachte wirklich, wir würden heiraten. Wir redeten sogar darüber, wie Pärchen es tun, wenn sie ausprobieren wollen, wie es sich anfühlt. Dann fing die Schule wieder an, und zwei Wochen später war es aus.«

»Ein Typ aus dem Jahrbuch-Komitee?«

»Nicht ganz. Ein Typ aus dem Schwimmteam. Woher wusstest du das?«

»Ist mir auch passiert.«

»Nun, mir war es noch nicht passiert, als es passierte, und ich war total durch den Wind. Tagelang brachte ich kaum einen Ton heraus.«

»Lass mich raten. Alicia und ihre Gummiente wurden das Klassenpaar, und du hast dir tausend kleine Paper Cuts zugefügt.«

»Das wäre besser gewesen. In Wahrheit hatten Alicia und – wie hieß er gleich? – Spence, ja, genau – nur vier Dates, und dann ließ er sie sitzen.«

»Und – hast du ihr viel Salz in die Wunde gerieben?«

»Ich habe sie gebeten, zu mir zurückzukommen.«

Daz hob die Hände. »Großer Gott! Das ist unglaublich jämmerlich!«

»Danke für dein Mitgefühl. Ja, es war jämmerlich. Aber ich war noch immer unglücklich, sie verloren zu haben, und das trübte meinen Blick. Außerdem war ich gerade mal siebzehn.«

»Aber da die Geschichte, wie wir bereits festgehalten haben, böse endet, nehme ich an, dass die Wiedervereinigung keine glückliche war.«

»Wir gingen miteinander aus. Ich führte sie in ein französisches Restaurant in Chappaqua, um ihr zu zeigen, wie ernst es mir mit ihr war. Sie redete die ganze Zeit von Spence.«

»Bitte sag mir, dass diesmal du sie sitzenlassen hast.«

»Das würde ich wirklich gerne tun, und glaube mir, in meiner Phantasie habe ich sie im Lauf der Jahre auf die gemeinsten Arten sitzenlassen, die du dir vorstellen kannst.«

»Aber in der Realität ...«

»... sagte sie mir nach dem Essen, dass sie nicht mehr *auf diese Weise* mit mir zusammen sein könnte.«

Daz lachte schallend. »Das ist vielleicht das Demütigendste, was ich je gehört habe.«

»Es macht mir wirklich Freude, dir mein Herz auszuschütten, Daz.«

Er lachte wieder und sagte dann: »Nichts für ungut. Ich meine, wer von uns hat wegen einer Frau nicht schon ähnlich idiotische Sachen gemacht? Ich zum Beispiel ›half aus‹, indem ich die verstörte beste Freundin eines Mädchens, in das ich verknallt war, zum Abschlussball begleitete. Das Mädchen war eindeutig irre, redete den halben Abend darüber, wie fasziniert sie von Massenmördern wäre. Ich meine, wir tanzen, und sie schwärmt von Ted Bundy. Dann fahre ich sie nach Hause, und sie entblößt ihre Brüste. Auf der Route 18! Und dann wollte sie nicht aussteigen, wenn ich sie nicht anfasste, und als ich es tat, begann sie, voll laut zu stöhnen. Ich dachte, ihr Vater würde aus dem Haus kommen und mich windelweich prügeln. Ich hatte eine Scheißangst.«

»Ich nehme an, du bist nie dazu gekommen, mit dem Mädchen auszugehen, in das du verknallt warst.«

»Nein – so was klappt nie. Aber ich sah sie im nächsten Sommer auf zwei Partys, und sie war beide Male sinnlos betrunken. Also hatte ich vielleicht Glück, dass es so gekommen war.«

»*Mein* Senior-Prom-Date war die Tochter der besten Freundin meiner Mutter.«

»Wie das?«

»Es ist eine lange Geschichte, aber hauptsächlich war es das Ergebnis meiner Pleite mit Alicia und der beharrlichen Ermahnung meiner Mutter, dass ich unbedingt ›wieder aufs Pferd steigen müsse‹.«

»Ein interessantes Bild.«

»Fand ich auch. Jedenfalls drängte sie mich, Eintrittskarten für den Abschlussball zu kaufen, obwohl ich gar keine Partnerin hatte, und als ich zwei Wochen vor dem Ball noch immer keine Partnerin hatte, arrangierte sie die Verabredung einfach über meinen Kopf hinweg. Es war verdammt demütigend, aber ich zog es trotzdem durch.«

»Und die Tochter der besten Freundin deiner Mutter hatte ein Geschwulst auf der Nase, das wie Vladimir Putin aussah, richtig?«

»Nein, das Mädchen sah sogar sehr gut aus. Sie war jünger als ich und echt toll. Allerdings rührte sie sich nicht von der Stelle. Sie wollte nicht tanzen, sie war nicht bereit, sich mit meinen Freunden zu unterhalten, denn dazu hätte sie vom Tisch aufstehen und mit mir zu ihnen gehen müssen, sie weigerte sich, einen Spaziergang mit mir zu machen. Sie saß einfach nur da und hörte der Band zu und machte keinen Hehl daraus, dass ihr glühende Schürhaken in den Augen lieber wären als diese Veranstaltung.«

»Hattet ihr anschließend wenigstens Sex?«

»Ja, die Art Sex, bei der das Mädchen aus dem Wagen springt, bevor er richtig zum Stehen gekommen ist.«

Daz lachte, nahm einen der Knochen von seinem Teller und inspizierte ihn auf der Suche nach einem vielleicht übersehenen Fleischrest. »Ich glaube, wir brauchen einen Schiedsrichter für die Entscheidung, wer von uns das traurigere Liebesleben hatte.«

»Einigen wir uns auf ein Unentschieden. Der Schiedsrichter würde uns nur mit gemeinen Texten weiter runterziehen. Willst du die letzte Frühlingsrolle haben?«

»Nein, nimm sie nur.«

»Weißt du, was komisch ist? Ich hätte wirklich gern eine echte Beziehung. Keine himmelstürmende, bei der einem Hören und Sehen vergeht – einfach eine leidenschaftliche, tiefgehende und befriedigende.«

Daz machte große Augen. »Eine Idylle mit weißem Lattenzaun?«

»Von mir aus auch mit Maschendraht.«

»Und mit Kindern?«

Das war eine Grauzone für mich. »Ja, ich denke schon«, antwortete ich nach kurzem Zögern.

»Wirst du eins davon nach mir nennen?«

»Ich bitte dich – das ist so ein Klischee. Nein, ich werde eine der Töchter nach dem verrückten Ted-Bundy-Mädchen nennen. Wie hieß sie gleich wieder?«

Er verdrehte die Augen. »Stacy.«

»Stacy Flaster. Ja – das geht.«

»Du willst also wirklich das volle Programm?«

»Ich denke schon.«

»Und warum tust du dann nichts dafür?«

Ich warf ihm einen vielsagenden Blick zu. »Was würdest du denn vorschlagen? Kontaktanzeigen? Mitgliedschaften in Fitnesscentern? Barhopping?«

»Wie soll ich das wissen? Ich habe nur den Eindruck, dass du bisher keines deiner Dates ernst genommen hast.«

»Wirklich?«

»Wirklich. Du gehst doch normalerweise laufen, wenn es dir zu eng wird. Ich habe geglaubt, Frauen wären für dich nur eine angenehme Nebensache.«

Ich dachte immer, dass ich auf die Richtige warten und dann mein Bestes für die Beziehung tun würde, wogegen Daz dachte, dass ich darauf aus sei, einen Rekord in One-Night-Stands aufzustellen. Hatte *er* mich die ganze Zeit falsch gesehen oder ich mich selbst?

Wie am Abend zuvor verlief das Gespräch im Sande, und wir machten es uns gemütlich. Im Hintergrund lief das Allman-Brothers-Album »Where it All Begins«, während wir uns im Fernsehen ein Premier-League-Fußballspiel ansahen. In der Pause, während ich das Geschirr in der Küche vorspülte, schlief Daz ein. Beim Soccer schlief er nie ein.

Ich machte den Fernseher und die Musik aus (ich nahm nicht an, dass er die Allman Brothers in seinen Träumen spielen lassen wollte) und sperrte hinter mir ab.

Da ich noch nicht nach Hause wollte, ging ich in »unseren« Coffeeshop in der Columbus Avenue, trank einen Espresso und beobachtete, wie die Leute miteinander umgingen.

Ich dachte über die Dinge nach, von denen Daz und ich an den letzten paar Abenden gesprochen hatten, und stellte mir dabei vor, hier mit ihm zu sitzen und Betrachtungen und Erinnerungen auszutauschen. Er erinnerte mich daran, wie er mich vom Rand des Abgrunds weggeredet hatte, als ich fürchtete, bei Tyler, Hope and Pitt gefeuert zu werden, und erzählte mir dann, dass ihm das auch beinahe passiert wäre. Ich erzählte ihm von dem Zusammenstoß mit ein paar Studenten der University of Wisconsin während eines seiner Straßenspiele, nachdem er ein Tor geschossen hatte. Er erzählte mir, warum er so fertig ausgesehen hatte, als er vor ein paar Jahren von einem Besuch bei seiner Schwester zurückkam, während er normalerweise förmlich vor Geschichten über sie platzte, und ich erzählte ihm endlich von dem steifen Neujahrsbrunch bei meinen Eltern dieses Jahr, nach dem ich zu sauer gewesen war, um darüber zu reden, als ich nach Hause kam.

Schließlich machte ich mich, total erschöpft von der intensiven Unterhaltung, auf den Heimweg.

14

Das Kapitel,
in dem ich mit mehr Wirklichkeit
konfrontiert werde als erwartet

Am Donnerstagabend traf ich mich mit Keane in der Bar des Millenium Hotels auf einen Drink. Die Begegnung würde eine Übung in Zurückhaltung für mich werden. Seit unserem letzten Gespräch hatte sich viel getan. Aber nur einiges davon – der Teil, den er bereits kannte, um genau zu sein – stand heute Abend zur Diskussion. Keane hatte bei unserem ersten Lunch deutlich gemacht, dass private Angelegenheiten im beruflichen Leben nichts verloren hätten und ein Zulassen, dass Privates Eingang ins Berufliche fände – und sei es auch nur in Form einer Erwähnung gegenüber einem potenziellen Kollegen –, ein Zeichen von Schwäche sei. Also war nichts von dem, was sich seit Montag ereignet hatte, ein brauchbares Thema. Zumindest nicht, wenn ich weiter an der Position bei K&C interessiert war. Und obwohl es eine starke Untertreibung war zu sagen, dass ich derzeit nicht wirklich klar denken konnte, hatte ich trotzdem das Bedürfnis, die Sache weiterzuspinnen.

»Das Haus von Prince ist der helle Wahnsinn, stimmt's?«, sagte Keane, als wir uns setzten, und bestellte sich einen Skyy Vodka on the Rocks.

»Es ist sehr beeindruckend«, bestätigte ich, heilfroh darüber, dass er sich nicht die Mühe alberner Präliminarien wie der Frage nach meinem Befinden machte, sondern ein ungefährliches Thema wählte.

»Er liebt es wie ein Kind. Ich könnte schwören, dass es ihm schwerfällt, sich am Montagmorgen davon zu trennen.« Er schaute quer durch den Raum – und das nicht zum ersten Mal –, als suchte er jemanden, den er kannte, oder wollte auf sich aufmerksam machen. Dann wandte er sich wieder mir zu. »Curt findet, das Wochenende mit Ihnen sei gut gelaufen.«

»Freut mich zu hören. Ich finde, es ist *sehr* gut gelaufen.«

»Schön, dass Sie beide sich verstehen. Wenn Sie nicht mit Prince könnten, würde eine Fortsetzung dieser Unterhaltung sich erübrigen.«

Unsicher, wie ich darauf reagieren sollte, beschränkte ich mich auf ein Nicken und war erleichtert über die Pause, die eintrat, als unsere Drinks kamen. Ich hatte einen Cranberrysaft mit Selters bestellt, obwohl ich heute nicht mehr ins Büro gehen würde.

»Ich will Sie nicht belügen, Rich – Sie haben sich als Spitzenreiter qualifiziert. Wir hatten zwar ein paar sehr gute Gespräche mit anderen Kandidaten, aber Curt hat einen Narren an Ihnen gefressen, was bedeutet, dass ich nicht nur den klareren Kopf behalten, sondern auch dafür sorgen muss, dass wir uns nichts vormachen.«

Ich trank einen Schluck. »Dann sind Sie also der böse Cop.«

»Sagen wir, ich bin der vernünftige Cop.«

»Ich verstehe«, sagte ich, doch das war gelogen. Ich meine, was sprach in einem Metier wie der Werbung dagegen, auf seinen Bauch zu hören? Aber wie schon zuvor war meine Meinung irrelevant – zumindest, wenn ich bei K&C im Spiel bleiben wollte. Mir war klar, dass – auch wenn der Job täglichen Kontakt mit Prince bedeutete – Noel Keane der Chef des Unternehmens war und ich ohne sein Einverständnis keinen Fuß über die Schwelle setzen könnte.

In der nächsten halben Stunde hatte unsere Unterhaltung mehr von einem Bewerbungsgespräch als jede, die ich davor mit Keane oder Prince geführt hatte. Er erkundigte sich nach meinem Führungsstil, wollte wissen, wie ich mit Personalproblemen umging. Er befragte mich zu gewissen Situationen und informierte mich über die Grundsätze und Vorgehensweisen der Agentur. Er berichtete mir von den Firmenseminaren, die zweimal jährlich in Los Angeles stattfanden, und der alljährlichen Zusammenkunft in London, zu der Leute meines Levels nicht eingeladen wurden.

Ich wusste nicht, ob das alles reine Formsache war oder das Gegenteil – ein Kompatibilitätstest, dessen Bestehen mich erst für ein echtes Bewerbungsgespräch qualifizierte. War ich auch in Keanes Augen der Spitzenreiter, oder sagte er es nur, weil Prince ihn drängte, mich einzustellen? Egal. Wie allen Bewerbungsgesprächen davor fühlte ich mich auch diesem Gespräch gewachsen. Es war nie ein Problem für mich, Strategien und Philosophien in prägnante Worte zu kleiden, und ich war der Typ Mann, der auf den ersten Blick einen guten Eindruck machte. Allerdings war dies bereits Keanes *dritter* Blick auf mich.

Was folgte, erinnerte mich an ein olympisches Tischtennismatch, und ich war entschlossen, so viele Punkte zu machen wie möglich. Doch während ich selbst die tückischsten Bälle des Gegners parierte, nagte die Frage an mir, die mich seit dem ersten Anruf begleitete: Wollte ich diesen Job wirklich? Während ich draußen in den Hamptons keinerlei Zweifel daran gehabt hatte, mich sogar zu Rupert gehen und kündigen sehen hatte, war ich mir hier allein mit Keane nicht so sicher. Zu K&C zu wechseln bedingte, The Creative Shop zu verlassen, und das würde mir nicht leichtfallen. Es ging nicht darum, ob ich bei K&C Leute finden würde, die ich mochte und mit denen ich gern zusammenarbeitete. Es ging darum, die Leute nicht mehr zu sehen, mit denen ich jetzt tagtäglich zusammenarbeitete. Ich hatte nicht damit gerechnet, dass das ein Thema für mich werden würde – wer von denen war schon auf ewig mit The Shop verheiratet? –, doch es war eins geworden.

Was mich unweigerlich auf Daz brachte – und zu der Erkenntnis der größten Veränderung seit meinem letzten Treffen mit Keane: Es spielte keine Rolle mehr, dass sie ihn nicht haben wollten.

Ich weiß nicht, warum mich das so hart traf. Ich hatte doch bereits emotional und rational auf die Folgen von Daz' Krankheit reagiert. Aber etwas an diesem Gespräch mit Keane und dem Tenor unserer vorangegangenen Gespräche warf ein neues Licht darauf. Bisher war bei meinem Flirt mit K&C mein größtes privates Problem gewesen, ob mein bester Freund Sex mit der Frau hatte, die meine Phantasie beherrschte. Zu der Zeit konnte ich sauer auf Daz sein und uns trotzdem als Team betrachten, konnte mich entscheiden, Keane und Prince eine Abfuhr zu erteilen, weil sie nicht begriffen, wie wichtig es für uns war zusammenzuarbeiten. Aber jetzt würde unser Team für immer auseinandergerissen, ganz egal, was ich, Noel Keane, Curt Prince oder wer auch immer entschieden.

Diese Version der Erkenntnis, zu der ich bereits auf verschiedene Weise gekommen war, erfüllte mich mit einer unglaublichen Traurigkeit. Einer Traurigkeit, die Keane als irrelevant ansehen würde – und an der teilzuhaben er kein Recht hatte.

Ich schaute auf meine Uhr und unterbrach ihn mitten in einem Satz, dessen Inhalt ich nicht mitbekommen hatte. »Entschuldigen Sie, Noel – ich muss unser Gespräch beenden.«

Ob meiner Aussage wegen oder weil ich ihm ins Wort gefallen war – jedenfalls war er sichtlich geschockt. »Warum?«

»Mir ist gerade eingefallen, dass ich eine dringende Besprechung habe, die ich nicht verschieben kann. Ich werde einen Kopf kürzer gemacht, wenn ich nicht sofort gehe, und Sie sind sicher nicht auf der Suche nach einem kopflosen Creative Director.«

Er war verblüfft und verstimmt und überraschenderweise ein wenig verlegen. »Nun, wenn Sie gehen müssen, dann müssen Sie gehen.« Er bedeutete dem Kellner, die Rechnung zu bringen.

»Ja, das muss ich. Es tut mir sehr leid.«

»Ich gehe davon aus, dass wir unser Gespräch zu einem anderen Zeitpunkt fortsetzen.« Er machte keinen Hehl daraus, dass ich ihm Umstände bereitete.

»Das tun wir auf jeden Fall«, erwiderte ich, obwohl ich mir da in diesem Moment gar nicht so sicher war. Ich schaute noch einmal auf meine Uhr. »Ich muss wirklich los.«

Keine Minute später trat ich auf die 43rd und ging mit großen Schritten Richtung Osten. Ich wollte das Millenium möglichst schnell hinter mir lassen, damit Keane mich beim Verlassen des Hotels nicht dabei ertappte, die Fassung zu verlieren. An der Fifth Avenue bog ich um die Ecke, kauerte mich an die Wand eines Gebäudes und schlug die Hände vors Gesicht. So lächerlich es auch erschien, ich hatte das Gefühl, gerade erst erfahren zu haben, wie krank Daz war. Würde das jetzt zur Gewohnheit? Würde ich jedes Mal zusammenbrechen, wenn etwas mich auf eine andere Weise an Daz denken ließ?

Ich versuchte, mich zu beruhigen, mich abzulenken, indem ich mich auf die Geräusche der Fußgänger und Autos konzentrierte, die an mir vorbeikamen. Ich versuchte mir einzureden, dass ich überreagierte, dass ich schon alles wusste, was mich jetzt so aus der Bahn warf.

Aber ich reagierte nicht überzogen. Ich reagierte zum ersten Mal wirklich.

Dann tat ich etwas, was ich nie für möglich gehalten hätte. Ich ging die vier Blocks zur Grand Central Station und nahm den nächsten Zug nach Scarsdale – zu meinen Eltern. Es war eine spontane Handlung, und sie schätzten spontane Handlungen nicht, aber ich kaufte trotzdem ein Ticket und stieg ein.

Während der halbstündigen Fahrt fragte ich mich, warum ich es tat. Sicher nicht, um mir Rat bei ihnen zu holen. Und erst recht nicht, um mich von ihnen trösten zu lassen. Es hatte keinen rationalen Grund. Irgendetwas sagte mir, dass diese Fahrt mir vielleicht nützen könnte, und wenn nur dazu, ein wenig ruhiger zu werden.

Und wie bei vielen früheren Gelegenheiten hatte die vorbeiziehende Landschaft tatsächlich diese Wirkung. Um diese Zeit – gegen Ende der Rushhour – war der Zug noch größtenteils mit Pendlern besetzt, lagen Aktentaschen und Laptops geöffnet auf Beinen in Bügelfaltenhosen, sandten Mobiltelefone Signale ins ganze Land hinaus. Aber nicht alle im Zug hatten einen anstrengenden Arbeitstag hinter sich. Ein paar Reihen weiter vorne redete ein kleines Mädchen aufgeregt mit seiner Mutter über ihre gemeinsamen Abenteuer in der City und darüber, wie sie das Eisenbahnfahren liebte. Ein leger gekleidetes Pärchen jenseits des Ganges flüsterte und schmuste miteinander. Und dann war da noch ein zerlumpter Mann, der zusammengesunken vor sich hin starrte.

Als wir den Bahnhof von Crestwood passierten, was bedeutete, dass ich in ein paar Minuten aussteigen müsste, beschlich mich ein ungutes Gefühl. Meine Eltern würden natürlich nicht verstehen, weshalb ich plötzlich auftauchte. Was sollte ich antworten, wenn sie die unweigerliche Frage stellten: »Was machst du hier?« Als ich in Scarsdale ausstieg, war ich fast so weit, mit dem nächsten Zug Richtung City zurückzufahren. Aber trotz meiner Bedenken hatte ich das starke Bedürfnis, den spontan eingeschlagenen Weg zu Ende zu gehen. Es musste einen Grund für diese Anwandlung geben, und ich wollte ihn enträtseln.

Als ich nach zehn Minuten Fahrt vor dem Haus aus dem Taxi stieg, stellte ich mir vor, wie ich empfangen würde. Meine Mutter würde natürlich sofort kombinieren, dass ich etwas angestellt hatte. Mein Vater würde meinen Besuch wahrscheinlich lediglich als Störung empfinden und mir ein paar Minuten am Küchentisch gewähren, bevor er zum Fernsehen zurückkehrte. Würde ich in Gegenwart der beiden in Tränen ausbrechen? Und wenn ich es täte – würden sie annehmen, ich hätte einen Nervenzusammenbruch? Wollte ich mir das alles wirklich antun?

Ich stieg die Stufen hinauf und klingelte.

Wie sich herausstellte, hatte ich mir ganz umsonst Gedanken gemacht: Sie waren nicht zu Hause. Vielleicht waren sie sogar außer Landes. Ich hatte zwar einen Schlüssel, den ich seit meiner Highschoolzeit an wechselnden Schlüsselbunden mit mir herumtrug, aber natürlich kannte ich den aktuellen Code der Alarmanlage nicht. Das sprach Bände. Und als ich da auf der Schwelle stand, nachdem ich diese Reise unternommen und darauf gewartet hatte, dass sich mir der Grund dafür erschlösse, fiel mir kein einziger ein. Meine Eltern kannten Daz gar nicht. Sie hatten ihn ein paarmal gesehen, aber sie wussten nicht, wer er war, was ihn ausmachte. Sie könnten nicht im Entferntesten ermessen, wie sehr ich litt oder weshalb.

Ich ging die Stufen hinunter und um das Haus herum. Meine Eltern hatten seit dem Herbst viel in die Gartengestaltung investiert, und überall blühten Frühlingsblumen. So viel Schönheit nach außen hin. Der Garten hinter dem Haus hatte kaum noch Ähnlichkeit mit dem meiner Kindheit. Damals gab es keine verglaste Veranda, keinen Plattenweg zu einem Pavillon. Die Hecke war dicht und makellos gestutzt. Das Haus war ein Vorzeigeobjekt, und das war ihnen, wie ich wusste, ungeheuer wichtig.

Auf dem Weg zum Ende des Gartens sah ich einen nassen, schmutzigen Baseball im Gras liegen. Ich hob ihn auf und wog ihn in der Hand. Toby Macklin und ich hatten auf diesem Rasen endlose Stunden damit zugebracht, fangen zu üben und so zu tun, als wüssten wir, wie man Curveballs warf. War es möglich, dass der Ball seit meiner Teenagerzeit hier lag? Natürlich nicht. Mein Vater hätte die Gärtner umgehend rausgeworfen, wenn sie den Ball eine Woche hätten liegen lassen. Dieser Ball konnte erst hier liegen, seit das letzte Mal gemäht worden war. Ich schaute über den Zaun und entdeckte im Garten nebenan eine Schaukel, ein Volleyballnetz und ein Trampolin. Offenbar hatten die Nachbarn Kinder, und der Ball war von dort gekommen. Ich warf ihn einmal in die Luft und dann auf das angrenzende Grundstück hinüber.

Dann setzte ich mich für ein paar Minuten in den Pavillon, wo ich letztes Jahr gesessen hatte, als meine Eltern eine Dinnerparty für einen Cousin anlässlich seines Medizinexamens gegeben hatten. Mich fröstelte. Es war merklich kühler als in der City, und ich war nicht angezogen für diese Temperatur. Ich zog die Schultern hoch und schlang die Arme um die Brust.

Es war merkwürdig. Wir waren in dieses Haus gezogen, als ich zwei Jahre alt war. Ich hatte sechzehn ganze und Teile weiterer vier Jahre hier verbracht, aber auch nach all dieser Zeit hatte ich zu nichts eine Beziehung. Es standen zwar Kartons mit meinen Sachen auf dem Dachboden, aber in Wirklichkeit hatte ich nichts von mir zurückgelassen. Alles, was mir wichtig war, hatte ich mitgenommen – zuerst nach Ann Arbor und dann in die City. Mein Leben war nicht geprägt durch die Jahre, in denen ich in diesem Haus aufgewachsen war. Es war geprägt durch die Jahre danach, in denen ich *herausgewachsen* war.

Und Daz war all die Jahre bei mir gewesen. Vielleicht hatte ich aus diesem Grund, angesichts meines Kummers über die Unabänderlichkeit seines Verlusts, die spontane Entscheidung getroffen, heute Abend hierherzufahren. Um mir zu bestätigen, dass, was ich verlieren würde, bedeutsamer war als das, was ich bereits verloren hatte. Falls ja, war die Mission erfolgreich abgeschlossen. Und ich hatte sogar meine gute Tat des

Tages getan, indem ich den Ball zurückwarf. Wahrscheinlich hatte sein Besitzer aus Angst vor meinen Eltern nicht gewagt, ihn sich zu holen.

Eine Minute betrachtete ich das Haus noch aus dieser Perspektive. Dann rief ich mir per Mobiltelefon ein Taxi und erwartete es auf der vorderen Veranda.

15

Das Kapitel,
in dem es um das Ausprobieren
neuer Dinge geht

Es war an der Zeit, reinen Tisch zu machen. Dass ich Daz so lange nichts von meinen Gesprächen mit K&C erzählt hatte, war ein Armutszeugnis für meinen Charakter, und so konnte es nicht weitergehen. Also ging ich am nächsten Morgen auf dem Weg ins Büro zu ihm.

»Ich hab dir schon mal gesagt, du musst deinen Kopf untersuchen lassen, Rich«, begrüßte er mich. »Erinnerst du dich nicht? Du musst mich nicht mehr zur Arbeit abholen. Ich habe einen *sehr* langen unbezahlten Urlaub.«

»Mann, das hatte ich tatsächlich vergessen«, erwiderte ich grinsend, wurde jedoch gleich wieder ernst. »Ich muss mit dir reden.«

Ich sah ihm an, dass er eine neue schlimme Nachricht erwartete. Zwar hatte ich keine Ahnung, was er in diesem Stadium seines Lebens als schlimme Nachricht ansehen würde, doch ich wollte ihm keine Angst machen.

»Es ist nichts Weltbewegendes«, wiegelte ich ab. Als ich mich zu ihm ans Bett setzte, hörte ich die Wohnungstür, was bedeutete, dass Ana gekommen war. »Ich wollte dir nur sagen, dass ich gestern Abend nicht mit einem Kunden essen war.«

Seine Augen blitzten. »Hast du eine neue Freundin?«

Es war komisch, dass er sofort auf diese Idee kam. »So was Ähnliches. Kander und Craft hofierte mich seit ein paar Wochen, weil sie einen Creative Director für ihr Downtown-Büro suchen.«

Daz überlegte einen Moment und sagte dann: »Ich dachte, sie wollen den Laden zumachen.«

»Ja, das denken viele. Aber Curt Prince hat ihn zu seinem Lieblingsprojekt erkoren und ist entschlossen, ihn komplett umzumodeln.«

Ana kam herein, begrüßte Daz, reichte ihm eine Tablette und ein Glas Wasser und machte sich dann im Zimmer zu schaffen, während Daz das Medikament schluckte. Er musste sie zu sich rufen, um ihr das Glas zurückzugeben.

»Curt Prince! Wow! Meinst du, du bekommst die Chance, ihn kennenzulernen?«

Ich hatte mich weiß Gott nicht auf dieses Gespräch gefreut, aber vor diesem Teil hatte mir am meisten gegraut. »Ich habe Prince schon kennengelernt, Daz.«

»Ehrlich? Ist er so cool, wie er in Interviews rüberkommt?«

Ich muss zu meiner Schande gestehen, dass ich in diesem Moment erwog, Daz nur die halbe Wahrheit zu sagen. Sogar jetzt argumentierte ein Teil von mir noch immer, dass es »das Beste für ihn« wäre, ihn anzulügen. Glücklicherweise hörte ich der Stimme nicht lange zu. »Ich habe das Wochenende mit Prince in seinem Haus in den Hamptons verbracht, Daz.«

Ich sah, wie Daz im Geist rechnete. Ich war letztes Wochenende bei ihm gewesen, also musste ich von einem anderen Wochenende sprechen. »Wann war das?«

»Als ich dir erzählte, ich müsste zu einem Familientreffen.«

»Weshalb du nicht zu meiner Party kommen konntest.«

»Ja. Oder mit dir ins Krankenhaus fahren.«

Daz kniff die Augen zu, dass sich seine Stirn in Falten legte. »Warum hast du mich angelogen?«

Er wirkte verletzt, und ich wusste nicht, was ich sagen könnte, ohne ihn noch mehr zu verletzen. »Anfangs nahm ich die Sache überhaupt nicht ernst. Sie riefen an und sagten, sie wollten sich mit mir unterhalten, und ich stimmte zu, mit dem CEO Mittag zu essen. Warum auch nicht? Ich hätte es dir erzählen sollen, aber ich tat es nicht. Ich hatte sogar einen Grund dafür, der mir damals plausibel erschien. Und dann wurde es kompliziert.« Ana trat ans Bett, und ich schaute zu ihr hoch. Sie bedeutete mir mit ihrem Blick, dass ich störte, und verließ das Zimmer.

»Sie wollten *mich*, Daz. Nicht *dich* und mich.«

Er schwieg. Lange. Drüben im Wohnzimmer machte Ana den Fernseher an. Schließlich sagte Daz: »Du hast es mir also nicht erzählt, weil ich nicht wissen sollte, dass du darüber nachdachtest, Flash und Dazzle auseinanderzureißen.«

»Ich dachte überhaupt nicht darüber nach«, protestierte ich. »Ich versuchte, uns als Team zu verkaufen.«

Er lachte. »Du bist so ein Arschloch.«

»Das weiß ich.«

»Du hast versucht, uns als Team zu verkaufen, als sie *dich* als Creative Director haben wollten? Du bist ein totales Arschloch.«

Diese Reaktion hatte ich definitiv nicht erwartet. »Was hättest du denn getan?«

»Wenn sie mir so einen Job angeboten hätten? Ich hätte dich fallen lassen wie eine heiße Kartoffel.«

Ich war verblüfft – und tief gekränkt. Bis ich merkte, dass er mich veralberte. »Nein, das hättest du nicht«, widersprach ich grinsend.

Er lachte wieder und beugte sich zu mir. »Nein, das hätte ich nicht«, bestätigte er leise. »Aber ich hätte das Angebot ernst genommen. Sehr ernst. Komm schon, Rich – wir reden hier über K&C und einen Spitzenjob. Ich weiß zu schätzen, dass du meinen Namen ins Spiel gebracht hast, aber was glaubst du, wie oft du eine solche Chance kriegst?«

»Ich hätte dir gleich davon erzählen müssen.«

»Ja, das hättest du. Was zum Teufel hat dich davon abgehalten?«

»Ich dachte, es würde schwierig.«

»Inwiefern? Dachtest du, ich würde in Tränen ausbrechen, mich an dein Bein klammern und dich anflehen, mit mir bei The Shop zu bleiben?«

»Ich wusste nicht, wie du reagieren würdest.«

»Arschloch.« Er schüttelte den Kopf. »Und – nimmst du an?«

»Sie haben mir noch kein definitives Angebot gemacht.«

»Wie denkst du darüber?«

»Ich denke, dass ich froh bin, dass sie mir noch kein definitives Angebot gemacht haben.«

»Creative Director bei K&C – sogar K&C-Downtown – wäre ein ziemlich cooler Job. Was haben sie eigentlich gesagt, als du ihnen mit mir kamst?«

Ihm hier nur die halbe Wahrheit zu offenbaren, fiel mir leicht. »Dass sie einen Artdirector haben, mit dem sie sehr zufrieden sind.«

»Carleen Laster. Sie ist großartig.«

Es war eine Erleichterung, dass er sie kannte und so viel von ihr hielt. »Der Meinung sind sie offenbar auch. Aber ich denke, sie kann dir nicht das Wasser reichen.«

»Das ist kein Thema mehr, oder?«

Er sagte es in so sachlichem Ton, dass ich seinen Blick suchte, um seine wahren Gefühle darin zu lesen. Aber was ich sah, konnte ich nicht deuten. Er begann, sich mir zu entziehen.

»Es tut mir leid, dass ich dich angelogen habe, Daz.«

Er hielt meine Augen mit seinen fest. »Das soll es auch.«

»Ich werde es nie wieder tun.«

Er nickte. »Ich weiß.«

An dem Abend holte ich uns bei Dawat indisches Essen: vegetarische Samosas und Mulligatawny Soup, Shrimp Bhuna und Chicken Tikka Masala, Reis mit Zitronengras und Knoblauch-Naan und ihr tolles Zwiebel-und-Schwarzer-Pfeffer-Kulcha. Indisches Essen war kein kulinarischer Höhepunkt für Daz. Beim ersten Versuch hatte er von Anfang bis Ende gemeckert, aber schließlich überwand er seine Abneigung, wenn auch nur bedingt. (»Einmal alle paar Monate ist okay. Man muss es ja nicht übertreiben.«)

Ich war froh, dass ich ihm endlich von K&C erzählt hatte, und freute mich auf einen Abend, an dem eine Last weniger auf meinen Schultern lag. Obwohl diese Eröffnung, gemessen an den Dingen, die Daz seit meinem ersten Telefonat mit Keane erfahren hatte, geradezu lächerlich unbedeutend wirkte.

Als ich abends zu ihm kam, war er nicht allein. Eine etwas jüngere und weibliche Version von ihm saß an seinem Bett.

Linda, die Schwester, die zu Hause geblieben war. Wir hatten ein paarmal miteinander telefoniert, aber ich hatte sie nie persönlich kennengelernt, weil sie nie nach New York kam. Sie hatte einen beinahe mythischen Status für mich erlangt – als der andere wichtige Mensch in Daz' Leben, aus dem Paralleluniversum, das manche Kansas nannten. Daz telefonierte fast täglich mit ihr und erzählte mir oft, was in ihrem Leben so passierte, doch sie blieb immer ein wenig irreal für mich. Umso faszinierender war es, ihr jetzt zu begegnen.

Linda hielt die Hand ihres Bruders, als ich ins Schlafzimmer kam. Daz machte uns miteinander bekannt, ich streckte meine Hand aus, und sie reichte mir die Linke, um die Verbindung zu ihrem Bruder nicht unterbrechen zu müssen. Etwas an ihrer Körperhaltung und der Art, wie Daz sich Linda zuneigte, sagte mir, dass dieses Wiedersehen für beide schmerzlich war. Wie sollte es auch anders sein?

Im Hintergrund spielten die Badly Drawn Boy's »The Hour of the Bewilderbeast«. Daz hatte am Tag zuvor beschlossen, sich seine CD-Sammlung in alphabetischer Reihenfolge anzuhören (was nach unserer Sortiersession an einem Sonntagnachmittag vor ein paar Monaten keine lange Sucherei erforderte). Vielleicht war es die Musik, die eine melancholische Stimmung im Zimmer schuf. Vielleicht war mir aber auch nur wegen Linda so zumute: Daz hatte immer gesagt, dass die Vorstellung, nach New York zu kommen, ihr Angst mache, und nun hatte sie diese Angst in Kauf genommen, weil ihr Bruder nie mehr nach Kansas kommen würde.

Zum ersten Mal seit langer Zeit fragte ich mich, wo Daz' Eltern waren. Wir hatten sie so konsequent ausgeklammert, dass sie mir tatsächlich erst in diesem Moment in den Sinn kamen. Warum waren sie nicht zusammen mit ihrer Tochter hergekommen? Würden sie in ein paar Tagen auftauchen? Und wenn – wäre ich dann ebenso willkommen in dieser Wohnung wie bisher? Bei dem Gedanken, durch seine »echte« Familie ersetzt zu werden, gab es mir einen Stich.

»Ich habe was von Dawat mitgebracht«, sagte ich zu Daz, und er reagierte erfreut. Ich wandte mich Linda zu. »Ich wusste nicht, dass du hier bist, aber ich habe wahrscheinlich sowieso viel zu viel gekauft. Magst du indisches Essen?«

»Ich habe keine große Erfahrung damit«, erwiderte sie zögernd.

»Also, wenn dir das hier nicht schmeckt, dann schmeckt indisches Essen dir überhaupt nicht. Das von Dawat ist das beste – zumindest in diesem Land.«

Daz lachte. »Es gibt ein paar Blocks weiter einen sehr ordentlichen Inder, aber Rich musste natürlich in Midtown einkaufen. Er hat beschlossen, dass er unser Abendessen ab sofort nur aus den besten Restaurants der Stadt holt.«

Ich war froh, dass unser morgendliches Gespräch offenbar keinen Groll gegen mich in ihm geweckt hatte. Allerdings könnte sich das ändern, sobald Daz Zeit hätte, über meine Eröffnung nachzudenken. »Warum sollte man sich mit den zweitbesten Läden zufriedengeben?«, argumentierte ich.

»Das ist sehr lieb von dir, Rich.« Tränen glitzerten in Lindas Augen, und das bezauberte mich. Eine so echte »Unbeherrschtheit« erlebte ich nicht oft. Ich lächelte Linda an, und sie erwiderte mein Lächeln mit aufrichtiger Herzlichkeit. Ich ging in die Küche, um unser Essen zu holen, und dabei fragte ich mich, was Linda wohl von der Abendgestaltung hielt, die Daz und ich eingeführt hatten. Vielleicht fand sie sie gar nicht so ungewöhnlich. Vielleicht war es in ihrer Heimatstadt ganz normal, dass man hilfsbedürftige Freunde verwöhnte – vielleicht nur nicht mit Pastrami und Samosas. In der Welt, in der ich groß geworden war, gab es diesen Brauch jedoch nicht.

Als ich ins Schlafzimmer zurückkam, hatte die Melancholiewolke sich verzogen. Vielleicht hatte mein Erscheinen Daz und Linda aus ihrer Trübsal geholt und ihnen bewusst gemacht, dass er noch am Leben war und ihnen noch Zeit blieb, die Gegenwart des anderen zu genießen. Angesichts meiner Verfassung gestern Abend überraschte mich die Vorstellung, dass ich diese Wirkung haben konnte. Aber vielleicht hatte es ja auch gar nichts mit mir zu tun.

Es wäre wesentlich bequemer gewesen, am Esstisch zu sitzen, aber Daz sträubte sich zusehends dagegen, das Bett zu verlassen, wobei ich nicht glaubte, dass es körperliche Gründe hatte. Noch nicht. Nein, er hatte sich einfach in seinem Schlafzimmer eingerichtet, sich mit allem umgeben, was er brauchte, und schien es dabei belassen zu wollen. Wie ich zu Michelle sagte, hatte er sich in sein Schicksal ergeben. Wenn er es auf diese Weise umsetzen wollte, dann sollte er es tun.

Linda schob zögernd einen Bissen Hühnchen in den Mund – offenbar wäre ihr alles andere lieber gewesen als indisches Essen –, doch als sie den Geschmack realisierte, machte sie große Augen und nahm schnell noch einen Bissen.

»Das ist ausgezeichnet«, lobte sie, nachdem sie konzentriert gekaut hatte. »Bei uns zu Hause schmeckt indisch nicht so.«

»Bei dem Inder ein paar Blocks weiter auch nicht«, sagte ich mit einem Seitenblick auf ihren Bruder. Er zuckte nur mit den Schultern und aß weiter.

Sie aß einen Bissen Kulcha und lächelte. »Meine erste Überraschung in New York City.«

»Vielleicht sollten wir unseren Speiseplan auch alphabetisch ordnen – nach den Urprungsländern«, dachte Daz laut. »Warum haben wir das nie getan, Flash?«

»Weil es eine blöde Idee ist.«

»Ist es nicht. Wir könnten mit Albanien anfangen.«

»Genau – weil du albanisches Essen so liebst. Die Albaner sind nicht gerade berühmt für ihre Pommes.«

»Es wundert mich, dass Eric Indisch isst«, sagte Linda. »Zu Hause aß er hauptsächlich Steaks. Und Oreos in jeder Form.«

»Da hat sich nicht viel verändert«, erwiderte ich trocken.

»Nach Albanien käme ... Amerika, schätze ich. Also könnten wir Steak und Oreos essen. Und dann Australien. Ich sage dir – das Konzept gefällt mir immer besser.«

»Bitte rede ihm das aus, Linda.«

Sie legte die Hand auf seinen Arm. »Ich will morgen Abend nicht albanisch essen, Eric.«

»Na schön – dann lassen wir Albanien aus.«

»Und ich will auch nichts Australisches.«

Daz schien nach einem Argument zu suchen. Schließlich lehnte er sich in die Kissen. »Wahrscheinlich ist es wirklich eine blöde Idee.« Seine Miene hellte sich auf. »Wie wär's mit Desserts in alphabetischer Reihenfolge? Wir fangen mit Apple Crisp an, machen mit Apple Pie weiter ...«

»... du hast Apple Pan Dowdy vergessen.«

»Du hast recht. Ich brauche was zum Schreiben.«

»Lass uns das doch später machen.«

Daz nickte. »Übrigens Weltklasse, dieses Shrimp Bhuna.«

»Als wir noch Kinder waren, hätten wir uns nicht vorstellen können, dass ich meinen Bruder mal in New York City besuchen würde«, sagte Linda.

»Ich war ein echter Kleinstadtjunge.« Daz schob ein großes Stück Naan in den Mund. Sein Appetit war besonders groß heute Abend und seine Gestik besonders lebhaft.

»Unglaublich.«

»Eric wollte sogar Farmer werden.«

Ich lachte schallend. »In eurem Manhattan gibt es Farmen?«

Daz wedelte mit seiner Gabel. »Außerhalb von Manhattan, natürlich. Draußen auf dem flachen Land. Maisfelder und Vieh.«

»Farmer müssen sehr früh aufstehen.«

»Einer der Hauptgründe für meine Entscheidung zu studieren.«

Linda kostete den Zitronenreis und nickte beifällig. »Aber du hast nie darüber gesprochen, in eine Großstadt gehen zu wollen.«

»Und doch bin ich hier – im Zentrum der Welt.«

Linda schaute zu ihrem Bruder hinüber und machte ein trauriges Gesicht. »Im Zentrum der Welt.«

»Sag mal, Linda«, lenkte ich sie ab, »war Daz wirklich ein solcher Mädchenschwarm, wie er behauptet?«

Daz wollte protestieren, aber Linda lächelte ihn an und sagte: »Meine Freundinnen fanden ihn sehr attraktiv.«

»Wirklich?«, fragte Daz.

»Wirklich. Und später als Fußballstar natürlich noch mehr. Er war zwar kein *Footballstar*, aber er hätte trotzdem fast jede meiner Freundinnen haben können.«

»Es wäre nett gewesen, wenn du mir das damals erzählt hättest.«

»Du hättest nicht auf mich gehört«, erwiderte sie mit einer wegwerfenden Geste. »Du hast nie auf mich gehört, wenn es um Mädchen ging.«

Daz setzte sich auf. »Als ich elf war, redete sie mir ein, dass Melanie Reston auf mich stand. Als ich endlich den Mut aufbrachte, Melanie zu fragen, ob sie etwas mit mir unternehmen wolle, lachte sie mich aus.«

»Daran war Melanies Schwester schuld.« Linda knuffte ihn leicht in den Arm und erklärte mir dann: »Annie Reston war eine meiner Freundinnen, und sie sagte mir, dass Melanie Eric sehr nett fände. Ich wusste damals nicht, dass ich ihr nicht trauen konnte.«

»Im Laufe der Jahre habe ich Linda mit meinen schlechten Erfahrungen wertvolle Erkenntnisse beschert.«

Linda schlug scherzhaft mit einem Stück Naan nach ihm. »Das ist deine Pflicht und Schuldigkeit als großer Bruder.«

Die liebevolle Art, in der sich die beiden neckten, war eine Offenbarung. Besonders unter diesen Umständen.

Ich wünschte, Linda wäre unter anderen Umständen hier und ihr Bruder und sein bester Kumpel könnten ihr die City schmackhaft machen. Ich hätte gern gewusst, wie sie gewesen wäre, wenn Daz' Krankheit ihr nicht auf der Seele gelegen hätte.

»Ich hatte nicht die geringste Chance gegen Linda«, erzählte Daz mir. »Ich weiß nicht, wie oft Lehrer oder sogar Leute vom örtlichen YMCA mich ansprachen und sagten: »Deine Schwester ist eine solche Freude – warum bist du nicht ein bisschen mehr wie sie?«

»Er übertreibt.«

»Eigentlich sollte es andersherum sein: der große Bruder als leuchtendes Vorbild und die kleine Schwester, die ihm verzweifelt, aber vergeblich nacheifert.«

»Die Sportlehrer haben mich ganz schön gezwiebelt.«

Daz grinste sie an. »Hier ist ein gutes Beispiel. Ich bin das erste Jahr auf der Highschool, und Linda fängt in der Junior High an. Eines Tages im Oktober muss ich sie abholen, was bedeutet, dass ich vor dem Gebäude stehe, während die Schüler rauskommen. Linda lässt sich besonders lange Zeit ...«

»... in dem Jahr war Eileen Stark meine beste Freundin, und sie war sehr langsam.«

»... und ich stehe da rum. Meine ehemalige Kunstlehrerin kommt vorbei. In Kunst war ich ziemlich gut. Sie entdeckt mich, und ich lächle sie an. Und weißt du, was sie tut? Sie schüttelt den Kopf. Kommt zu mir und erklärt mir, dass sie erst begriffen hätte, wie ich mein Talent vergeudete, seit sie Linda kenne.«

Ich schaute seine Schwester an. »Ich wusste nicht, dass du auch Künstlerin bist.«

»Ich habe absolut kein Talent.«

»Das ist richtig. Sie hat absolut kein Talent, aber meine Kunstlehrerin hielt mich trotzdem für eine Enttäuschung, nachdem sie Linda kennengelernt hatte.«

»Ich versteh es nicht.«

Er hob die Hände. »Da sind wir schon zu zweit.«

Linda nahm eine seiner Hände und tätschelte sie. »Es gefiel ihr, dass ich mich bemühte, auch wenn es nichts brachte. Manche, die viel Talent haben, vergeuden es, während andere das Beste aus dem wenigen machen, das sie haben.«

Ich war fasziniert. »Hast du der Lehrerin jemals gesagt, dass du ein großer Artdirector geworden bist?«

»Nein. Aber vielleicht hätte ich das tun sollen.«

»Sie ist sowieso schon im Ruhestand«, sagte Linda.

Daz schüttelte den Kopf. »Noch eine verpasste Gelegenheit. Rich, du führst doch eine Liste, ja?«

»Eric erzählt nur die eine Seite der Geschichte«, gab Linda zu bedenken. »Als ich klein war, waren meine Freundinnen schwer beeindruckt von ihm.«

»Weil ich viel größer war als sie.«

»Sie waren nicht nur wegen deiner Körpergröße beeindruckt, sondern, weil sie dich toll fanden.«

»Sechsjährige sind leicht zu faszinieren.«

Sie beugte sich zu ihm. »Du hast das nie begriffen, stimmt's? Du warst beliebt, du warst ein Vorbild. Andy spricht noch heute von der Sache mit dem Fahrrad.«

Daz lachte und schaute auf seinen Teller hinunter. Linda drehte sich mir zu. »Eric war acht Jahre, als Andy auf seinem Fahrrad von einer Bande älterer Rowdys verfolgt wurde. Andy fuhr einen abschüssigen Weg hinunter, stürzte, und das Vorderrad verfing sich in einem Gestrüpp. Andys Knie blutete, und er hatte fürchterliche Angst.« In der Story aufgehend, setzte Linda sich gerade hin. »Die Rowdys gingen auf ihn los. Plötzlich tauchte wie aus dem Nichts Eric auf seinem Fahrrad auf und verscheuchte die Jungs mit einer Schimpfkanonade, bog die Speichen von Andys Rad gerade und begleitete ihn nach Hause.«

»Respekt, Daz«, sagte ich bewundernd. »Du warst ja der reinste Spiderman.«

Daz verdrehte die Augen. »Ich kam ganz zufällig dazu.«

»Von wegen.« Linda hatte kein Verständnis für seine Bescheidenheit. »Andy sagt, du hättest gehört, wie die Kids ihn bedrohten, und wärest den Weg heruntergerast gekommen.«

»Ich glaube, die Story ist im Lauf der Jahre geschönt worden.«

»Das ist egal«, sagte ich. »Ich bin sehr beeindruckt. Mich hat Daz auch einmal gerettet, Linda. Zwei Kunden gingen auf mich los, zerpflückten die Kampagne, die wir gemeinsam entwickelt hatten, und Daz fragte sie, ob sie Kaffee wollten.«

»Es entschärfte die Situation.«

Ich nickte. »Ja, das tat es. Wir verloren diese Kunden zwar, aber sie konnten sich nicht über mangelnden Service beschweren.«

»Siehst du? Du warst schon immer ein Held, Eric.«

»*Mein* Held«, sagte ich.

»Und meiner«, sagte Linda.

Daz lachte schallend. »Hört auf. Sonst wird mir noch schlecht von dieser Lobhudelei – und da ich gerade Chicken Tikka Masala gegessen habe, wäre das kein hübscher Anblick.«

Die CD wechselte zu Erykah Badu, und ich nahm es als Signal, um abzuräumen. Linda stand ebenfalls auf und wollte mir helfen, aber ich bedeutete ihr, sich wieder hinzusetzen. Ich spülte die Teller vor und stellte sie in die Geschirrspülmaschine. (Ich glaube, die und der Kühlschrank waren die einzigen Geräte, die Daz je in seiner Küche benutzte.)

Dann brachte ich den Abfall weg. Der Müllschlucker befand sich auf der anderen Seite des Gebäudes, ein Umstand, den ich Daz beim Kauf der Wohnung als Argument zum Preisdrücken einzusetzen geraten hatte. Man brauchte mehrere Minuten für den Hin- und Rückweg, ein ziemlicher Aufwand, um Müll loszuwerden. Allerdings hatte Daz bis vor kurzem nicht viel Müll loswerden müssen.

Als ich zurückkam, hörte ich einen Wortwechsel.

»Das spielt keine Rolle«, sagte Daz.

»Natürlich spielt es eine Rolle. Was auch passiert ist, es wird immer eine Rolle spielen.«

»Lass es gut sein, Linda.«

Ich schloss die Tür, und sie hörten es offenbar, denn die Unterhaltung brach ab.

»Hey«, sagte ich fröhlich, als ich das Schlafzimmer betrat, und setzte mich wieder auf meinen Platz. »Ich bin bereit für weitere Reisen auf der Straße der Erinnerungen des verrückten Dazman-Clans.«

Daz lächelte müde. »Ich habe Lust auf Fernsehen«, erklärte er abrupt. Mit zwei Klicks brachte er Erykah Badu zum Schweigen und die Wiederholung einer Folge von »The Cosby Show« auf den Bildschirm. Es war definitiv etwas vorgefallen in meiner Abwesenheit. Linda schien nicht erfreut darüber zu sein, dass das Gespräch ein so jähes Ende gefunden hatte und jetzt der Fernseher lief, aber weder sie noch ich hatten ein Einspruchsrecht. Ich schlug Daz leicht aufs Bein, was mir einen Blick einbrachte, den ich nicht deuten konnte, und konzentrierte mich auf die Serie.

Fernsehen ist mit jedem Menschen ein anderes Erlebnis. Daz und ich unterhielten uns dabei über die Werbespots oder einen Satz, der uns aufgefallen war, oder darüber, dass einer von uns noch Bier oder Brezeln aus der Küche holen sollte, und wir schauten, was auch immer, *gemeinsam* an, nicht jeder für sich. Doch nach der Diskussion, die ich bei meiner Rückkehr in die Wohnung mitbekommen hatte, konnte ich das Fernsehen jetzt nur als Vermeidungsmechanismus sehen, wenn ich auch nicht wusste, welche Problematik umgangen wurde.

Wir sahen uns »Cosby« an und noch eine andere Sitcom und dann den anschließenden Krimi. In einer

Werbepause schlug ich vor, ein paar Blocks weiter Eis von Häagen-Dazs zu holen. Daz nickte, ohne den Blick vom Bildschirm zu lösen, Linda lehnte zunächst höflich ab, überlegte es sich dann jedoch. Als ich diesmal in die Wohnung zurückkam, war ich ziemlich sicher, dass in meiner Abwesenheit kein weiteres Gespräch stattgefunden hatte. Und auch nach meiner Rückkehr fiel kaum ein Wort.

Ich überlegte, wie ich eine Unterhaltung in Gang bringen könnte, aber es fiel mir nichts ein, was meine Absicht nicht verraten hätte. Ich dachte, ich könnte das Eis brechen, als ein grauenvoller Spot für einen Computer-Dating-Service kam, einen Kunden, den wir an eine größere Agentur verloren hatten, aber mein beißender Kommentar zu dem Slogan entlockte Daz nicht mehr als ein leises Kichern.

Nach dem ersten Block von »SportsCenter« ging ich nach Hause.

16

Das Kapitel,
in dem es darum geht,
sich Zeit zu nehmen

Am nächsten Abend beschloss ich, das albanische Essen zugunsten von Gray's-Papaya-Hotdogs ausfallen zu lassen. Sie waren etwas ganz Besonderes – ich glaube, ihr Slogan pries sie als »Das Filet mignon unter den Hotdogs« an, und ich dachte mir, Linda würde diese New Yorker Spezialität vielleicht schmecken. Daz, der Gray's Papaya als einen Tempel des Genusses betrachtete, war mehr als zufrieden mit meiner Entscheidung. Gott sei Dank schlug er nicht vor, die Hotdog-Läden der City in alphabetischer Reihenfolge durchzugehen.

Offenbar hatten Daz und Linda ihre Meinungsverschiedenheit vom Abend vorher beigelegt, denn die Atmosphäre war heute wesentlich entspannter. Ich bekam wieder eine Kostprobe geschwisterlicher Kabbeleien geboten, und Daz und ich unterhielten Linda mit Schilderungen der Schwächen und Eigenarten des jeweils anderen am Arbeitsplatz. Aber Daz war nicht so gut drauf wie an den vorangegangenen Abenden, und so lief der Fernseher bereits um acht, und gegen zehn sagte Daz, er sei erschöpft und wolle schlafen. Also ließen wir ihn allein. Ein paar Minuten später ging Linda nach ihm sehen und berichtete, als sie zurückkam, dass er leise schnarche.

»Meinst du, er wird durchschlafen?«, fragte sie.

»Wenn er erst mal schläft, dann schläft er. Jedenfalls ist das meine Erfahrung.«

»Ich weiß nicht, ob man jetzt noch danach gehen kann.«

Damit hatte sie natürlich recht. Angesichts der Art von Daz' Erkrankung war es durchaus möglich, dass er in einer Stunde desorientiert und verängstigt aufwachte. Und es bestand natürlich auch die Möglichkeit, dass er gar nicht mehr aufwachte. Ich ertappte mich immer öfter bei dem Gedanken, dass eines dieser gemeinsamen Abendessen unser letztes sein könnte. Und dass vielleicht – sogar wahrscheinlich – nichts darauf hindeuten würde. Ich redete mir ein, dass bis dahin noch ein wenig Zeit wäre, doch ich wusste sehr wohl, dass der Verlauf dieser Krankheit unberechenbar war und sich nicht abschätzen ließ, ob und in welchem Umfang Daz zum Ende hin noch bei Bewusstsein wäre.

Linda stand, die Hand am Rahmen, in der Tür zu Daz' Zimmer und betrachtete ihren schlafenden Bruder. Ich fragte mich, ob sie das die ganze letzte Nacht getan oder in dem Sessel neben seinem Bett geschlafen hatte. Die Luftmatratze lehnte wie immer aufgepumpt im Wohnzimmer an der Wand, aber irgendetwas sagte mir, dass Linda nicht darauf geschlafen hatte. Ich erwog, nach Hause zu gehen. Daz war in guten Händen, und Linda wäre vielleicht lieber mit ihm allein. Aber irgendwie hatte ich keine Lust zu gehen.

»Möchtest du was trinken?«, fragte ich.

»Nein danke. Zwei Bier zum Abendessen sind mein Limit.«

»Ein Stück den Block runter ist ein guter Coffeeshop. Soll ich uns von dort was holen?«

Ihre Augen leuchteten auf. »O ja, ich hätte wahnsinnig gern einen entkoffeinierten Cappuccino. Ana kann nicht mal Kaffee machen. Der, den sie mir heute vorsetzte, war mein schlechtester seit Jahren.«

Ich stand auf. »In zwei Minuten hast du einen erstklassigen entkoffeinierten Cappuccino.«

»Mit Extra Shot, bitte.«

»Extra entkoffeiniert?«

Sie lachte leise. »Es geht um Geschmack, nicht um Technik.«

Ich lächelte. »Ein guter Slogan. Darf ich ihn klauen? Dein Bruder lässt mich ständig seine besten Slogans klauen.«

»Bedien dich.«

Das Java Nirvana hatte vor etwas mehr als einem Jahr eröffnet und dafür den vermeintlich unklugen Standort weniger als einen Block von einem Starbucks entfernt gewählt. Daz und ich hatten dem Laden anderthalb Wochen gegeben und am dritten Abend beschlossen, den armen Leuten etwas abzukaufen, bevor sie zumachten. Doch als wir durch die Tür traten, kamen mir Bedenken bezüglich unserer Prognose. Hier waren Kaffeeliebhaber am Werk. Sie rösteten ihre Bohnen selbst, gleich hinter dem Ladentisch, was den Verkaufsraum mit einem verführerischen Duft füllte. Das Geschäft war nur etwa sechzig Quadratmeter groß, und es gab bloß drei Tische – aber es war ein regelrechtes Kaffeemuseum. Altmodische Röstvorrichtungen, Kaffeesäcke aus grobem Leinen und Fotos und Verkostungsnotizen von den Reisen des Besitzers in die großen Anbaugebiete der Welt schufen ein reizvolles Ambiente. Natürlich hätte nichts davon über einen schlechten Kaffee hinweggetröstet – Upper West Siders lassen sich zwar vom Engagement beeindrucken, aber sie verlangen Leistung –, doch er war exzellent. Sogar der Filterkaffee, selbst in den besten Coffeeshops oft ein Trauerspiel, war herrlich aromatisch. Ich hatte morgens auf dem Weg zu Daz fast immer dort haltgemacht und abends vor dem Nachhausegehen ebenso.

»Mr. Flash«, begrüßte Koren, der Besitzer, mich. »Sie sind früh dran heute. Hat Sie ein Mädchen versetzt?«

»Die Nacht ist noch jung, Koren.«

»Das ist richtig. Hey, wo ist Daz? Ich habe ihn schon länger nicht gesehen. Er betrügt mich doch nicht mit einem anderen Barista, oder?«

Ich hatte Koren nichts von Daz' Erkrankung erzählt. Es fiel mir schon schwer, mit seinen besten Freunden darüber zu sprechen, und wie ich es Bekannten beibringen sollte, wusste ich überhaupt nicht. »Nein, natürlich nicht. Er ist bloß sehr beschäftigt.«

Koren zuckte nicht mit der Wimper, als ich den Cappuccino mit Extra Shot für Linda orderte. Offenbar taten das viele Leute. Ich entschied mich für einen Café con Leche.

Koren schob seinen Angestellten an der Espressomaschine zur Seite und machte den Kaffee für uns selbst. Das tat er seit ein paar Monaten, egal, wie groß der Andrang war, offenbar seine Art, Daz und mir zu zeigen, dass wir Vorzugskunden waren, und ich wusste es zu schätzen, obwohl ich sicher war, dass die Leute, die er sich als Mitarbeiter aussuchte, den Kaffee genauso gut machten.

»Sagen Sie Daz, wenn er in den nächsten Tagen nicht aufkreuzt, streiche ich seinen Namen von der Liste meiner Lieblingskunden.« Koren reichte mir die Becher herüber.

»Ich werde es ausrichten. Er ist wirklich sehr beschäftigt.«

Koren musterte mich prüfend. »Sie sind doch noch befreundet, oder?«

»Aber ja. Ich werde versuchen, ihn das nächste Mal mitzubringen. Versprochen.«

»Sehr schön. Mit Ihnen beiden zusammen ist es viel lustiger als mit Ihnen allein.«

»Danke für das Kompliment.«

Linda saß wieder an Daz' Bett, als ich zurückkam. Ich bedeutete ihr, ins Wohnzimmer zu kommen, und sie tat es widerstrebend.

»Du kannst den Luxussessel haben.« Ich deutete auf den Massagesessel und setzte mich aufs Sofa. Linda ließ sich nieder und betrachtete das Bedienungspad auf der Armlehne, als wäre es eine außerirdische Lebensform. Ich schlug ihr vor, auf »Kneten« zu drücken. Sie tat es, und ihre Augen blitzten, als der Sessel sein Zauberwerk begann. Sie lehnte sich zurück und überließ sich für eine kleine Weile dem Genuss. Dann schaltete sie den Sessel ab und schüttelte verwundert den Kopf.

»Eric ist der letzte Mensch, bei dem ich so etwas Extravagantes erwartet hätte.«

»Ich habe ihn dazu überredet.«

Sie klopfte auf das Leder. »Wenn früher zu Hause jemand Eric gesagt hätte, dass er einmal mit einem solchen Ding in einer eleganten Wohnung in New York City leben würde, hätte er ihn ausgelacht.«

»Das Beiwerk des Erfolgs. Dein Bruder ist ein Star.«

»Scheint so. Wenn ihm *das* jemand gesagt hätte, hätte er noch lauter gelacht.« Sie nippte an ihrem Cappuccino und nickte lobend. »*Sehr* viel besser als Anas Gebräu. Du hast einen guten Geschmack.«

»Ich arbeite daran.« Mein Café con Leche war erst jetzt so weit abgekühlt, dass ich einen ersten richtigen Schluck trinken konnte. »Ich bin sicher, dass Daz glücklich über deinen Besuch ist.«

Als ich ihr trauriges Gesicht sah, wünschte ich, ich hätte nicht davon angefangen – oder es anders formuliert.

»Ich hätte früher kommen sollen«, sagte sie bekümmert, »aber mein Boss wollte mich überhaupt nicht weglassen.«

Ich runzelte die Stirn. »Hört sich so an, als sollte er nicht mehr lange dein Boss sein. Was machst du denn?«

»Ich arbeite in einem Grußkartenverlag«, antwortete sie mit einem Anflug von Schüchternheit.

»Bitte sag mir nicht, dass du die Texte schreibst.«

Sie lachte schallend. »Nein. *Du* bist der Worteschmied, Rich. Mein Fach ist der Vertrieb.«

»Brauchst du vielleicht eine gute Werbeagentur?«

Sie grinste. »Das hat mein Bruder schon versucht. Ich hätte mir denken sollen, dass du das Gleiche tun würdest.«

Ich hob resignierend die freie Hand. »Wie lange wirst du hierbleiben?«

»Vielleicht bis zum Ende. Ich habe sozusagen gekündigt.«

»Sozusagen?«

Sie verdrehte die Augen. »Ich bin sonst nicht so impulsiv, aber mein Boss hat mich wirklich wütend gemacht. Ich habe es nicht ausdrücklich gesagt, doch ich denke, er hat verstanden, dass ich nicht wiederkomme. Und wenn nicht, ist es mir auch egal.«

»Sein Verlust, dein Gewinn. Weiß Daz es?«

»Dass ich gekündigt habe?«

»Dass du endlos hierbleiben kannst.«

»Endlos wird es wohl nicht werden.«

»Entschuldige – das Wort war schlecht gewählt.«

Ihre Lider flatterten, und einen Moment lang dachte ich, sie würde anfangen zu weinen. »Ich kann einfach nicht damit umgehen.«

Ich hätte gern ihre Hand genommen und vielleicht den Arm um ihre Schulter gelegt, um ihr zu zeigen, dass sie auf meine Unterstützung zählen konnte. Stattdessen trank ich noch einen Schluck Kaffee, denn ich wusste nicht, ob ich diese Grenze überschreiten sollte, auch wenn Linda und ich gewissermaßen »verwandt« waren. Linda schaute eine Weile in ihren Becher, und ich dachte schon, dass sie sich vor mir verschließen würde, doch dann sagte sie plötzlich: »Dein Spitzname ist also Flash, ja?«

»An guten Tagen. Es gibt auch weniger schmeichelhafte Varianten.«

»Und Eric ist ›Dazzle‹.«

»Eigentlich ›Daz‹. ›Dazzle‹ war die ursprüngliche Fassung, aber zwei Silben sind für die meisten zu anstrengend.«

»Flash und Dazzle«, sagte sie und lauschte den Worten nach. »Hast du eine Freundin?«, wechselte sie dann das Thema. »Eine Frau? Eine Ex-Frau?«

»Nichts davon. Aber ich habe ein tolles Büro.«

»Eines von diesen Eckzimmern mit Panoramablick?«

»So toll nicht.«

»Du hast ja noch Zeit.«

»Ja.«

»Und wie amüsiert man sich hier?«

»Du meinst, nachdem das Vieh sich schlafen gelegt hat? Da gibt es nicht viele Möglichkeiten: Geschichten erzählen am Lagerfeuer, den Farmer's Almanach lesen, tanzen bis drei Uhr früh.«

»Ah, also wie bei mir zu Hause.«

Ich wusste zu schätzen, dass sie sich um einen leichten Ton bemühte. »Natürlich haben wir Stammlokale. Und ich bin so was wie ein Restaurant-Junkie. Was wir jeweils unternehmen, entscheiden wir spontan nach Lust und Laune. Ich kann dir ja mal zeigen, wo wir so rumhängen.«

Linda nickte. Ihr Gesicht war dem ihres Bruders in so vielem ähnlich, aber nicht, was ihre Augen anging. Ich hatte noch nie so sprechende Augen gesehen – und ihr Ausdruck wechselte in Sekundenbruchteilen zwischen Heiterkeit und Traurigkeit. Wie in diesem Moment. Als wäre ihr plötzlich wieder bewusst geworden, dass sie nicht zu ihrem Vergnügen in die City gekommen war. Sie stand auf.

»Ich geh nach Eric schauen.«

Wieder hatte ich das Bedürfnis, ihr beizustehen, den Arm um ihre Schulter zu legen, während sie ihren Bruder betrachtete, ihr zu zeigen, dass sie sich an mich anlehnen konnte. Aber wieder hielt ich mich zurück. Ich wäre mir wie ein Eindringling vorgekommen. Also trank ich meinen Kaffee und blätterte *Extreme* durch, das Sportmagazin, das auf dem Fensterbrett gelegen hatte. Daz und ich hatten uns irgendwann vorgenommen, Snowboarding zu lernen. Noch etwas, was ich ohne ihn nie tun würde. Nicht, dass ich in der Lage gewesen wäre, mir Gedanken über die Zukunft zu machen. Seit ich von Daz' Erkrankung wusste, gab es für mich nur noch die Gegenwart. Das Später blendete ich aus.

Ich wollte gerade aufstehen und Linda Bescheid sagen, dass ich nach Hause gehen würde, als sie ins Wohnzimmer zurückkam.

»Er schläft so ruhig«, sagte sie. »Es ist richtig unheimlich.«

Ich erinnerte mich an die vielen Male, die ich Daz, wenn ich ihn abholen kam, quer im Bett liegend vorgefunden hatte. Er war nie ein ruhiger Schläfer gewesen. »Vielleicht liegt es an den Medikamenten.«

»Ja, vielleicht.« Linda setzte sich wieder hin, diesmal jedoch auf die Kante des Sessels, und schaute mich mit traurigen Augen an. Ich wusste, wie ihr zumute war.

Wenn ich schon zu schüchtern war, um sie zu berühren, dann könnte ich doch wenigstens versuchen, sie ein wenig abzulenken. »Und – wie steht's mit dir?«, fragte ich. »Lover? Ehemänner? Ex-Ehemänner?«

Sie lächelte traurig. »Das ist eine Weile her.«

»Alle drei?«

»Nein – nur das Erste. Mit Punkt zwei und drei kann ich nicht dienen. Und unter Punkt eins war auch nicht viel los. So groß ist unsere Stadt nicht.«

»Vielleicht solltest du wegziehen.«

Ihre Augen blitzten. »Der Gedanke ist mir schon gekommen.«

Ich fragte mich, was sie wohl in Kansas hielt. Die Familie? Freundinnen? Der Glaube, dass sie doch noch dort finden würde, was sie suchte? Meiner Meinung nach war ein Mensch wie Linda, wenn er nicht mit dem zufrieden war, was das Leben ihm zu bieten hatte – und so hatte ich sie verstanden –, es sich schuldig, etwas dagegen zu unternehmen. In Kansas zu hocken und darauf zu warten, dass etwas passierte, machte wenig Sinn.

»Womit verbringst du deine Freizeit?«

»Du meinst, abgesehen von dem Spektrum sinnlicher Genüsse, die Topeka bietet?«

»Ja.«

»Ich lese viel. Und ich arbeite ehrenamtlich im Gemeindezentrum. Und ich fahre gerne mit dem Auto durch die Gegend.«

»Einfach nur so?«

»Nicht stundenlang ohne Ziel. Ich besuche alle möglichen Orte, bummle durch die Läden und mache mir ein Bild davon, wie die Leute so leben.«

»Du erforschst also andere Kulturen.«

»So weit würde ich nicht gehen. Allerdings war ich auch schon in Reservaten der amerikanischen Ureinwohner.«

»Wow. Das *ist* doch eine andere Kultur. Halb New York ist nach dem einen oder anderen Stamm benannt, aber außer als Spielkasinobetreiber in Connecticut ist keine Spur von ihnen zu finden.«

»Bei uns sind die Spuren auch nicht nennenswert.« Linda schaute sinnend aus dem Fenster. »Meistens will ich einfach nur weg.«

Und jetzt war sie bis hierher gekommen. Um am Totenbett ihres Bruders zu sitzen. Eine Welle von Mitgefühl erfasste mich. Ich wusste, was Linda durchmachte, zumindest teilweise. Spiegelte ihr Gesichtsausdruck meinen? Sah man uns an, was mit uns geschah?

Wir unterhielten uns noch eine kleine Weile, aber ich sah, dass Linda müde war. Gleichgültig, ob sie auf der Luftmatratze oder neben Daz' Bett im Sessel schlafen wollte – ich störte. Ich stand auf und küsste sie beim Abschied spontan auf die Wange. Sie drückte ihr Gesicht einen Moment lang an meines, bevor sie von mir abrückte.

»Sehen wir uns morgen Abend?«, fragte sie.

»Ich werde hier sein.«

Sie lächelte, und ihre Augen strahlten. Ich konnte nicht fassen, wie sie das machte. »Was steht auf der Speisekarte?«

Ich hatte keine Ahnung. »Lass dich überraschen.«

Es war Mitternacht, als ich meine Wohnung betrat. Ich stellte gerade meine Aktentasche hin, als das Telefon klingelte. Mein erster Gedanke war, dass Linda wegen Daz anrief.

»Prince hier. Ich habe den ganzen Abend versucht, Sie zu erreichen, Rich.«

Ich schaute auf den AB. Es war kein Anruf aufgezeichnet. »Tut mir leid – ich war unterwegs.«

»Ich habe ein paar Dinge auf dem Herzen. Erstens – ich hätte deswegen schon früher angerufen, wenn hier nicht die Hölle los gewesen wäre – hat Keane mir berichtet, dass Sie sich neulich Abend abrupt verabschiedet und nicht auf eine neue Verabredung festgelegt hätten. Ist alles okay?«

Ich überlegte, ob ich Prince von Daz erzählen sollte. Ich glaubte, dass er Verständnis, vielleicht sogar Mitgefühl aufbringen würde, aber ich entschied mich trotzdem dagegen. »Nur eine kleine private Krise. Noel hat mich da offenbar missverstanden.«

»Das macht er gerne. Sie haben also keine Bedenken, was uns angeht?«

Ehrlich gesagt hatte ich überhaupt nicht mehr daran gedacht, aber es wäre taktisch unklug gewesen, das zu gestehen. »Nein, wirklich nicht. Ich bin nur gerade sehr mit einem persönlichen Problem befasst.«

»Ein Konflikt mit dem Gesetz?«

Ich lachte. »Nein. Ich bin nicht kriminell geworden, wenn Sie das meinen.«

»Dann sind wir noch im Gespräch?«

»Ich bin von Ihrer Arbeit nach wie vor fasziniert, Curt, und ich finde Ihre Pläne für das Downtown-Büro nach wie vor großartig. Ich habe im Moment nur keinen Kopf dafür.«

»Ich nehme das als ein Ja. Melden Sie sich doch möglichst bald bei Keane. K&C ist im Umbruch, und wir wollen ihn so schnell wie möglich hinter uns bringen, um produktiv werden zu können.«

Plötzlich war ich todmüde. Ich ließ mich aufs Sofa sinken. »Okay.«

»Der zweite Punkt ist, dass wir für drei Wochen nach Europa fliegen. Hauptsächlich geschäftlich, aber auch ein bisschen zum Vergnügen. Vielleicht werden sogar einige der geschäftlichen Verhandlungen angenehm. Jedenfalls steht das Haus in den Hamptons während dieser Zeit leer, und es gehört Ihnen, wenn Sie wollen.«

»Wow. Das ist ein sehr großzügiges Angebot.«

»Ach was. Das Haus steht doch da. Ich gebe Ihnen Carls Nummer. Er holt Sie ab, wann immer Sie möchten, und er hat die Schlüssel.«

Mein erster Gedanke war, Daz und Linda mit einem tollen Wochenende zu überraschen. Aber obwohl Daz mir versichert hatte, dass er verstand, warum ich ihm nicht sofort von meinen Verhandlungen mit K&C erzählt hatte, erschien es mir nicht richtig, ihm meinen neu gefundenen Zugang zum Luxus über meinen neuen Kumpel Curt zu demonstrieren. Darüber hinaus sprachen auch praktische Gründe dagegen, Daz zu diesem Zeitpunkt aufs Land zu entführen.

»Ich weiß das zu schätzen«, sagte ich zu Prince, »und ich würde Sie gerne beim Wort nehmen. Das Haus ist wunderbar, und unter anderen Umständen würde ich keine Sekunde zögern. Aber die private Krise wird sich in den nächsten drei Wochen nicht beseitigen lassen, und ich sitze in der City fest.

»Kann ich etwas tun, Rich?«, fragte Prince nach einer Pause.

»Nein, Curt. Aber danke.«

»Nun, dann hoffe ich für Sie, dass Sie das Problem bald lösen. Und denken Sie daran, sich bei Keane zu melden. Er hat alle möglichen Theorien über Ihren jähen Aufbruch entwickelt.«

»Ich rufe ihn gleich morgen an. Gute Reise – und grüßen Sie Andrea von mir.«

»Sie lässt Sie auch grüßen.«

Ich legte mich aufs Sofa und starrte an die Decke. Es fiel mir schon schwer genug, mich auf meine Arbeit zu konzentrieren – meinen Flirt mit K&C weiterzuspinnen, hatte ich nicht die Nerven. Ich konnte mir an diesem Punkt maximal vorstellen, die Bälle in der Luft zu halten. Ich würde Keane morgen anrufen und ein neues Treffen vereinbaren. Vielleicht für nächste Woche. Oder für übernächste. Es hatte keine Eile, denn bis Prince aus Europa zurückkäme, würde ohnehin nichts passieren. Das verschaffte mir Zeit.

Aber was könnte ich in dieser Zeit erreichen?

17

Das Kapitel, in dem es darum geht, dass Veränderungen passieren, ob man will oder nicht

Ein paar Tage später brach Michelle zu ihrem angeblichen Sabbatical auf. Wir hatten im Lauf der letzten Tage mehrere Gespräche geführt, hauptsächlich über die Fortführung ihrer Projekte, aber manchmal auch darüber, wie ihre Familie sich freute, dass sie auf einen langen Urlaub kommen würde. Michelle machte keinen Hehl daraus, wie glücklich sie über ihren Entschluss war, und es wurde deutlich, dass sie sich in der City nie wirklich heimisch gefühlt hatte, obwohl sie sich alle Mühe gab, sich zu akklimatisieren. Als ich das begriff, tat mir der Gedanke, sie zu verlieren, jedes Mal, wenn ich sie sah, ein bisschen mehr weh.

Auf dem Weg zum Ausgang steckte sie den Kopf zu meiner Tür herein.

»Noch mehr Regen«, sagte sie. »Hier und in Indianapolis. Wie viel willst du wetten, dass der Zweistundenflug sich zu einer Siebenstundentortur entwickelt?«

»Vielleicht ist das ein Zeichen, dass du nicht gehen sollst.«

»Ich glaube, es ist ein Zeichen, dass ich einen Schirm brauche.«

»Hast du was zur Unterhaltung dabei?«

»Massenweise. Bücher, Zeitschriften, CDs – sogar ein Strickzeug.«

Ich starrte sie entgeistert an. »Du strickst?«

»Ja. Es steht allerdings ganz unten auf meiner Liste.«

Ich wäre nie auf die Idee gekommen, dass es *überhaupt* auf ihrer Liste stand. Vielleicht sollte ich mit all meinen Freunden ausführliche Gespräche führen, um nicht so oft aus allen Wolken zu fallen.

»Dann bist du ja gewappnet für eine Übernachtung auf dem Flughafen.«

»Mach keine Witze.«

Michelle kam herein und stellte ihre Taschen ab. Ich stand auf, und sie trat zu mir hinter den Schreibtisch und umarmte mich.

»Du kommst nicht zurück, stimmt's?«, sagte ich.

»Doch, ich komme zurück«

»Habe ich dir schon gesagt, dass ich die Sache nicht ganz verstehe?«

»Dutzende Male.« Sie küsste mich auf die Wange und rückte von mir ab.

»Du willst das wirklich?«

»Ja«, sagte sie in einem Ton, dem anzuhören war, dass sie ihre wahre Begeisterung mir zuliebe unterdrückte. »Aber du kennst mich. Wenn ich dort bin, sehne ich mich nach SoHo und meckere, dass die Bars so früh zumachen. Aber ich freue mich. Vor einer Stunde hat meine Nichte mich auf dem Mobiltelefon angerufen und mir erzählt, dass meine Schwester aufbleiben wird, bis ich komme – notfalls die ganze Nacht. Ich nehme an, sie wird schlafend auf dem Wohnzimmersofa liege, wenn ich ankomme.«

Sie war eine Freundin, und sie war mir wichtig. Deshalb sollte ich mich für sie freuen, aber ich konnte es nicht. Ich wollte sie einfach nicht verlieren.

»Na, dann genieß dein kleines Intermezzo im Hinterland und komm zu uns zurück«, sagte ich so herzlich wie möglich.

»Das werde ich.« Michelle stand noch immer bei mir hinter dem Schreibtisch. Sie schaute zu ihren Taschen hinüber, rührte sich jedoch nicht vom Fleck. »Ich wollte vor der Abreise eigentlich noch mal bei Daz vorbeigehen, aber ich habe es nicht geschafft. Entschuldigst du mich bei ihm?«

Ich nickte und nahm ihre Hand. »Ich werde ihn von dir grüßen.«

»Ich hätte mich verabschieden sollen.«

»Er wird es verstehen.«

»Wie sollte er? Ich verstehe es ja selbst nicht.«

»Daz wird es tun.«

»Danke.« Sie schaute auf unsere Hände hinunter und drückte meine Hand.

»Du hast eine Nummer hinterlassen, wo ich dich erreichen kann, ja?«

»Natürlich.«

»Es könnte ja sein, dass ich das Bedürfnis habe, dich anzurufen.«

Sie lächelte mich schief an und küsste mich noch einmal. »Ich muss los.« Sie durchquerte das Zimmer und beugte sich zu ihren Taschen hinunter.

»Unsere Dienstagabend-Potluck-Dinner werden nicht dasselbe sein ohne dich.«

Sie richtete sich auf und stemmte einen Arm in die Seite. »In meiner Familie hat es seit Jahrzehnten kein Potluck-Dinner gegeben, Mr. Klugscheißer.«

»Noch ein Grund, nach New York zurückzukommen.«

Michelle zog die Brauen hoch und nahm ihr Gepäck.

»Schick mir eine Postkarte, ja?«, bat ich.

Sie wandte sich zum Gehen. »Ich fliege doch nicht nach Paris.«

»Schick mir trotzdem eine.«

»Ich werde versuchen, eine zu finden. Wir sehen uns in einem Monat.«

»Ich hoffe es.«

Sie ließ die Tür offen. Ich fühlte mich im Stich gelassen. Einen Moment lang dachte ich daran, ihr hinterherzulaufen, obwohl ich keine Ahnung hatte, was ich ihr sagen sollte, doch dann beschränkte ich mich darauf, ihr im Flur nachzuschauen, bis sie zu den Aufzügen abbog.

Ich wusste, dass ich sie in diesem Büro nicht wiedersehen würde.

Abgesehen von meiner ersten Abendverabredung mit Noel Keane (zu einer zweiten hatte ich mich noch nicht aufraffen können), hatte ich immer versucht, zur

Dinnerzeit bei Daz zu sein. Ihm Abendessen zu bringen gab mir das Gefühl, etwas für ihn zu tun, wenn ich auch wusste, dass nichts, was ich tun konnte, ihm helfen würde. Doch an diesem Abend musste ich länger im Büro bleiben. Zusammen mit Vance. Die Koreaner hatten ihre Reise ein paar Tage verschoben, aber nächste Woche würden sie eintrudeln, und wir hatten die größten Schwierigkeiten, eine Präsentation auf die Beine zu stellen.

Wir arbeiteten noch mit den Ideen, auf die Daz und ich gekommen waren, doch Vance hatte Probleme, den Lichteffekt umzusetzen, den ich vor mir sah, aber nicht zeichnen konnte. Daz hätte es mit geschlossenen Augen geschafft und dabei noch mit dem linken Fuß einen Fußball jonglieren können. Wir konnten uns keine teuren Spezialeffekte leisten, solange wir die Autofirma nicht gewonnen hatten. Vance war zwar ein sehr begabter Grafiker, aber er kriegte die Illusion von blitzendem Chrom, die ich im Kopf hatte, einfach nicht hin.

»Versuchen wir was anderes«, schlug er so um halb acht vor. Linda und Daz aßen jetzt wahrscheinlich gerade. Ich fragte mich, ob Linda etwas geholt hatte oder heute Abend Anas Kochkünste herhalten mussten. Wahrscheinlich hatte Daz seiner Schwester eingeredet, dass es in dem Diner ein Stück die Straße hinunter großartige Bacon-Salat-Tomaten-Sandwiches gab, obwohl jedermann wusste, dass man dazu mindestens ein Dutzend Blocks Richtung Süden gehen musste. Mir wurde klar, dass ich den beiden etwas hätte vorbeibringen können, bevor Vance und ich anfingen, aber jetzt war es zu spät.

»Wie meinen Sie das?«

»Dieser Ansatz funktioniert offensichtlich nicht, und wenn man das erkennt, muss man sich irgendwann davon verabschieden, richtig?«

Ich erinnerte mich an Daz' anfängliche Einwände gegen diese Idee, bevor er sich dafür erwärmt hatte. »Wir werden uns nicht davon verabschieden. Sie werden das Motiv zeichnen, und dann sehen wir es uns aus einer anderen Perspektive an.«

»Und welche Perspektive soll das sein?«

Sein mangelndes Engagement ärgerte mich. »Ich weiß es nicht. *Sie* sind der Artdirector.«

Vance warf mir einen unfreundlichen Blick zu, blätterte um und begann erneut zu zeichnen, wobei er den Block so hielt, dass ich nicht sehen konnte, was er machte. Aber was immer es war – er war nicht glücklich damit.

»Sind Sie hungrig?«, fragte ich ein paar Minuten später.

»Nicht besonders.«

»Ich dachte daran, eine Pizza zu bestellen. Ist das okay für Sie?«

Er zeichnete und schattierte weiter. »Ich esse ein Stück mit, wenn Sie eine kommen lassen, aber meinetwegen muss es nicht sein.«

Ich erwog, auf die Pause zu verzichten, um vielleicht bis neun so weit gekommen zu sein, dass wir Feierabend machen konnten und ich entweder nach Hause gehen oder noch bei Daz und Linda vorbeischauen könnte. Aber es sah nicht so aus, als ob das zu schaffen wäre, und so griff ich zum Hörer und rief den Pizzaservice an.

Ein paar Minuten später zeigte Vance mir seine neuen Zeichnungen, die noch immer nicht annähernd meiner Vorstellung entsprachen. Ich fing an, Vorschläge zu machen, und er nahm mir den Skizzenblock weg und sagte, er wisse, was er zu tun hätte.

»Wie nennen wir die verdammte Karre nun eigentlich?«, fragte er, eifrig zeichnend.

»Wie wär's mit ›Gleam‹?«, warf ich ihm meinen schwächsten Einfall hin.

»Unmöglich.«

»Was halten Sie von ›Sunburst‹?«

»Nicht viel.«

Ich überflog die Seiten meines Blocks, auf denen massenweise Unsinn stand. »Und was ist mit ›Beacon‹?«

»Eher nicht.«

Ich suchte weiter. »›Flambeau‹?«

Er hob den Blick. »Das ist nicht Ihr Ernst, oder?«

Seine Art wurmte mich. Benahm er sich bei allen so? War er immer völlig unbeteiligt? »Sie könnten ruhig ein paar eigene Vorschläge machen, anstatt nur meine abzulehnen.«

Er ließ den Zeichenstift sinken. »*Sie* sind der Texter.«

Ich knallte den Block auf meinen Schreibtisch. »Ich bin nicht ›der Texter‹ – ich bin Associate Creative Director der Agentur, woran ich Sie eigentlich nicht erinnern sollte –, und da ich der Seniorpartner dieses Teams bin und Sie innerhalb einer Nanosekunde aus diesem Projekt kicken lassen könnte, wäre es vielleicht nicht dumm, wenn Sie Ihren Sarkasmus ablegen.«

Vance musterte mich mit schmalen Augen und wandte sich dann wieder seiner Zeichnung zu. »Was immer Sie sagen, Boss.«

Ich war stinksauer und musste mich ermahnen, dass es kontraproduktiv wäre, diese Meinungsverschiedenheit auf die Spitze zu treiben. Natürlich könnte ich morgen früh zu Rupert gehen und ihm erklären, dass ich mit jemand anderem an dieser Kampagne arbeiten wolle, und er würde mir die freie Wahl lassen. Aber die Zeit war zu knapp, um mit einem neuen Artdirector von vorne anzufangen. Ich musste mich wohl oder übel mit Vance arrangieren.

Nach einer Weile kam die Pizza.

Aber den ganzen restlichen Abend keine gute Idee.

Als ich am nächsten Abend zu Daz kam, stand eine schlanke Schwarze an der Spüle in der Küche. Ich sagte hallo, und sie nickte und ging dann in Daz' Zimmer. Ich folgte ihr. Zum ersten Mal, seit er das Krankenhaus verlassen hatte, hing er an einer Infusion, und er war sichtlich unglücklich darüber.

»Hey«, sagte er, als ich hereinkam.

»Hey.« Ich warf einen fragenden Blick in die Richtung der Frau.

»Das ist Harlene. Sie ist die Nachtschwester.«

Die Nachtschwester? Harlene beobachtete konzentriert den Fluss der Infusion und schien nicht zu bemerken, dass wir über sie sprachen. Offenbar lief die Infusion in der richtigen Geschwindigkeit durch, denn nach einer Minute nickte die Schwester zufrieden und ging hinaus. Ich setzte mich zu Daz. Linda stand mit ernster Miene auf der anderen Seite des Bettes.

»Ana hat mich verpetzt«, erzählte Daz.

»Was heißt das?«

»Sie hat ein paar kurze Momente der Verwirrtheit kolportiert, worauf heute früh ein Arzt erschien und eine Rund-um-die-Uhr-Betreuung empfahl. Allerdings klang es nicht, als hätte ich eine Wahl.«

»Natürlich hast du die Wahl«, widersprach ich aufgebracht. »Wenn du sie nicht willst, kannst du sie ablehnen. Die Entscheidung liegt bei dir, nicht bei den Ärzten.«

»Das habe ich ihm auch gesagt.« Linda war offensichtlich froh, einen Verbündeten zu haben.

Daz hob die Hand, um uns zu besänftigen. »Aber warum sollte ich mich dagegen wehren? Ich glaube nicht, dass der Arzt den Vorschlag gemacht hat, um die Rechnung in die Höhe zu treiben.«

Ich schaute durch die offene Zimmertür hinaus. »Also wird sie die ganze Nacht hier sein? Aber sie sitzt doch nicht an deinem Bett, oder?«

»Ich weiß es nicht – wir haben ja noch keine Nacht miteinander verbracht. Ich nehme an, sie wird sich in der Küche aufhalten. Ich hoffe, sie hat einen Gameboy dabei oder so was.«

Ich wandte mich Linda zu. »Findest du das okay?«

»Ich finde alles okay, was Eric okay findet.«

Ich nickte zur Tür hin und flüsterte laut wie auf einer Theaterbühne: »Sie wird aber nicht kochen, oder?«

Daz schüttelte den Kopf. »Sie ist ein anderes Kaliber als Ana. Ich glaube, sie macht nur Schwesternkram.«

Was ich aus dieser Information schlussfolgerte, weckte ein ungutes Gefühl in mir. Ich schaute zu der Infusion hinauf, beobachtete die Tropfen, fragte mich, was Harlene wohl überprüft hatte, und begriff, dass ich es nicht merken würde, wenn etwas damit nicht stimmte. Ich schaute wieder Daz an.

»Ein paar kurze Momente der Verwirrtheit?«

»Willst du was darüber wissen?« Er lachte hohl. »Du merkst nichts davon. Ich nehme an, das ist das Wesen der Verwirrtheit.« Er schaute mich mit gespieltem Entsetzen an. »Du glaubst doch nicht etwa, dass Ana gelogen hat, oder? Vielleicht ist die Infusion ja eine Droge, mit der ich dazu gebracht werde, Ana und Harlene mein Vermögen zu vermachen.«

»Ich glaube, du hast wieder einen dieser Momente«, sagte ich froh, dass er Witze machte, obwohl er offensichtlich beunruhigt war. »Wie es aussieht, wirst du morgen Abend nicht zum Spiel antreten.«

Er klopfte auf das Bett. »Ich kann hier wohl nicht weg.«

»Ich habe das Team an Nick übergeben.«

»Was?«

»Wir spielen dreimal in der Woche, und das will ich zurzeit nicht.«

Daz schaute mich beschwörend an. »Wir haben doch darüber gesprochen.«

»Ich weiß, und ich habe beschlossen, deinen Rat nicht anzunehmen. Du hast doch keine Ahnung von diesem Job.«

Daz starrte an die Decke. »Nick ist ein Arsch. Das Team wird ihn nicht als Kapitän haben wollen.«

»Ohne Chess und uns beide ist er der beste Spieler. Du hast recht, er ist ein Arsch – aber er wird seine Sache gut machen.«

»Du bist derjenige, der sich die Klagen anhören muss.«

Bob Dylans »Love and Theft« endete und »Desperado« von The Eagles schloss sich an. Das schwermütige akustische Intro von »Doolin-Dalton« erfüllte den Raum, und während der ersten Strophe sprach keiner von uns.

Linda sah schrecklich aus – als hätte ihr gerade jemand gesagt, dass es Santa Claus nicht wirklich gab. So ironisch, wie Daz drauf war, fragte ich mich, ob er sie vielleicht, bevor ich kam, mit beißenden Bemerkungen demoralisiert hatte, anstatt sie zu erheitern. Als sie bemerkte, dass ich sie ansah, lächelte sie und schaute weg. Ich hätte ihr gern geholfen, wusste jedoch nicht wie.

»Morgen Abend gibt es auf dem Disney-Channel einen ›Boy Meets World‹-Marathon«, berichtete Daz fröhlich.

»Was haben wir doch für ein Glück, in dieser Zeit zu leben«, sagte ich. Das brachte sogar Linda zum Lachen. »Brauchst du spezielle Snacks für ein solches Erlebnis?«

»Der beste Snack zu ›Boy Meets World‹ sind Barbecue-Chips«, antwortete er in einem Ton, als wäre das allgemein bekannt.

»Aus einem bestimmten Grund?«

»Zusätzliche Würze.«

Ich schaute zu Linda. »Bist du auch ein Fan dieser Show?«

Sie verdrehte die Augen. »Ich habe sie immer gehasst.«

»Du lässt sie mich nicht ansehen?«, fragte Daz wie ein beleidigtes Kind.

»Natürlich darfst du sie ansehen«, erwiderte sie besänftigend wie eine entnervte Mutter.

»Aber wir werden nicht hier sein«, sagte ich einem Impuls folgend. Die beiden sahen mich überrascht an. »Ich mache mit Linda einen kleinen Zug durch die Gemeinde.«

Linda schien nicht wohl zu sein bei dieser Vorstellung. »Ich weiß nicht, ob das eine gute Idee ist.«

»Natürlich ist es das«, entschied Daz. »Du kannst doch nicht unentwegt in dieser Wohnung hocken.« Er zeigte mit dem Finger auf sie. »Und wenn du glaubst, du kannst morgen Abend hier sitzen und mir meine Show vermiesen, dann täuschst du dich, Fräuleinchen.«

»Fräuleinchen?«, echote Linda mit einem belustigten Blitzen in den Augen.

Daz grinste. »Es passte so schön zum Text.« Er neigte den Kopf in ihre Richtung. »Geh und amüsier dich mit Mr. Flaccid, Baby. Die Abwechslung wird dir guttun.«

Harlene kam herein und gab Daz eine seiner Tabletten. Ich fragte mich, ob es ein neues Medikament war, ob jetzt alles ein anderes Kaliber hatte. Ich fand es schrecklich, dass sie hier war. Ich fand es schrecklich, dass sie von jetzt an jeden Abend präsent sein würde, wenn ich da war. So hatte ich mir das nicht vorgestellt.

In der NBA tickte die Uhr in den letzten sechzig Sekunden des Spiels alle zehn Sekunden, um die Spannung zu erhöhen. Als Harlene das Zimmer wieder verließ, kam mir in den Sinn, dass ihr Auftauchen ein Hinweis darauf war, dass auch Daz' Spielzeit rasant dem Ende entgegenging. Wo war der Schiedsrichter, bei dem ich eine Auszeit verlangen konnte?

Linda stand auf und entschuldigte sich. Sie war schon die ganze Zeit den Tränen nahe gewesen, und ich fragte mich, ob sie hinausging, damit Daz sie nicht weinen sähe. Ich schaute ihr nach und wandte mich dann wieder Daz zu. Sein Blick ruhte auf der geschlossenen Tür.

»Das war eine gute Idee von dir, mit Linda loszuziehen, Flash«, lobte er.

»Ich wünschte, ich könnte dich auch mitnehmen.«

Er sah mich traurig an. »Nicht so sehr, wie *ich* es mir wünsche.«

In meiner Kehle bildete sich ein Kloß, und ich konnte nicht sprechen.

»Ich denke in letzter Zeit viel über das Sterben nach, Rich. Du weißt schon – über das Was-kommt-danach. Als Harlene heute auftauchte, habe ich tatsächlich ein kleines Gebet gesprochen. Ich bin sicher, Gott hat sich köstlich amüsiert.«

Ich drückte Daz' Schulter und ließ meine Hand darauf liegen. Sprechen konnte ich noch immer nicht.

»Das war ziemlich albern, oder?«, sagte er. »Ich habe seit einer Ewigkeit nicht einmal an Gott gedacht, und jetzt, wo ich mit dem Jenseits konfrontiert werde, fange ich an, mich um ein anständiges Leben danach zu bemühen.«

»Dein Leben danach wird fabelhaft werden«, brachte ich mühsam hervor.

»Und wenn es gar keines gibt?«

»Wenn es bisher keines gibt, dann werden sie es bei deiner Ankunft mit einer großen Eröffnungszeremonie einführen.«

Daz wurde nachdenklich. Dachte er, dass ich das nur gesagt hatte, weil er es hören wollte, oder begriff er, dass ich gerade selbst ein Gebet gesprochen hatte?

»Ich möchte nicht, dass von gleich auf sofort alles aus ist, Rich. Bis heute habe ich mir nicht gestattet, mich mit dieser Möglichkeit zu befassen, aber jetzt, wo ich es tue, bin ich echt angefressen.«

Ich beugte mich zu ihm, und er beugte sich vor, bis sich unsere Köpfe berührten. Obwohl ich mich wegen der Infusion sorgte, nahm ich ihn in die Arme, und er klammerte sich so fest an mich, dass ich mir dachte, dass dieser Augenblick der Nähe viel wichtiger war als ein vorübergehend abgeknickter Infusionsschlauch.

Schließlich rückte ich ein wenig von Daz ab, ohne ihn loszulassen, und setzte mich zu ihm aufs Bett.

»Es *wird* nicht alles aus sein. Du wirst an einen Ort kommen, wo du vier Fernsehshows auf einmal sehen kannst, während du nebenbei ein Videospiel spielst, der Air-Hockey-Meister des Universums wirst, alle jemals aufgenommene tolle Musik hörst und, von Fans vergöttert, in Fußball-Weltmeisterschaftsspielen ein Tor nach dem anderen schießt. Und natürlich liegen dir die sensationellsten Frauen zu Füßen.«

Er lehnte den Kopf an meine Schulter. »Darf ich auch lange schlafen?«

»Das ist das Allerbeste: Kein lästiger bester Freund sagt dir, dass du aufstehen und ins Büro gehen musst.«

Er richtete sich auf und sah mich an. »Ich bin froh, dass du mich auf dieser Reise nicht begleitest, Rich, sondern irgendwann nachkommst. Vielleicht mit hundertzwanzig oder so.«

»Du willst dich also allein amüsieren, während ich dich hier vermisse.«

In diesem Augenblick kam Linda zurück. Sie sah tatsächlich aus, als hätte sie geweint. Als sie sah, wo ich saß, blieb sie abrupt stehen.

»Soll ich draußen bleiben?«, fragte sie.

Daz versetzte mir einen leichten Schubs, und ich fuhr übertrieben erschrocken zurück. »Nein, nein«, sagte er. »Flaccid hatte eine sentimentale Anwandlung. Gut, dass du kommst – du bist meine Rettung.«

Ich zuckte schuldbewusst mit den Schultern. Lindas Lächeln hätte mich sogar in der Antarktis gewärmt.

»Ich beschütze dich, großer Bruder.« Sie ging zu ihm und küsste ihn auf die Stirn. Ich wusste, dass Daz Linda auch erst in seinem Leben danach würde sehen wollen, wenn sie hundertzwanzig wäre, aber ich hoffte, dass es bis dahin jemanden dort gab, der ihn ebenso sehr liebte wie sie.

18

Das Kapitel,
in dem es um
Ablenkungen geht

Es wäre nett gewesen, wenn Daz erwähnt hätte, dass Linda ein Tischfußball-Profi war. Das hätte mir die Peinlichkeit erspart, im ersten Spiel 11:3 zu verlieren, nachdem ich geglaubt hatte, sie mit links zu besiegen. Oder im zweiten Spiel 11:7 abzustinken, nachdem ich alles gegeben hatte. Die anschließende 15:13-Schlappe in der Verlängerung war nicht so schwer zu verkraften, aber ich begann mich zu fragen, ob ich allmählich Lindas Achtung einbüßte. Als sie mich im nächsten Spiel 11:4 schlug, wartete zu meinem Glück schon jemand auf den Tisch.

Wir setzten uns wieder in unsere Nische. »Ich habe deine Bemerkung über die aufregenden Unterhaltungsmöglichkeiten in Topeka offenbar falsch interpretiert. Wer hat dir beigebracht, so zu spielen?«

»Eric hat es mir beigebracht, damit wir zusammen Soccer spielen konnten.«

»Aber den schlag ich normalerweise mühelos.«

»Du warst heute Abend eben nicht in Bestform.« Sie

lächelte mich nachsichtig an. »Und du lagst schon richtig mit deiner Interpretation. Es ist so langweilig in den Bars, dass ich reichlich Gelegenheit hatte zu trainieren.«

»Ich bin beeindruckt«, sagte ich aufrichtig, »und ich werde nie wieder gegen dich spielen.«

Linda trank einen Schluck Bier und schaute mich dabei verschmitzt an. »Das wäre aber schade.« Sie stellte die Flasche hin.

Ich grinste schief. »Mich von dir in die Ecke stellen zu lassen, brauche ich wie einen Löffel Hanföl zum Frühstück. Kennst du Search and Destroy?«

»Das Videospiel?«

»*Das* Videospiel.«

Wieder lächelte sie nachsichtig. »Als Eric mir erzählte, wie ihr beide euch da reinsteigert, hatte ich keine Ahnung, wovon er sprach. Inzwischen habe ich es einmal mit einem Freund gespielt, der es sich gekauft hat, aber es gab mir nicht viel. Ich hab's nicht mit Aliens.«

Ihr Freund hatte bestimmt weder einen Plasmafernseher noch Surroundsound. Ich beschloss, Linda zu vergeben.

Die Bar war unsere dritte Station an diesem Abend. Die vierte, wenn man die Stunde zählte, die wir mit Daz verbracht hatten, bevor der Disney-Marathon anfing. Nach dem Gespräch, das ich am Abend zuvor mit ihm geführt hatte, war ich nur sehr widerstrebend gegangen, aber das Erste, was er sagte, als ich kam, war: »Ich bin wirklich froh, dass du das für Linda tust.« Sie war den ganzen Tag nicht gut drauf gewesen, und er konnte es gar nicht erwarten, dass ich sie »für eine Weile ablenkte«.

Also gab ich mir Mühe, den Abend abwechslungsreich zu gestalten. Ich hatte ursprünglich eine Sehenswürdigkeiten-Tour erwogen, doch das erschien mir dann zu gewollt, zu touristenmäßig. Also beschloss ich, Linda stattdessen eine Handvoll Orte zu zeigen, die ich liebte. Wir begannen mit einem Abendessen im Ouest, einem der drei Toprestaurants auf der Upper West Side, wo Linda die geschmorte hohe Rippe aß und ich den gebratenen Heilbutt. Sie war sichtlich beeindruckt von dem Ambiente und noch mehr von der freundlichen Bedienung. Wie sie mir gestand, hatte der Gedanke, in ein elegantes New Yorker Restaurant zu gehen, ihr beinahe Angst gemacht, da sie die hochnäsige Attitüde des Personals im Kopf gehabt hatte, die schon lange vor meinem ersten Spesenkonto abgeschafft worden war. Sie war angenehm überrascht, dass ihr niemand das Gefühl gab, eine »Hinterwäldlerin« in ihr zu sehen.

Unsere nächste Station war Java Nirvana. Koren war nicht da, was ich nicht bedauerte, denn ich hätte nicht gewusst, was tun, wenn er in Gegenwart von Linda nach Daz gefragt hätte. Wir orderten Cappuccinos (ich überlegte, ob ich mir auch einen koffeinfreien bestellen sollte wie mein Gast, konnte mich jedoch nicht dazu überwinden) und lauschten der akustischen Musik eines mir unbekannten Künstlers, während wir die Leute um uns herum beobachteten. Die Upper West Side war nicht unbedingt der Knotenpunkt der City, aber man bekam die verschiedensten Typen zu sehen. Sie flitzten herein oder hinaus, standen in Ecken, schnappten sich einen der wenigen Tische oder blieben gerade so lange, bis sie ihren Kaffee bekamen, und gingen wieder. Junge Anzugträger versuchten einander zu beeindrucken, Studenten führten laut tiefsinnige Gespräche, ein Paar unterhielt sich entspannt, und in einer Ecke saß der obligatorische Schriftsteller und hielt seine Prosa auf einem Notizblock fest. Wahrscheinlich gab es solche Leute auch in Topeka, jedoch vermutlich nicht in dieser Konzentration. Jedenfalls schien diese für Linda ungewohnt zu sein, aber ob aus Höflichkeit oder echtem Interesse – sie machte den Eindruck, als gefiele ihr die Atmosphäre.

Etwa eine Stunde später verließen wir den Coffeeshop. Als ich losgehen wollte, deutete Linda in die entgegengesetzte Richtung. »Geht es zu Eric nicht da lang?«

»Ich dachte, wir gehen was trinken.«

»Ist Kaffee nichts zu trinken?«

»Ich meine etwas *Richtiges.*«

Linda zögerte. Ich wusste nicht, ob es ihr widerstrebte, Daz noch länger allein zu lassen oder mit mir allein zu sein, hoffte natürlich auf Ersteres. Schließlich schaute sie mir in die Augen und nickte. Ich ging mit ihr in Jake's Dilemma an der Amsterdam Avenue zwischen der 80th und 81st. Es ist ein rustikales Lokal mit teilweise unverputzten Ziegelmauern und Zeichnungen im Comic-Stil an den Wänden, einer elendslangen Theke mit einem halben Dutzend Barkeepern, einer

Bier-Karte mit mehr als fünfzig Sorten und lauter, für gewöhnlich gut ausgewählter Musik. Als wir hinkamen, lief gerade Audioslave, eines der Alben, die ich in Daz' alphabethischem Programm verpasst hatte.

Mein Foosball-Debakel war gerade eine Stunde her. Wir tranken jeder ein paar Biere der Vertragsbrauerei, diskutierten über die Vorzüge von Bier aus kleinen Brauereien gegenüber der Massenproduktion, sangen bei der Boxcar-Racer-CD mit, die auf die Audioslave-CD folgte, und versuchten uns im Dartswerfen, worin wir beide keine Leuchten waren. Linda war kein Partygirl – sie würde genauso wenig auf dem Tisch tanzen wie den Sturz der Regierung planen –, aber sie war so locker, wie ich sie noch nie erlebt hatte. Zwar sang sie nicht wesentlich besser als Daz, doch sie sah dabei wesentlich besser aus.

»Was hast du gegen Aliens?«, fragte ich scheinbar beleidigt.

»Ich finde sie ein bisschen ... albern.«

»Soll das heißen, du hältst es für unmöglich, dass es auf anderen Planeten Leben gibt?«

»Wenn es so ist, dann sehen die Wesen sicher nicht aus wie Nilpferde, sind nicht angezogen wie Rambo und reden nicht wie Arnold Schwarzenegger.«

»Du schließt das tatsächlich aus?« Ich gab mich indigniert.

Linda lächelte und trank noch einen Schluck. »Du hast recht, Rich – alles ist möglich.«

»Das klingt schon besser.«

Ich folgte ihrem Blick zum Foosballtisch. Die Spieler waren von Zuschauern umringt, die einen Heidenlärm machten. Waren die Leute auch da gewesen, als Linda und ich spielten? Hatten sie gesehen, wie ich von einem Landei besiegt wurde?

»Eric hat mir oft von euren Spielen erzählt – manchmal bis zu einer Viertelstunde über einen einzigen Spielzug.«

»Wir hatten viel Spaß dabei.«

»Es war ihm wichtig – aber nicht, wer von euch beiden bei Search and Destroy oder beim Tischfußball oder Air-Hockey gewann.«

»Das würdest du nicht sagen, wenn du miterlebt hättest, wie verbissen er kämpfte.«

»Oh, ich bin sicher, dass er gewinnen wollte. Er wollte immer gewinnen. Wenn ich dich besser kennen würde, würde ich dir die kleine Narbe an meiner Hüfte zeigen, die ich Eric verdanke. Er war damals einen Hauch zu aggressiv in einem Drei-gegen-drei-Basketballmatch. Aber ich glaube, in deinem Fall war, mit dir zu spielen, ihm wichtiger als der Ausgang.«

Damit hatte sie wahrscheinlich recht. Bei jeder Art von Wettkampf gab es reichlich blöde Texte, und ich hatte jedes Mal den Eindruck, dass Daz alles daransetzte, mich möglichst haushoch zu schlagen – aber ich konnte mich nicht erinnern, dass Daz, wenn er verloren hatte, deshalb jemals stinkig gewesen wäre.

»Wir hatten *immer* viel Spaß«, sagte ich. »Von Anfang an.«

»Ich weiß. Daz hat mir Hunderte von euren Erlebnissen geschildert. Es war ausgesprochen unterhaltsam.«

Ich konnte nicht zählen, wie oft ich Daz angeregt mit

Linda telefonieren sehen hatte. Ich war neugierig auf sie gewesen, hatte mich gefragt, wie es wohl war, eine so enge geschwisterliche Beziehung zu haben. Nicht so neugierig, dass ich mit ihm nach Kansas geflogen wäre, aber ziemlich neugierig. »Ich finde es großartig, dass ihr eure Verbindung so konsequent aufrechterhalten habt«, sagte ich. »Ich habe auch eine Schwester. In den letzten drei Jahren habe ich sie zweimal gesehen.«

»Ist sie jünger als du?«

»Fünf Jahre älter.«

Linda nickte, als sei die Information aufschlussreich für sie. »Wohnt sie weit weg?«

»In Rye. Ungefähr vierzig Autominuten von hier – wenn auf dem Henry Hudson dichter Verkehr herrscht.«

Sie neigte den Kopf zur Seite. »Warum seht ihr euch dann nicht?«

»Sie hat kein Herz.«

Linda beugte sich vor und fragte flüsternd: »Hat es ihr jemand gestohlen?«

»Nein – es wurde weggezüchtet.«

Sie lehnte sich zurück. »Aber du hast eins.«

»Kommt drauf an, mit wem man redet.«

»Es mag dir ja manches fehlen, Rich, aber Herz gehört nicht dazu, soweit ich es beurteilen kann.«

Ich prostete ihr mit meiner Bierflasche zu. »Danke. Das ist das Netteste, was man mir seit langem gesagt hat.«

Eine Weile ließen wir uns schweigend von der Musik berieseln. Boxcar Racers Pop-Punk wurde von Annie

Lennox' kultivierter Verletzlichkeit abgelöst. Ich ging uns noch Bier holen.

»Hindert dich Harlenes Anwesenheit nicht am Schlafen?«, fragte ich, als ich zurückkam.

»Einfach ist es nicht. Schließlich ist das Apartment klein. Allerdings glaube ich nicht, dass sie mich heimlich beobachtet, wenn ich auf der Luftmatratze liege.« Sie schauderte.

»Du kannst bei mir schlafen, wenn du willst. Ich habe eine Ausziehcouch – und ich beobachte dich ganz bestimmt nicht heimlich.«

Das Angebot machte sie sichtlich verlegen. »Danke, aber das geht nicht. Ich will in Erics Nähe bleiben.«

»Ich wohne nur ein paar Blocks von ihm entfernt.«

»Das sind ein paar Blocks zu viel.«

Ich begriff, dass ich sie nicht überreden konnte, und ich versuchte es auch nicht wirklich. Wie Daz am Abend zuvor wollte ich ihr das Leben nur etwas leichter machen – obwohl ich wusste, dass es nichts gab, was das bewirken könnte.

»Das Angebot bleibt bestehen.«

»Ich weiß es zu schätzen.« Sie senkte den Blick. »Weißt du, was mich an Harlene am meisten stört? Dass sie *da* ist.«

»Mir ging es genauso, als ich sie sah.«

Linda steckte einen Fingernagel in eine Rille in der Tischplatte. »Jeden Tag wird es realer für mich.« Sie warf mir einen traurigen Blick zu und starrte dann wieder auf den Tisch.

Ich hatte nicht gewollt, dass die Unterhaltung diese

Wendung nahm. Der Abend sollte ein Abstecher von dem Weg sein, den wir gehen mussten. Doch nachdem das Thema angeschnitten war, wäre es albern gewesen, davon abzulenken.

»Es wird noch viel realer werden«, prophezeite ich düster.

Sie hob den Kopf und schaute mich an. Ihre Augen glänzten feucht. »Er hat Aussetzer. Weißt du, was das bedeutet?«

»Ja.«

Sie schüttelte den Kopf und presste die Lippen aufeinander. »Ich fürchte mich vor dem Moment, wenn ich in sein Zimmer komme und er mich für eine Fremde hält.«

»Das muss nicht passieren.«

»Aber es *kann*. Schon bald.« Ich glaube, sie hatte die ganze Zeit verzweifelt versucht, sich nicht anmerken zu lassen, wie es in ihr aussah – gestern Abend hatte sie sogar das Schlafzimmer verlassen, damit Daz sie nicht weinen sah –, doch jetzt war sie mit ihrer Selbstbeherrschung am Ende. »Wie kann ich erreichen, dass er nicht vergisst, dass ich ihn liebe?«, fragte sie mit erstickter Stimme.

Eine verstörende Frage, und eine der wenigen, die ich mir noch nicht gestellt hatte. Linda schlug die Hände vors Gesicht, und ich stand auf und setzte mich neben sie. Ich legte den Arm um sie, und sie vergrub ihr Gesicht an meinem Hals. Eine Weile saßen wir einfach nur so da. Ich wusste, dass ich sie mit Worten nicht trösten konnte, und hoffte, dass es ihr wenigstens eine kleine Hilfe wäre, nicht allein zu sein. Es war dumm, aber ich wünschte, dass ein Wundermittel entdeckt würde. Dass sich die Diagnose als Irrtum erwiese. Dass uns allen auf irgendeine Weise erspart bliebe, was wir jetzt vor uns hatten.

Plötzlich erschien mir die lärmende Fröhlichkeit um uns herum makaber. Jake's Dilemma hatte für diesen Abend ausgedient.

»Lass uns von hier verschwinden«, sagte ich.

Linda nickte unter meinem Kinn, rückte von mir ab, wischte sich die Tränen von den Wangen und drückte sich für einen Moment noch einmal fest an mich.

Wir gingen die acht Blocks zu Daz' Wohnung, ohne viel zu reden. Ich hätte gern wieder den Arm um sie gelegt und ihr Halt gegeben, während wir beide versuchten, mit der Situation zurechtzukommen, doch ich wusste nicht, wie ich es anstellen sollte. Vielleicht hätte ich sie einfach zu mir heranziehen sollen, aber ich wollte sie nicht bedrängen.

»Soll ich dich nach oben begleiten?«, fragte ich, als wir zu Daz' Haus kamen.

»Nicht nötig. Ich bin okay.« Ich hatte zwar nicht diesen Eindruck, aber ich respektierte ihr Nein.

Sie küsste mich auf die Wange. »Danke, dass du mir heute Abend etwas von deiner Stadt gezeigt hast.«

Ich schaute die Straße hinauf und hinunter. »Es ist eine große Stadt.«

»Ja.« Linda zeigte auf das Gebäude. »Aber ich muss jetzt wieder in die kleine Wohnung zurück.«

Ich nickte. »Gib Daz einen Gutenachtkuss von mir. Und grüß Harlene.«

Sie schenkte mir ein kleines Lächeln. »Das mache ich.«

Ich wandte mich zum Gehen, drehte mich dann jedoch wieder zu Linda um. »Er wird es nicht vergessen«, sagte ich. »Dazu ist es schon zu lange in sein Gedächtnis eingegraben.«

»Bist du sicher?«

»Absolut.«

Sie schaute mir schweigend in die Augen. Dann drehte sie sich um und ging ins Haus.

19

Das Kapitel,
in dem es um die Dinge geht,
die haften bleiben

Am nächsten Abend brachte ich Essen von Rosa Mexicano mit. Die Weltklasse-Guacamole, Chiles Poblanos Rellenos, Pollo alla Parilla und sogar, obwohl sie schlecht zu transportieren sind, Enchiladas de Mole Poblano. Daz liebte sie. Linda begrüßte mich an der Tür, und Daz machte große Augen, als er sah, was ich mitgebracht hatte.

Leider aß er nicht viel davon. Sein Appetit hatte in den letzten Tagen merklich nachgelassen, aber so wenig hatte er noch nie gegessen.

Ich gewöhnte mich allmählich daran, Daz im Bett und mit der Infusionsnadel im Arm zu sehen, zumindest so weit, dass ich nicht jedes Mal erschrak, wenn ich das Schlafzimmer betrat. Das Gleiche galt für Harlene, die die bemerkenswerte Fähigkeit besaß, sich so gut wie unsichtbar zu machen. Ich hatte bisher nur ein paar Worte mit ihr gewechselt. Heute Abend fragte ich sie, ob sie etwas essen wollte, und sie lehnte ab. Damit war unsere Unterhaltung beendet.

Daz war mit seiner Reise durch das musikalische Abc inzwischen beim Buchstaben G und der »New Miserable Experience« von den Gin Blossoms angelangt. Das Album hatte er in unserem Sophomore-Jahr, unserem zweiten College-Jahr gekauft. Ich liebte es, und wir hatten der Mischung oft unsere misstönenden Harmonien beigefügt. Ihr zweites Album – das nächste in der Minianlage, die Daz tatsächlich programmierte, seit er eine komplette Liste besaß – war nicht annähernd so gut, obwohl sie ihre Momente hatte. Dafür gab es alle möglichen Gründe, allen voran, dass der Songwriter der Band vor der Fertigstellung des ersten Albums gestorben und die Band beim zweiten auf sich allein gestellt war.

Als wir die CDs alphabethisch ordneten, hatten wir sie nicht gezählt, aber ich schätzte, dass es mindestens 500 waren. Ein beträchtlicher Teil seines Einkommens war dafür draufgegangen. Zu sagen, dass die Qualität stark variierte, war eine Untertreibung, aber Daz hielt an seinem Vorsatz fest, sich jedes einzelne Album von Anfang bis Ende anzuhören.

»Fast so gut wie von El Mezecal in Topeka«, urteilte Linda, als sie die Mole Poblano probierte.

»Ihr habt gutes mexikanisches Essen in Topeka?«, fragte ich.

»Warum überrascht dich das? Wir haben im ganzen Staat Mexikaner.«

Wir hatten in den vergangenen Tagen einige dieser Diskussionen geführt, in denen Linda zwar anerkannte, dass die City das Zentrum des Universums war, mich aber energisch darauf hinwies, dass es nicht das *gesamte* Universum war.«

»Linda kann auch ganz gut mexikanisch kochen«, sagte Daz.

»Du kannst kochen?«

»Natürlich. Du nicht?«

»Das müsste dir inzwischen klar sein. Aber warum hast du noch nicht für uns gekocht, wenn du es kannst?«

Linda lächelte verschmitzt. »Weil du immer Essen mitbringst.«

Ich wandte mich Daz zu. »Du hättest das erwähnen können.«

»Hey – ich habe dich nicht gebeten, jeden Abend Essen mitzubringen. Ich hatte das Gefühl, es macht dir Spaß.«

Ich lachte leise. Es hatte mir tatsächlich Spaß gemacht. »Ich habe eine Vorahnung.« Ich legte die Hand an die Stirn. »Sie betrifft ein Drei-Gänge-Menü an einem der nächsten Abende.«

Wir schauten Linda an. Sie zuckte mit den Schultern. »Ich werde sehen, was ich tun kann.«

»Ich zähle auf dich, Daz. Ich will den ultimativen Genuss. Was kann Linda am besten?«

»Sie hat ein ziemlich großes Repertoire.« Er strahlte sie an. »Bei meinem letzten Besuch machte sie dieses Gericht mit Schweinefleisch und Äpfeln, das der größte Genuss war, den eine Schwester ihrem Bruder bereiten kann. Aber am besten macht sie Moms Hühnchen mit Klößen.«

»Das mache ich, seit ich neun bin«, sagte Linda. »Nach so langer Zeit *muss* ich es können.«

Die Erwähnung ihrer Mutter veranlasste mich wohl zum hundertsten Mal zu der Frage, warum Linda hier war, aber die nur selten erwähnten Eltern sich nicht sehen ließen. Man brauchte keine geniale Kombinationsgabe, um darauf zu kommen, dass Daz und sie sich nicht nahestanden, doch das entschuldigte ihre Abwesenheit in dieser Situation nicht. Es gab Zeiten, in denen man lächerliche Unstimmigkeiten einfach beiseiteschob. Ich traute sogar *meinen* Eltern zu, das einzusehen.

»Hey, wo zum Teufel stecken eigentlich eure Eltern?«, fragte ich mit all der Empörung, die mich in diesem Moment erfüllte.

Der Blick, den Daz und Linda daraufhin wechselten, war für mich nicht zu deuten. Meine Schwester und ich hatten uns noch nie so angesehen. Ich konnte an einer Hand abzählen – besser gesagt an einem Finger –, wie oft Daz seine Eltern erwähnt hatte, und ich hatte das Gefühl, dass ich drauf und dran war, den Grund dafür zu erfahren.

»Sie wissen nichts«, sagte Daz.

»Wie kann das sein?«

»Sie sind nicht erreichbar.« Diesmal erkannte ich den Blick, den Daz seiner Schwester zuwarf, als Bitte, es mir zu erklären.

Sie schaute auf die Bettdecke hinunter und dann an einen Punkt an der Wand. »Du weißt, dass unsere Mom vor vielen Jahren Lungenkrebs hatte, ja?«

Ich nickte.

»Sie wurde wieder gesund. Vollkommen. Zumindest physisch. Aber als sie nach der Operation nach Hause kam, war sie verändert. Eine Weile schien sie einfach ein wenig nervös und traurig zu sein. Ich war noch ein Kind, doch ich dachte damals, das wäre ganz normal nach dem, was sie durchgemacht hatte. Wer wäre da nicht angeschlagen?«

»Wir warteten darauf, dass Mom wieder so würde, wie sie gewesen war«, sagte Daz. Ich weiß noch, wie ich jeden Tag, wenn ich aus der Schule kam, dachte, ›vielleicht ist sie ja heute wieder, wie sie war‹. Nach einer Weile begriff ich, dass ich mir etwas vormachte. Sie würde nie wieder werden, wie sie gewesen war.«

Linda beugte sich vor und streichelte Daz' Schulter. »Sie hatte Depressionen. Die Ärzte verschrieben ihr Medikamente dagegen, aber dadurch wurde sie manisch-depressiv. Da sie diesen Zustand nicht ertrug, nahm sie die Medikamente nicht mehr. Von da an verbrachte sie fast die ganze Zeit in ihrem Zimmer.«

»Mein Vater war völlig überfordert«, sagte Daz. »Er hatte keine Erfahrung mit dieser Situation und reagierte, gelinde gesagt, inkonsequent. An einem Tag nahm er sie in den Arm und redete mit ihr und versuchte sie aufzuheitern, am nächsten kümmerte er sich nur um uns und tat, als existiere sie überhaupt nicht, und am nächsten war er einfach stinksauer. An diesem Punkt ging der Rest der Familie – und ich erinnere mich, dass sie alle ihr Päckchen zu tragen hatten – auf Distanz zu uns.«

»Es wurde ein wenig einsam an den Feiertagen«, warf Linda ein.

Daz schaute seine Schwester traurig an, und ich versuchte mir auszumalen, mit welchen Tricks er sie an Weihnachten aufzuheitern versucht hatte. »Ich wollte das Stipendienangebot von der Michigan nicht annehmen, aber Linda drohte, sie würde auf den Strich gehen, wenn ich es ablehnte.«

»Ich glaube nicht, dass ich das so gesagt habe.«

»Sinngemäß schon.«

»Jedenfalls kam Mom gar nicht mehr aus ihrem Zimmer, als Eric weg war. Ich versuchte, unseren Vater zu überreden, sie irgendwohin zu bringen, wo sie gut versorgt wäre, aber er wollte nichts davon hören. Er war so wütend damals. Weil sie krank geworden war, weil sie ihn ›im Stich gelassen‹ hatte, weil ... einfach wegen allem. Ich bekam Stipendienangebote von mehreren Universitäten, doch ich erklärte ihm, dass ich mich an der Kansas State einschreiben würde, damit ich zu Hause bleiben könnte. Ich schlug ihm sogar vor, weniger Kurse zu belegen, um häufiger zu Hause zu sein. Du hättest ihn erleben sollen. Er warf meine Sachen buchstäblich auf den Rasen vor dem Haus. Zwang mich praktisch, auf die Wichita State zu gehen. Ich verstand nicht, was er sich dabei dachte – schließlich musste sich doch jemand um Mom kümmern. Bis zu jenem Oktober.«

»Da verschwand er plötzlich«, sagte Daz. »Spurlos.«

»Er verschwand?«

»Seit dem Sommer zwischen meinem Sophomore- und Junior-Jahr habe ich ihn nicht mehr gesehen.«

Was bedeutete, dass der Mann seine Kinder verlassen hatte, als ich und Daz in unserer Michigan-Zeit Zimmergenossen waren. Ich wusste nicht, welche der beiden Informationen mich mehr verblüffte.

»Er packte einfach seine Sachen und ging«, sagte Linda. »Kein Abschiedswort, keine Nachsendeadresse, keine Weihnachtskarten. Das Merkwürdigste war, dass er so gut wie nichts von ihren gemeinsamen Ersparnissen mitnahm. Ich glaube, das war seine letzte anständige Tat. Sie ermöglichte uns, Mom in einem guten Pflegeheim unterzubringen.«

»Wo sie noch heute ist – ohne einen Schimmer von meinem kleinen Problem zu haben.«

»Ich habe sie besucht, bevor ich herkam«, sagte Linda. »Eric wollte nicht, dass ich ihr etwas erzähle, aber ich hätte es fast getan.«

Die beiden schauten mich an. Wenn sie erwarteten, dass ich etwas sagte, würden sie sich eine Weile gedulden müssen.

Im vorletzten Studienjahr, dem Junior-Jahr, wohnten wir zum ersten Mal außerhalb des Uni-Geländes – etwa eine halbe Meile vom Campus entfernt in einer winzigen Dreizimmerwohnung mit einem Kühlschrank, der jedes Mal stöhnte, wenn wir ihn öffneten, um ein Bier herauszuholen. Daz war überzeugt, dass es in dem Ding spukte. Ich war überzeugt, dass das Bier darin eines Abends warm sein würde.

Kurz nach Semesterbeginn hatte Daz eine intensive Zweiwochenbeziehung mit einem Mädchen namens Hadley. Ich wusste genau, wie intensiv die Beziehung war, denn die Wände in unserer Bleibe waren extrem dünn. Gegen Ende der zweiten Woche wichen die Geräusche der Leidenschaft scharfen Wortwechseln. Ein paar Tage später ging Hadley, bald darauf auch Daz, der mir erklärte, dass er für ein langes Wochenende nach Hause abhaue, woraus ich schloss, dass die Trennung ihm ziemlich an die Nieren gehen musste, weil er auf die Weise Blotto 95 versäumte, ein dreitägiges, von Verbindungen der Universität gesponsertes Saufgelage.

Daz kam erst am Mittwoch zurück, und er war völlig verändert. Er wollte nicht über seine Zeit in Kansas reden, und er wollte nicht ausgehen. Er wollte nicht einmal Musik hören, wirkte regelrecht verärgert, als ich eine CD in seinen Player schob, die wir beide mochten. Nie zuvor hatte ich ihn auch nur annähernd missgestimmt erlebt. Ich beschloss, ihn einfach in Ruhe zu lassen, aber als er am Samstag um drei noch immer nicht aus seinem Zimmer gekommen war, entschied ich, dass es so nicht weitergehen konnte.

Als ich vom Wohnzimmersofa aus das vertraute Kühlschrankstöhnen aus der Küche hörte, fragte ich Daz, ob er mir ein Bier mitbringen würde. Er warf es mir zu und wollte wieder in sein Zimmer verschwinden.

»Sie ist es nicht wert«, sagte ich zu seinem Rücken. Daz blieb stehen, drehte sich jedoch nicht um. »Wirklich nicht«, unterstrich ich meine Aussage.

Er fuhr herum. »Was zum Teufel weißt du denn davon?«

In diesem Moment war er mir richtig unheimlich. Noch nie hatte ich einen solchen Gesichtsausdruck bei Daz gesehen, noch nie hatte er in einem solchen Ton mit mir gesprochen.

Ich hob die Hände. »Ein bisschen weiß ich schon – schließlich habe ich auch ein paar Trennungen hinter mir. Hadley ist es nicht wert, dass du dich so fertigmachst.«

Daz lachte bitter. Auch das kannte ich nicht. »Du hast recht. Hadley ist es nicht wert.« Er trank einen großen Schluck Bier, drehte sich um, ging in sein Zimmer und schloss die Tür.

Ein paar Stunden später kam er in mein Zimmer. »Wo gehen wir heute Abend hin?«

Zu meiner Erleichterung sah er sehr viel besser aus. »Im Wretch ist Jägermeister-Nacht. Da wollte ich mal vorbeischauen. Hast du Lust?«

»Absolut.«

In dieser Nacht betranken wir uns sinnlos, und danach war Daz wieder der Alte. Das Komische war, dass ich glaubte, ihm mit meiner kleinen »Intervention« geholfen zu haben. Er hatte Katzenjammer gehabt und einen kleinen Hinweis gebraucht, dass er sich nicht so reinsteigern sollte.

Erst jetzt erkannte ich, wie wenig ich ihm geholfen hatte. Was ihn bedrückte, waren die Vorgänge zu Hause. Aber das wusste ich nicht, weil er, aus welchem Grund auch immer, meinte, er könne es mir nicht erzählen. Ich kam mir total idiotisch vor, als ich mir jetzt überlegte, wie mein Satz »Sie ist es nicht wert« bei ihm angekommen sein musste.

Ich weiß nicht, wie lange ich mich in meinen Erinnerungen verloren hatte, als ich merkte, dass Linda und Daz mich noch immer ansahen. Verzweifelt versuchte ich, mich zu erinnern, an welchem Punkt der Unterhaltung ich weggedriftet war.

»Du wirst es ihr nicht erzählen?«, fragte ich schließlich.

Daz zuckte mit den Schultern. »Ich weiß nicht, ob sie es verstehen würde, wenn ich es täte – und ich habe Angst, dass sie dadurch noch verrückter würde.«

Linda drückte den Arm ihres Bruders. »Wir haben ein paarmal darüber gesprochen. Ausführlich. Aber sie ist sehr krank, Rich.«

Ich wusste nicht, was ich in ihrer Situation getan hätte – ich hatte schon genug Mühe damit, mir ihre Situation *vorzustellen.*

Ich starrte auf meinen Teller, als würden der Rest Guacamole und der Stiel der Poblanochili-Schote mir Erleuchtung bringen.

»Wie habt ihr das bloß all die Zeit ausgehalten?«

Daz lächelte Linda an. »Es hilft, wenn man nicht allein damit ist.«

Und sich ansonsten nach Kräften ablenkt?, fragte ich mich.

»Nachdem unser Vater gegangen war, kam Daz oft, um meine Hand zu halten – und Moms Hand. Und ich glaube, wir haben einen nicht unbeträchtlichen Teil der Ersparnisse unserer Eltern vertelefoniert. Aber nach einer Weile gewöhnt man sich. Wir alle haben eine Familiengeschichte, stimmt's? Du hast deine herzlose Schwester.«

»Ja, ich schätze, ich sollte sie anrufen und mich bei ihr bedanken, dass sie mich nur *fast* immer im Stich gelassen hat.«

»Man muss das Beste aus seiner Familie machen«, sagte Daz. »Und manchmal erlebt man eine Überraschung. Meine Mutter hat sich tatsächlich an meinen fünfundzwanzigsten Geburtstag erinnert. Das war eine ziemlich große Sache. Den Rest des Lebens baut man sich aus dem, was verfügbar ist.«

»Ja, so ist es wohl. ›Familie ist Scheiße‹, weißt du noch, Daz?« Als sich unsere Blicke begegneten, sah ich, dass er sich an diesen Satz aus unserer ersten gemeinsamen Nacht erinnerte. Damals war der Vater der beiden noch da gewesen. Ich drehte mich Linda zu. »Anwesende natürlich ausgenommen.«

»Versteht sich.«

»Hast du versucht, euren Vater zu benachrichtigen?«

»Ich habe keine Ahnung, wo er jetzt lebt. Ich weiß nicht einmal, *ob* er noch lebt. Und außerdem – warum sollte ich?«

»Ich frage mich, ob er etwas spürt. Es besteht doch angeblich eine seelische Verbundenheit zwischen Eltern und Kindern. Vielleicht tigert er irgendwo durch ein Zimmer und fragt sich, warum er so ein komisches Gefühl in der Magengegend hat.«

»Selbst wenn, wird er nicht darauf kommen, es mit mir in Verbindung zu bringen. Er hat uns längst vergessen.«

»Das denkst du doch nicht wirklich, oder?«

»Ich bin überzeugt davon.«

Es fiel mir schwer, das zu glauben. Ich konnte mir zwar nicht vorstellen, wie man es fertigbrachte, seine Kinder und seine kranke Frau zu verlassen, und ich glaubte nicht, dass meine Eltern sich häufig fragten, wie es ihrem kleinen Jungen wohl gehen mochte, aber irgendetwas sagte mir, dass man seine Kinder nie gänzlich vergaß. So funktionierte das Leben einfach nicht.

»Ich hoffe, du irrst dich.«

Daz zuckte mit den Schultern. »Er ist übrigens der Pappkamerad.«

»Was?«

»Der Pappkamerad, den ich bei unserer Party am 1. April immer aufstelle. Es ist ein Foto von unserem Vater, das ich habe vergrößern lassen.«

Der Papp-Miesepeter war der Vater der beiden. Ich konnte gar nicht zählen, wie oft ich mich im Stillen über den Typen lustig gemacht hatte. »Ich dachte, es wäre irgendein zweitklassiger Schauspieler.«

»Ist so ziemlich das Gleiche.«

In diesem Moment kam Harlene, um die Infusion zu wechseln. Ich trug das Geschirr in die Küche, und Linda folgte mir.

»Ich weiß nicht, warum, aber mir wird immer unbehaglich, wenn sie bei Daz ist«, sagte sie.

»Ich versuche, mir keine Gedanken darüber zu machen, was sie da drin tut.«

Linda schüttete die Essensreste in den Mülleimer und reichte mir die Teller, damit ich sie vorspülen und in den Geschirrspüler stellen konnte. »Ich wusste nicht, dass er dir nichts von Mom und Dad erzählt hat.«
»Ich bin wie vor den Kopf geschlagen.«
»Eric redet nicht gerne darüber.«
»Offensichtlich.«
Ich drehte mich ihr zu, und sie lächelte. »Irgendwann denkt man nicht mehr bewusst daran, weißt du. Jeder Mensch hat so etwas.«
Das war nicht das Thema – wir wohnten zusammen, als das damals passierte, verdammt –, und ich denke, sie wusste es, aber es würde mir nichts bringen, mich jetzt bei ihr groß darüber aufzuregen. Oder bei Daz. Das fehlte ihm gerade noch, dass ich jetzt deswegen Theater machte. Aber ich musste an diesem Abend ständig an die neuen Dinge denken, die ich erfahren hatte und die nicht zu meinen lebhaften Erinnerungen passten, in denen Daz fröhlich einen Fußball auf seinem Kopf hüpfen ließ, mich in eine schier endlose Search-and-Destroy-Schlacht verwickelte, in The Creative Shop aller bester Freund war oder in Jake's Dilemma oder einer der vielen anderen Bars, in denen wir im Lauf der Jahre abhingen, ausgelassen tanzte. Natürlich hatte ich nicht geglaubt, dass Daz aus den Kümmernissen, die uns allen in den ersten Lebensjahrzehnten begegnen, unbeschadet hervorgegangen war, aber wenn Sie mich vor ein paar Wochen gefragt hätten, wäre ich nicht in der Lage gewesen, ihnen zu sagen, was für Kümmernisse das in seinem Fall gewesen waren, geschweige denn, von welch ungeheurer Bedeu-

tung sie waren. Und doch war dieser Mann mein bester Freund. Ich meine, er war wirklich mein *bester Freund.*

Harlene kam aus dem Schlafzimmer, und als wir hineingingen, sah Daz plötzlich sehr müde aus. Ich weiß nicht, warum mir erst in diesem Moment auffiel, dass er abgenommen hatte. Er war immer schlank gewesen, seit ich ihn kannte, doch jetzt war er hager. Er schwand dahin.

»Wisst ihr, was ich gern öfter getan hätte?«, fragte er.

Ich setzte mich auf meinen Stuhl. »Alles?«

»Ja, alles – aber eines ganz speziell: Ich hätte gern öfter Briefe geschrieben.«

»Briefe?«

»Ja, Briefe.«

»Du hast mir im Lauf der Jahre ein paar nette Briefe geschrieben«, sagte Linda.

»Ehrlich?«

»Ja. Zwei oder so.«

»Stand was Wichtiges drin?«

»Alles, was du schriebst, war wichtig für mich.«

»Aber wäre es auch für jemand anderen wichtig gewesen?«

Die Frage schien Linda zu verwirren. »Es war für niemand andern geschrieben.«

Daz streckte die Hand nach ihr aus. »Nein, natürlich nicht. Aber ich wünschte, ich hätte jemandem etwas geschrieben, was für *jeden* wichtig wäre. Ich hätte an die *New York Times* schreiben sollen oder an CNN oder so.«

»Zählen E-Mails auch?«, fragte ich.

»Nichts Digitales zählt. Außer CDs. Und Pixar-Filme. Und die Spezialeffekte, die ich für den dritten BlisterSnax-Spot einsetzte.«

»Das ist okay. Du hast in deinen E-Mails sowieso nie was Wichtiges geschrieben.«

»Du schon, oder, Flash? Ich wette, du hast über die Jahre zeitlose Briefe geschrieben.«

»Nicht wirklich. Glaubst du, ich sollte damit anfangen?«

»Definitiv. Geh nach Hause und schreib einen Brief. Einen zeitlosen!«

»Okay – aber nicht sofort.«

»Als meine beste Freundin, Becky Centis, nach Boulder studieren ging, schrieben wir uns ständig lange Briefe«, erzählte Linda. »Über alles, was wir erlebten und wie wir uns fühlten und so weiter. Dank dieser Briefe wurden mir Menschen vertraut, die ich nie gesehen hatte. Das war toll.«

»Habt ihr noch Kontakt?«

»Ja, natürlich. Sie ist nach wie vor meine beste Freundin. Nach dem Studium zog sie nach Houston, und sie ist verheiratet und hat ein acht Monate altes Baby, aber trotzdem schreibt sie mir noch alle paar Monate mehrere Seiten in ihrer winzigen Schrift. Ich antworte ihr jedes Mal sofort, schicke den Brief aber nicht gleich ab, weil ich nicht möchte, dass sie denkt, sie müsste ihrerseits sofort antworten. Schließlich hat sie eine Menge zu tun.«

»Das ist großartig«, sagte ich, »und mir völlig fremd. Schreibt ihr viele wichtige Dinge in euren Briefen?«

»Wahrscheinlich nicht annähernd so viele wie Eric sich wünschen würde, richtig?« In Erwartung seines Kommentars wandten wir uns ihm zu.

Aber er starrte geistesabwesend an die gegenüberliegende Wand. Ich erstarrte. Angst kroch in mir hoch, so kalt, dass ich schauderte. Wo war Daz? War es so weit – hatten wir ihn verloren?

Linda streckte die Hand nach ihrem Bruder aus, zögerte jedoch lange, ihn tatsächlich zu berühren. Doch schließlich griff sie zu und rüttelte ihn an der Schulter. Als sie damit nichts erreichte, kamen ihr die Tränen, und als ich das sah, begannen sie auch bei mir zu laufen. Ich war so ganz und gar nicht bereit für diese Situation.

Linda versuchte es noch einmal, und plötzlich bekam Daz einen Krampfanfall. Seine Augen irrten einen Moment lang ausdruckslos umher und blieben dann an Linda hängen. Als er erkannte, dass sie weinte, wurde er augenblicklich wieder zu ihrem großen Bruder.

»Was ist los?«, fragte er besorgt. Offenbar hatte er keine Ahnung, was geschehen war.

»Nichts.« Linda wischte sich die Tränen ab.

Daz wandte sich mir zu, erwartete eine Erklärung. »Du hast uns nur ein bisschen erschreckt.«

»Womit?«

Ich tätschelte sein Bein. »Lass gut sein. Es ist ja vorbei.«

Wir schauten Linda an. Daz fing mit der Fingerspitze eine Träne auf. »Alles in Ordnung mit dir?«

Linda holte tief Luft und nickte. Doch dann verzog sie das Gesicht und sagte mit erstickter Stimme: »Nein, überhaupt nicht. Was soll ich denn nur tun ohne dich?«

Sie sank in seine Arme, und er streichelte hilflos ihren Rücken. Ich wusste, dass er glaubte, einen Weg finden zu müssen, ihr das Leben leichter zu machen. Bisher hatte er das immer geschafft.

Ich beobachtete die beiden, und meine Kehle zog sich so schmerzhaft zusammen wie nie zuvor.

Als ich an diesem Abend das Haus betrat, hielt mich der Portier auf.

»Es ist ein Paket für Sie da, Mr. Flaster.«

An der Rezeption übergab er mir eine Schachtel von International Fed Ex – aus der Schweiz. Ich öffnete sie und fand eine zweite, hübsch dekorierte Schachtel darin. Sie kam von Prince. Auf der beiliegenden Karte stand:

Rich,
die besten Brownies, die ich je gegessen habe –
Contessa eingeschlossen. Dachte, sie würden Ihnen schmecken. Wir telefonieren, wenn ich zurück bin.
Beste Grüße.
Curt.
PS: Ich hoffe, Ihr ›Problem‹ geht seiner Lösung entgegen.
PPS: Andrea lässt grüßen.

Es war, als hätte ich ein Paket aus einer anderen Dimension bekommen. Ich nahm es mit nach oben, ließ die Schachtel jedoch ungeöffnet. Ich hatte jetzt keine Lust auf Brownies und nicht den Nerv, über Curt Prince oder Kander and Craft oder Noel Keane nachzudenken, der noch immer (oder auch vielleicht nicht mehr) darauf wartete, dass ich eine neue Verabredung mit ihm träfe.

Ich würde die Schachtel schon irgendwann öffnen. Ich würde mich mit dieser Angelegenheit befassen, wenn ich dazu in der Lage wäre.

Aber jetzt war nicht der richtige Zeitpunkt.

20

Das Kapitel,
in dem es um
hausgemachtes Essen geht

Wir hatten die Episode vom Abend zuvor nicht gebraucht, um zu wissen, dass uns die Zeit davonlief. Ich dachte ernsthaft daran, nicht ins Büro zu gehen, wusste jedoch gleichzeitig, dass Linda mit ihrem Bruder allein sein wollte. Um halb fünf war ich dort, saß bei Daz und hörte Musik, während Linda in der Küche herumwirtschaftete. Sie kochte heute Abend für uns, obwohl sie erschöpft und geistesabwesend wirkte. Es schien hundert Jahre her zu sein, dass wir darüber gesprochen hatten.

»Du musst nicht kochen«, hatte ich gesagt, als ich ankam.

»Doch, das muss ich«, widersprach sie. »Eric hat heute Vormittag immer wieder von Moms Hühnchen angefangen, und ich werde ihn nicht enttäuschen.«

Anderthalb Stunden später servierte Linda uns das Essen so stolz und strahlend wie ein Thanksgiving-Dinner. Es gab Hühnchen und Klöße, wilden Reis, Mais und grüne Bohnen. Das Menü trennten Welten von Rosa Mexicano, Ouest oder Gray's Papaya, aber es war nicht weniger köstlich. Nach Daz' Miene beim ersten Bissen zu urteilen sogar wesentlich köstlicher. Linda war die Größte für ihren Bruder.

»Es war gar nicht so einfach, hier zu kochen«, sagte sie, nachdem sie unsere Komplimente entgegengenommen hatte. »Zum einen ist die Küche nicht gerade toll ausgestattet.«

»Für mich hat es immer gereicht«, erwiderte Daz. Seit meiner Ankunft hatte er keinen Aussetzer gehabt, und das Essen schien ihn regelrecht aufzubauen. Ich sah Linda an, dass ihr das viel bedeutete.

»Das kann ich mir denken«, neckte sie ihn mit sichtlicher Freude daran, es tun zu können. »Und zum anderen konnte ich nirgends White-Swan-Mehl bekommen.«

»Macht das einen Unterschied?«, fragte ich.

Linda nickte nachdrücklich. »Einen himmelweiten Unterschied. Das merkt man den Klößen an und der Sauce auch.«

»Mir hat beides geschmeckt«, sagte Daz.

»Du warst schon immer leicht zufriedenzustellen.« Sie wandte sich wieder mir zu. »Und deine Meinung zählt nicht, weil du dieses Gericht wahrscheinlich nie vorher gegessen hast.«

»Auch in Westchester gibt es selbst gekochtes Essen.«

»*Hast* du jemals Hühnchen mit Klößen gegessen?«

»Nein. Nie.«

Abgesehen von Müsli, dem Erdnussbutter-Marmelade-Sandwich vor ein paar Wochen und dem Brunch bei Curt Prince und Andrea war dies meine erste hausgemachte Mahlzeit seit Monaten. Es bestand ein Riesenunterschied zwischen hausgemachtem und professionell hergestelltem Essen. Das hatte ich immer gewusst. Jeder wusste das. Aber seit Jahren war ich der Überzeugung, dass das breitgefächerte Angebot bemerkenswerter Kochtalente in New York City alles nicht in einer Restaurantküche Hergestellte auf die Plätze verwies. Doch dieses Essen heute Abend stellte meine Theorie in Frage. Linda war eine ziemlich gute Köchin, und ich glaube, das hätte ich auch unter anderen Umständen so gesehen.

Aber auch diesmal aß Daz nicht viel. Er genoss die ersten paar Bissen und hörte kurz danach auf. Als Linda seinen Teller wegnahm, um ihn in die Küche zu bringen, schaute Daz entschuldigend zu seiner Schwester auf. Sie beugte sich hinunter und küsste ihn zart auf die Wange.

»Ich kümmere mich um das Geschirr«, sagte ich und wollte aufstehen.

»Lass nur, ich mach das schon. Außerdem hast du keine Ahnung, was du mir da anbietest. Ich bin eine sehr unordentliche Köchin. Bleib du hier bei Eric.«

Linda ging hinaus, und ich folgte ihr mit den Augen.

»Sie kocht großartig, oder?«, sagte Daz.

»Ja. Im Unterschied zu dir.«

»Dafür kann ich auf Kommando rülpsen.«

»Ich bin stolz auf dich.«

Er lachte und lehnte sich in die Kissen zurück. »Tut mir leid, dass ich euch gestern Abend so erschreckt habe, Flash.«

»Das macht nichts. Es wurde sowieso allmählich langweilig hier.«

»Es macht schon was. Ich wünschte, ich könnte sagen, dass es nie wieder passiert.«

Ich atmete tief ein. Es fiel mir immer schwerer, die Fassung zu bewahren. »Wir sind für dich da, Daz.«

»Ich weiß. Und bevor ich es irgendwann zu erwähnen vergesse – ich weiß das zu schätzen.« Er schaute Richtung Küche. »Linda war den ganzen Tag durcheinander. Ich mache mir Sorgen um sie.«

»Sie ist sehr, sehr stark.«

Er lächelte mich an, aber er fühlte sich sichtlich unwohl. Wieder ging sein Blick zur Küche. »Könntest du nicht was mit ihr unternehmen?«

»Natürlich – wenn sie mitkommt.«

»Ich glaube, es würde ihr echt guttun.«

Ich lachte leise. »Willst du uns aus dem Weg haben, damit du dich an Harlene ranmachen kannst?«

»Das ist schon heute Nachmittag passiert«, erwiderte er grinsend. Dann schaute er zur Decke hinauf, und sein Ausdruck änderte sich. »Ich denke einfach, sie könnte einen Tapetenwechsel brauchen.«

»Wahrscheinlich hast du recht. Aber sie wird nicht ohne weiteres das Feld räumen. Wir sind beide am liebsten bei dir.«

»Nimm sie trotzdem mit, okay? Anzusehen, wie ihr Bruder sich auflöst, macht sie kaputt. Ich kann ihr nicht helfen, aber du kannst es vielleicht. Zumindest ein bisschen.«

Ich wollte wirklich bei Daz bleiben, alles in mir

sträubte sich, ihn in dieser Situation zu verlassen, doch ich wusste, dass es ihm viel bedeutete, wenn ich mich um Linda kümmerte. Deshalb bedeutete es auch mir viel. Also nickte ich.

Wir gingen mehr als dreißig Blocks weit, bis ins Herz von Midtown, wo nicht annähernd der Trubel des Viertels herrschte, aus dem wir kamen.

Linda war nicht in Stimmung für Jake's Dilemma oder eine andere Bar, was mir sehr recht war, denn ich wäre nur dorthin gegangen, wenn sie darauf bestanden hätte. Wir gingen ins Java Nirvana, aber dort war ein solcher Betrieb, dass wir keinen Tisch bekamen. Koren war da und erkundigte sich natürlich nach Daz. Ich stellte ihn Linda vor, und das lenkte ihn von weiteren Fragen ab. Linda erwähnte nicht, dass sie Daz' Schwester war – Koren fiel die Ähnlichkeit gottlob nicht auf –, wofür ich sehr dankbar war. An die Wand gelehnt, tranken wir unseren Kaffee und gingen wieder. Es gab reichlich Lokale in der Umgebung, relativ ruhige und relativ laute, je nach Lindas Geschmack, doch als wir den Broadway hinuntergingen, sagte sie, sie würde am liebsten einfach nur laufen. Und so taten wir das, wanderten am Central Park vorbei zur 7th Avenue.

»Die Carnegie Hall«, sagte Linda, ging hin und berührte ehrfürchtig die Fassade. »Warst du schon mal drin?«

»Als Kind ständig – mit meiner Mutter und meiner Schwester. Aber seitdem nicht mehr oft.«

Linda las das Programm. »Morgen Abend spielt Misuko Uchida.«

»Hast du sie schon gehört?«

Wieder nickte Linda nachdrücklich. Ich fragte mich, ob sie gewisse Manieriertheiten praktizierte, bis sie einen Menschen gut genug kannte, um sich natürlich zu geben, und welche anderen Manieriertheiten sie wohl noch für mich in petto hätte. »Sie ist eine bemerkenswerte Pianistin. Ich war dort, als sie einmal in der Wichita State auftrat.«

Ich trat neben sie. »Wir können fragen, ob es noch Karten gibt.«

Sie hob die Hand zu dem Programm, als lese sie eine Antwort auf einem Ouija-Brett. »Nein, können wir nicht«, sagte sie gleich darauf.

»Doch. Wenn du reinwillst, kann ich Karten bekommen, auch wenn das Konzert ausverkauft ist. Eines der wenigen Dinge, für die ich wirklich tauge.«

Sie schüttelte den Kopf. »Ich bin nicht als Touristin hier.« Nach einem vielsagenden Blick drehte sie sich dem Straßenschild zu. »56th Street und 7th Avenue. Wir sind ziemlich weit gegangen. Zeit umzukehren.«

Wir machten uns auf den Rückweg, und ein paar Blocks später hängte Linda sich bei mir ein und legte für einem Moment den Kopf an meine Schulter. Ich hätte gern den Arm um sie gelegt wie neulich in der Bar, sie an mich gedrückt, um ihre Nähe zu spüren und sie meine Nähe spüren zu lassen, aber ich wollte sie nicht verschrecken, ihr nicht das Gefühl geben, dass ich ihre unschuldige Vertraulichkeit missinterpretierte. Daz hatte mich gebeten, sie ein bisschen aufzurichten, doch er hätte mich nicht darum bitten müssen. Ich hätte es auch von mir aus getan – wenn ich gewusst hätte, wie.

Wir ließen den Columbus Circle hinter uns, den Daz als Kippschalter zwischen Arbeit und zu Hause definierte. Ich hatte nie begriffen, wie er darauf kam, denn es war von hier aus noch ein langer Weg zu beidem, und bei dichtem Verkehr ein noch längerer. Aber in seinen Augen waren wir, wenn wir hier Richtung Uptown fuhren, fast bei unseren Wohnungen, und wenn wir die andere Richtung einschlugen, war es an der Zeit für ihn, sich mental auf seinen Job einzustellen. Ich vermisste die morgendlichen Taxifahrten mit ihm und die oft nervenaufreibenden Bemühungen, die ihnen vorangingen. Ich kam jetzt früher ins Büro und musste fast nie ein Gypsy Cab nehmen. Doch auf diese Vorteile hätte ich mit Freuden verzichtet.

Wir gingen auf der Central Park West Richtung Uptown. Vor gar nicht langer Zeit hatten Daz und ich ganz in der Nähe eine unserer schlimmsten Auseinandersetzungen gehabt. Ich hatte mich nie richtig für meine Rolle darin entschuldigt.

Linda und ich hatten mehrere Blocks lang geschwiegen, als sie plötzlich fragte: »Hast du darüber nachgedacht, wie es enden wird?«

»Du meinst, im Detail?«

»Ja.«

Ich drückte ihren Arm mit meinem an mich. »Ich habe es offen gestanden angestrengt vermieden, doch das wird von Tag zu Tag schwieriger.«

»Ich weiß.« Sie streifte mich mit einem schnellen Blick und schaute dann wieder geradeaus. »Er fängt an, richtig krank auszusehen, Rich.«

»Ja. Seit ein paar Tagen ist es nicht mehr wegzuleugnen.« Ich suchte nach etwas, um diese schreckliche Aussage abzumildern. »Aber er ist noch immer Daz.«

Obwohl Linda nach vorne blickte, sah ich sie lächeln. »Das wird er immer sein, stimmt's?«

Ich lachte leise. »Eine Legende.«

»Ich glaube, das ist das Letzte, womit Eric je gerechnet hätte.«

»Wahrscheinlich macht ihn gerade das dazu.«

Fast einen halben Block lang hing Linda ihren eigenen Gedanken nach. Dann sagte sie: »Ich muss an die tausend Motivationsgespräche mit ihm geführt haben, als wir Teenager waren.«

»Offensichtlich erfolgreich. Der Daz, den ich kenne, mag vieles gewesen sein, aber unsicher war er nie.«

»Das ist das Erstaunliche. Ich meine, ich habe erlebt, wie er sich im Lauf der Jahre veränderte.« Nach kurzem Zögern setzte sie hinzu: »Er konnte gar nicht fassen, dass du dich mit ihm angefreundet hattest.«

»Wirklich?«

»Na ja – ein toller Bursche aus New York wie du ...«

»Ich glaube nicht, dass hier geboren zu sein mich automatisch zu einem ›tollen Burschen‹ macht.«

»Natürlich nicht. Nicht das allein. Es war alles miteinander, was ihn so beeindruckte.«

Zu einer anderen Zeit hätte ich diese Unterhaltung in der Hoffnung auf weitere Komplimente fortgesetzt, doch jetzt konnte ich das nicht. Und schon gar nicht mit Linda. »Ohne ihn hätte ich mein zweites Studienjahr wahrscheinlich nicht überlebt. Die Anforderungen waren höher, und ich hatte das Gefühl, dem Lehrstoff und dem Mix der verschiedenen sozialen Klassen nicht gewachsen zu sein. Aber gottlob wohnte ich damals mit Daz zusammen, und er half mir, die Belastungen auf ein gesundes Maß zu minimieren.«

»Ja, das kann er wirklich gut.«

»Ich kann mir nicht vorstellen, dass es jemand besser könnte.«

Wir erreichten die 72nd Street und gingen zum Broadway hinüber. Als wir an der Ecke bei Rot warten mussten, hatte ich Daz' »Dreieck der Seligkeit« im Blick: linker Hand Gray's Papaya, rechter Hand ein Stück die Amsterdam hinauf Vinnie's Pizza und genau gegenüber die Rice Bowl. Für Daz repräsentierte diese Kreuzung den Gipfel kulinarischer Leistungen, und er hatte regelmäßig darauf bestanden, dass unser Taxi uns hier zum Abendessen absetzte.

»Wie kommt es, dass es keine spezielle Frau in deinem Leben gibt?«, erkundigte Linda sich, als die Ampel auf Grün umsprang. Ich hatte keine Ahnung, was sie auf diese Frage gebracht hatte. Vielleicht die Überlegung, wie ich ohne Daz zurechtkommen würde?

»Es gibt viele spezielle Frauen in meinem Leben.«

»Inwiefern speziell?«

»Insofern, als sie Frauen sind und spezielle Individuen.«

»Dir ist schon klar, dass ich das nicht gemeint habe, oder?«

Ich grinste sie verlegen an. »Es gibt keine spezielle Frau in meinem Leben.«

»Das war nicht die Frage. Die Frage war: *warum*.«

Darüber hatte ich noch nie nachgedacht. Ich zuckte mit den Schultern. »Vielleicht bin ich nicht speziell genug für eine spezielle Frau.«

»Das ist bestimmt nicht die Erklärung.«

Ihr Ton war sachlich gewesen, und ich warf einen Blick zu ihr hinüber, um zu ergründen, ob sie es ernst oder scherzhaft gemeint hatte, aber sie schaute geradeaus, und ich konnte ihre Augen nicht sehen.

»Du meinst, es hat einen tiefer liegenden Grund?«

»Ja, das muss es wohl.« Jetzt lächelte sie, und ich erkannte, dass sie mich aufzog, doch ich wollte diese Unterhaltung nicht darauf reduzieren.

»Ich spiele nicht«, sagte ich.

»Was meinst du damit?«

»Dass ich nicht allein bin, weil ich One-Night-Stands sammle oder was immer die Leute denken, wenn ein Hetero-Mann mit Ende zwanzig noch keine feste Beziehung hat.«

Sie schüttelte nachdrücklich den Kopf. »Das habe ich auch nicht angenommen.«

»Und was *hast* du angenommen?«

»Gar nichts. Deshalb meine Frage.«

An der Ecke der 78th und Broadway schaute ich den Block entlang, in dem Liz Painter wohnte. An dem Abend, als sie mich das erste Mal mit nach Hause nahm, hatten wir uns genau hier geküsst.

Auf halbem Weg zwischen der 78th und 79th blieb ich stehen und sagte: »Es ist nicht so, dass ich nicht darüber nachdächte. Oder, dass ich es mir nicht wünschte. Neuerdings wünsche ich es mir sogar immer öfter. Ich denke, das hat etwas zu bedeuten. Ich glaube, das Schicksal bestimmt, wie es läuft. Meinst du nicht?«

»Wahrscheinlich.« Sie tätschelte meinen Arm. »Keine Angst – ich verurteile dich nicht. Ich war nur neugierig.«

»Habe ich defensiv geklungen?«

»Ein bisschen.«

Ich ging weiter, und sie ließ sich mitziehen. Ich war froh, dass sie mir ihren Arm nicht entzog. »Wie kommt es, dass es keinen speziellen Mann in deinem Leben gibt?«

»Das gehört nicht hierher.«

»Vielleicht doch.«

»Nein, wirklich nicht.«

»Wenn du mir nichts erzählst, komme ich mir ausgefragt vor.«

Sie lachte. »Das will ich natürlich nicht. Ich gehe mit vielen Männern aus – ich bin *extrem* beliebt in bestimmten Kreisen, weißt du –, aber ich schätze, ich stelle unglaublich hohe Ansprüche, und es ist einfach keine Mann dabei, der ihnen genügt.«

»Hohe Ansprüche können ein echtes Problem sein.«

»Tja, meine hohen Ansprüche. Einer davon ist, dass der Typ sich nicht als ein totaler Arsch wie mein Vater erweisen darf.«

Ich erwartete, dass sie weitersprüche, aber sie tat es nicht.

»Ist ein zweiter vielleicht, dass er eine Legende wie dein Bruder sein muss?«

Sie lächelte mich an. »Du hast's erfasst.«

Den Rest des Weges zu Daz' Block schwiegen wir. Wenn man gezwungen war, sein ganzes Leben in ein und demselben Block zu verbringen, dann könnte man es sehr viel schlechter treffen. Als wir damals beschlossen, uns etwas zu kaufen, fand ich als Erster ein Apartment, und die Adresse ist wirklich gut. Aber als Daz für sich die Wohnung in der 89th fand, fragte ich mich, warum ich es so eilig gehabt hatte.

»Würdest du es merken?«, fragte Linda.

»Was?«

»Wenn du deiner speziellen Frau begegnen würdest.«

Ich dachte nach. War ich meiner speziellen Frau vielleicht bereits begegnet und hatte es nicht gemerkt? War, sie zu finden, mir wichtig genug, um Ausschau zu halten? Hatte ich eine präzise Vorstellung von »speziell«?

Als wir unser Ziel erreichten, wandte Linda sich mir zu. Wie schon oft hielten ihre Augen – ihre leuchtenden Augen – meine fest, und in diesem Moment wurde mir klar, dass ich die Antwort auf ihre Frage wusste. Es war eine verblüffend offensichtliche Antwort, und doch wäre ich vielleicht nie darauf gekommen, wenn ich nicht darüber nachgedacht hätte. Es jetzt zu tun, machte mir Angst.

»Ja, das würde ich«, erwiderte ich zögernd.

Ich wusste, dass sie wusste, was ich meinte. »Das ist gut«, sagte sie.

Einer der aufregendsten Momente im Leben ist der, in dem man erkennt, dass man jemanden küssen möchte. Angesichts dessen, was wir miteinander durchgemacht hatten, seit sie in die City gekommen war, könnte man sagen, dass dieser Moment vorprogrammiert gewesen war. Aber hier ging es nicht nur um die vergangenen paar Wochen. Es ging nicht darum, dass Linda und ich uns emotional aufgewühlt im Angesicht des Todes an das Leben klammerten. Es ging nicht darum, dass sie die Schwester meines geliebten Freundes war.

Und natürlich ging es um all das.

Obwohl ich Linda küssen wollte, obwohl ich sicher war, dass sie mich küssen wollte, und obwohl mir bewusst war, dass es, wenn wir es täten, keine spontane Anwandlung wäre, konnte ich es nicht. Denn in dem Sekundenbruchteil, bevor der Impuls mich überwältigte, stellte sich etwas viel Stärkeres in den Weg.

»Danke, für den schönen Spaziergang«, sagte ich leise.

»Ich danke *dir*«, erwiderte sie mit einem Anflug von Unsicherheit in der Stimme. »Ich habe ihn wirklich gebraucht. Ich wusste gar nicht, wie sehr.«

»Ich stehe jederzeit zur Verfügung«, sagte ich schnoddrig.

Sie musterte mich so prüfend, dass ich mich gleichzeitig splitternackt und lächerlich overdressed fühlte. »Ist das wirklich wahr?«

Ich glaube nicht, dass sie mir absichtlich Unbehagen bereiten oder mich provozieren wollte, doch sie erreichte beides. »Ja.«

Ich schaute an ihr vorbei.

»Du willst gehen, stimmt's.«

»Ich muss morgen fit sein – ein wichtiger Termin.«

Sie nickte, drückte meine Hand und wandte sich zum Gehen. »Noch mal danke, Rich. Wir sehen uns morgen Abend.«

Sie verschwand in dem Gebäude, aber ich blieb wie angewurzelt auf der Stelle stehen, wo sie mich zuletzt berührt hatte. Der Portier winkte mir zu, und ich kam mir extrem albern vor, und doch blieb ich noch ein paar Minuten länger stehen.

Schließlich brachte ich irgendwie die Kraft auf, mich auf den Heimweg zu machen.

21

Das Kapitel,
in dem es darum geht,
brillant zu sein

Ich hatte tatsächlich einen wichtigen Termin am Morgen. Es war der Tag der Präsentation für den koreanischen Autohersteller. Ich konnte zwar keinen klaren Gedanken fassen, aber wir waren gottlob gut vorbereitet. Vance und ich hatten nach meiner »Ich bin hier der Boss«-Ansprache noch ein bisschen geschnaubt und mit den Hufen gescharrt, und unsere Beziehung war nicht unbedingt kollegial, doch wir hatten die Aufgabe gemeistert, und das Ergebnis war sogar ziemlich anständig. Das Team war begeistert, ich fand, wir hatten gute Arbeit geleistet, und Rupert war zufrieden – was sollte uns da noch passieren?

Als ich ins Büro kam, war im Konferenzraum ein opulentes Frühstück vorbereitet. Rupert übertrieb es immer, wenn ein Kunde ins Haus kam. Genau wie ich es getan hätte, wenn ich der Chef gewesen wäre. Um in Erinnerung zu bleiben.

Wenn Daz der Chef gewesen wäre, hätte er mehrere Packungen Cap'n Crunch hinstellen lassen, und natürlich hätte er sich ein Motto für die Veranstaltung ausgedacht.

Die Koreaner waren noch nicht da, also schnappte ich mir einen Müsliriegel und setzte mich zu Carnie. Entgegen ihrer sonstigen Gewohnheit küsste sie mich zur Begrüßung auf die Wange.

»Es wird ein voller Erfolg«, sagte sie.

»Hoffentlich.«

»Bist du nervös?«

Ich sah sie an. »Sollte ich?«

»Definitiv nicht. Aber heißt es nicht, alle großen Künstler hätten Lampenfieber?«

Ich schnitt eine Grimasse und erwiderte: »Ich bin okay«, aber mir fiel selbst auf, dass es nicht überzeugend klang.

Vance kam herein, und ich lächelte ihm zu. Er nickte, nahm sich ein Muffin und setzte sich ans andere Ende des Konferenztisches. Unsere letzte Session war brutal gewesen. Ich hatte den Ton gehasst, in dem ich mit ihm redete, doch ich konnte einfach nicht anders. Es sah mir nicht ähnlich, so undiplomatisch zu sein, und erst recht nicht, den Boss herauszukehren, wie ich es bei ihm tat, und ich war nicht stolz darauf. Aber wenigstens war das Material für die Präsentation am Ende fertig.

Fünf Minuten später trafen die Koreaner ein, alerte Business-Typen in Maßanzügen. Ich fragte mich, was sie wohl von The Incredible Hulk und Daffy Duck und der übrigen Wanddekoration hielten. Vielleicht hätten wir wenigstens den aufblasbaren Tony the Tiger aus dem Konferenzraum entfernen sollen, doch jetzt war es zu spät, um den ersten Eindruck noch zu verbessern.

Wir begrüßten uns mit Handschlag und bestritten die Frühstücksphase mit Small Talk, und mich beschlich ein mehr als ungutes Gefühl. Es heißt, dass Baseball Pitchers, Werfer, schon beim Einspielen sagen können, ob sie einen guten Tag haben oder ob sie werden improvisieren müssen. Wenn für Werbeleute dasselbe zutraf, dann müsste ich bei dem heutigen Spiel tief in meine Trickkiste greifen.

Dass ich die halbe Nacht nicht geschlafen hatte, tat ein Übriges. Es war nicht das erste Mal, dass ich vor einer wichtigen Präsentation wach gelegen hatte, aber es war das erste Mal, dass es absolut nichts mit dem Kunden zu tun gehabt hatte, dass ich mich schlaflos von einer Seite auf die andere drehte. Auf dem Spaziergang mit Linda gestern Abend war etwas passiert, etwas absolut Unerwartetes. Ich hatte schon gewusst, dass ich sie mochte. Wie hätte ich sie nicht mögen können? Sie war lustig und klug und fürsorglich, und ihre Augen waren unglaublich ausdrucksvoll. Aber ich hatte erst gestern Abend erkannt, was ich wirklich für sie empfand. Erst als wir Arm in Arm durch den Teil der City wanderten, den ich am meisten liebte, und auf eine für mich ganz neue Weise über Dinge sprachen, die uns wichtig waren, begriff ich, dass ich nicht damit aufhören wollte; dass Linda das Spazierengehen und Reden zu einem besonderen Erlebnis für mich machte. Sie war mittlerweile mehr für mich als nur Daz'

Schwester. Und aus dieser Erkenntnis ergaben sich zwei Fragen, die die Präsentation für die Koreaner auf die Plätze verwies.

Die Erste lautete: *Was, wenn dies nur eine Begleiterscheinung dessen war, was wir beide durchmachten?* Ich meine, konnte man eine emotionale Reaktion unter diesen Umständen überhaupt ernst nehmen? Sicher, was ich für sie empfunden hatte, als sie sich mir gestern Abend vor Daz' Wohnhaus zuwandte, erschien mir sehr real. Und, ja, ich war überzeugt, dass ich eine vorübergehende Anziehung von etwas Bedeutsamerem unterscheiden konnte. Doch Linda und ich waren uns unter extremen Bedingungen begegnet – Bedingungen, mit denen wir beide keine Erfahrung hatten. Es war nur natürlich, dass unsere Liebe zu Daz eine Verbundenheit zwischen uns herstellte. Aber was, wenn unsere daraus resultierenden Gefühle füreinander nicht echt waren und wir in ein paar Monaten feststellten, dass unsere Beziehung ohne Daz keine Basis hatte?

Die zweite Frage jedoch war noch viel dramatischer und der eigentliche Grund für meine schlaflose Nacht: *Wenn Linda die gleichen Gene hatte wie Daz, stand ihr dann auch das gleiche Ende bevor?* Diese Familie war von entsetzlichen Krankheiten gezeichnet. Ich war sicher, dass einige Cousins und sonstige Verwandte, deren Namen nie zur Sprache gekommen waren, in der Blüte ihrer Jahre irgendeiner Erbkrankheit zum Opfer gefallen waren. Wenn ich mich in Linda verliebte – und ich war ziemlich sicher, dass das bereits geschehen war – und sie krank würde, könnte ich noch einmal den

Schmerz ertragen, den es mir bereitete, Daz zu verlieren? Linda in drei Jahren ebenso dahinschwinden zu sehen, war das schrecklichste Bild, das ich je heraufbeschworen hatte. Und ich war nicht sicher, ob ich die innere Stärke besaß, diese Situation zu bewältigen.

Ich war nicht stolz auf meine Reaktion – offen gestanden schämte ich mich, auch nur daran zu denken –, aber sosehr ich darunter litt, Daz in diesem Zustand zu sehen, so deutlich war mir bewusst, dass es noch viel schlimmer werden würde. Und ich ging schon jetzt in die Knie. Obwohl aus gesundheitlichen Gründen vor einer Beziehung mit Linda zurückzuschrecken, mich als einen schrecklichen Menschen brandmarkte, kam ich nicht gegen meine Gefühle an. Und es tat weh. So sehr, dass es mich letzte Nacht wach gehalten hatte.

Rupert gab mir das Zeichen, dass es an der Zeit war anzufangen, und ich verbannte die quälenden Gedanken in den hintersten Winkel meines Bewusstseins, stand auf, ging zum Kopf des Konferenztisches und wandte mich den am anderen Ende sitzenden Koreanern zu. Ich bedeutete Vance, zu mir zu kommen, doch er winkte ab, reichte stattdessen die Storyboards nach vorne durch.

Ich versuchte, mich zu erinnern, wie es sich anfühlte, mein Pokergesicht aufzusetzen.

»Sie haben uns beauftragt, diesen Wagen dem jungen Berufstätigen schmackhaft zu machen, der es noch nicht an die Spitze geschafft hat, aber fest daran glaubt, auf dem Weg dorthin zu sein.« Meine Stimme vermittelte ein für mich überraschendes Selbstvertrauen.

»Vance, die Kollegen vom Kreativteam und ich haben lange nach einer Möglichkeit gesucht, dieses Auto gegen die beträchtliche Konkurrenz abzuheben, mit der Sie in dieser Preisklasse rechnen müssen. Wir entschieden uns für die Idee, dass der Wagen dem Leben Glanz verleiht, dass er nicht nur gut aussieht, sondern auch eine Visitenkarte ist – eine Ankündigung der bevorstehenden Ankunft an dem gesteckten Ziel.

Unsere Empfehlung lautet, den Wagen *Brillante* zu nennen.« Als ich das sagte, schaute ich zu Carnie hinüber, und sie reagierte mit einem Lächeln, das ebenso ermutigend wie traurig war und mich beinahe aus der Fassung brachte. Ich riss mich am Riemen. Wenn ich zusammenbräche, dann mit Sicherheit nicht hier. »Und ihn mit diesem Dreißig-Sekunden-Spot vorzustellen.«

Ich drehte die Storyboards in die Richtung der Koreaner. Der Spot zeigte als Erstes eine Straße bei Nacht in einem Wohnviertel, wie es zu einem aufstrebenden jungen Berufstätigen passte. Von der rechten Seite des Bildschirms begann sich Licht zu ergießen, und hämmernde Rockmusik setzte ein. Das Licht füllte einen immer größeren Teil des Bildschirms, bis er so gut wie weiß war. Dann änderte sich der Blickwinkel, und man sah das Licht von vorne. Langsam wurde klar, dass da etwas war in diesem Licht. Und dann konnte man den *Brillante* erkennen, der in seiner ganzen Pracht daraus hervorging. Der Wagen hielt vor einem riesigen Wohnblock (natürlich mit reichlich Parkplätzen davor), und eine junge Frau stieg aus. Sie warf die Schlüssel einmal in die Luft und betätigte dann die Fernbedienung, worauf der *Bril-*

lante aufleuchtete und der gesamte Bildschirm noch einmal hell erleuchtet wurde. Und während die Frau auf das Gebäude zuging, sagte eine Stimme: »Der *Brillante*. Nur Ihre Zukunft ist strahlender.«

Da Vance die Chrom-Licht-Effekte einfach nicht hinbekam, hatten wir uns schließlich auf diese Version geeinigt. Ich war bis zum Schluss nicht davon überzeugt gewesen, doch als ich sie jetzt präsentierte, erschien sie mir doch praktikabel.

Was natürlich noch wichtiger war – den Koreanern schien sie zu gefallen. Sie stellten eine Reihe von Fragen, schlugen vor, den Beat der Musik (ich hatte für meine Präsentation etwas aus unserer Bibliothek genommen) zu verstärken, und sie wollten lieber einen silbernen *Brillante* (der Name wurde widerspruchslos akzeptiert) als einen roten. Ansonsten waren sie einverstanden. Es war einer der einfacheren Siege des Jahres.

Als die Koreaner den Konferenzraum verließen, ging ich zu Vance, um ihm die Hand zu schütteln. Seine Storyboards waren sauber gearbeitet und hatten so viel wie möglich von dem ursprünglichen Konzept enthalten, das Daz und ich entwickelt hatten.

»Hervorragende Arbeit«, sagte ich. »Danke.« Ich hoffte, dass er es als Olivenzweig ansehen würde, denn obwohl ich nicht die Absicht hatte, noch einmal mit ihm zusammenzuarbeiten, wollte ich keinen Unfrieden mit ihm.

»Es war einfach«, erwiderte er lässig. »Sie wussten, was Sie wollten.« Er lächelte dünn und ließ mich stehen. Glücklicherweise kamen in diesem Moment Carnie und ein paar andere Mitglieder des Teams zu mir, und ich vergaß die ganze Sache.

Kurze Zeit später erschien Steve Rupert in meinem Büro. Er strahlte. Durch diesen Auftrag hatte The Creative Shop für das dritte und vierte Quartal ausgesorgt, und die Kampagne würde neue Kunden bringen.

»Sie kommen doch mit uns zum Essen, oder?«, sagte er.

»Ja, natürlich. Ich werde dreißig Jahre alten Scotch bestellen.«

»Sie dürfen auch *dreihundert* Jahre alten Scotch bestellen. Fangen Sie schon mal an, darüber nachzudenken, was sie sich von ihrem Bonusscheck leisten wollen.«

»Ich nehme an, das bedeutet, dass die Koreaner nicht nur höflich waren.«

»Sie waren restlos begeistert. Sie sagten, wir hätten ihre Erwartungen übertroffen. Wie oft ist uns vergönnt, das zu hören?«

Ich freute mich für Steve. Es war der erste Auto-Hersteller für The Shop, und eine erfolgreiche Kampagne wäre ein echter Segen für die Firma, nicht nur in diesem Jahr, sondern auch in der Zukunft. Und was auch immer aus mir werden würde – ich wünschte The Creative Shop den größtmöglichen Erfolg.

»Ich weiß, dass es mit Vance nicht ganz einfach war«, sagte er. Da ich es nicht erwähnt hatte, nahm ich an, dass Vance sich beschwert hatte. »Aber Sie haben es trotzdem geschafft. Sie hatten allen Grund, besorgt zu sein, doch Sie haben ein Meisterstück abgeliefert.«

Ja, das hatte ich. Ohne Daz. Steve war zu sehr Gentleman, um diesen Punkt direkt anzusprechen. Abgesehen von dem BlisterSnax-Max-Verkaufskonferenz-Video, das im Wesentlichen unter Carnies Regie entstand, war dieses Projekt mein erstes, seit ich von Daz' Erkrankung erfahren hatte. Und es hatte eingeschlagen.

»Daz hat maßgeblich daran mitgearbeitet«, sagte ich.

»Dann sollten Sie ihn schleunigst wissen lassen, dass Sie die Kampagne trotz seiner Abwesenheit nicht an die Wand gefahren haben.«

Ich lächelte. »Das werde ich.«

Nach dem Lunch fuhr ich zu Daz. Neuerdings sah er auf den ersten Blick immer viel kränker aus, als ich ihn in Erinnerung hatte, und irgendwie war ich nie darauf vorbereitet. Jedes Mal brauchte ich ein paar Sekunden, um mich darauf einzustellen, ein paar Sekunden, in denen ich kein Wort herausbrachte. Ich konnte nur hoffen, dass es ihm nicht auffiel.

»Und – hast du sie überwältigt?«, fragte er. Er wollte wahrscheinlich überschwenglich klingen, doch es klang angestrengt.

»*Wir* haben sie überwältigt«, korrigierte ich ihn fröhlich. »Die Koreaner überlegen, ob sie uns zu Ehren eine Brücke oder ein Einkaufszentrum umbenennen.«

»Wie wär's mit einem Vergnügungspark?«

»Ich werde es ihnen vorschlagen.«

Im Hintergrund lief Hoobastanks erstes Album. Es gab noch so viele CDs anzuhören. Ich erwog, Daz vorzuschlagen, nur noch die besten Titel jeder CD zu spielen und ein paar Scheiben vielleicht ganz auszulassen, aber es gab keine Möglichkeit, ihm das zu sagen, ohne dass er es missinterpretiert hätte.

Als ich hereingekommen war, hatte Linda mit dem Kopf auf Daz' Arm am Bett gesessen. Jetzt richtete sie sich auf und lehnte sich auf ihrem Stuhl zurück. »Hast du heute etwas Bedeutungsvolles erreicht?«

»Ich habe eine Kampagne präsentiert, die Daz und ich entwickelt haben, und der Kunde war begeistert.«

»Gratuliere. Ich bin froh, dass dein ›wichtiger Termin‹ gut gelaufen ist.« Sie schenkte mir ein Lächeln, das ich nicht deuten konnte.

Ich wusste nicht, wie ich mit Linda umgehen sollte. Offensichtlich war ich nicht der Einzige, der gestern Abend vor Daz' Haus empfunden hatte, was ich empfunden hatte. Aber ich war bestimmt der Einzige, der all das empfand, was ich danach empfunden hatte. Als ich sie jetzt ansah, dachte ich daran, wie wir gemeinsam dahingewandert waren, spürte wieder Lindas Arm in meinem und die Nähe ihres Körpers. Ich dachte daran, wie wir zum Essen gegangen waren, und an das Foosball-Debakel und unsere zahlreichen Gespräche, wenn Daz abends eingeschlafen war. Und ich empfand eine Zärtlichkeit für sie wie noch für keine Frau zuvor. Es war bestürzend in dieser Situation.

Daz bestand darauf, die Storyboards von einem Kurier herbringen zu lassen. Beim Abendessen drängte er mich, die Präsentation und das anschließende Mittagessen minutiös zu rekapitulieren. Linda beteiligte sich nicht nennenswert an der Unterhaltung, und auch Daz hielt sich zurück. Trotzdem entstanden keine unbehaglichen Pausen.

»Ich war nicht immer ein großer Redner vor dem Herrn«, sagte ich am Ende meines Berichts. »In der dritten Klasse musste ich ein Referat über die drei amerikanischen Staatsgewalten halten. Ich hatte ausführlich recherchiert und sogar eindrucksvolle Grafiken angefertigt, doch als ich dann da vorne stand, war ich so nervös, dass ich gleich in der ersten Minute statt Exekutive Insektutive sagte, worauf ein paar Kinder aus den letzten Bänken wie Insekten auf dem Boden herumzukrabbeln begannen. Ich hatte nie in meinem Leben gestottert, aber danach brachte ich nicht mal mehr das Wort ›Kongress‹ sauber heraus. Es war übel. Die Lehrerin ermahnte die Kids, sich wieder hinzusetzen, doch es nutzte nichts. Schließlich sagte sie mir, ich solle meinen Vortrag einreichen. Kaum zu glauben, dass ich je wieder in der Öffentlichkeit sprach, was?«

Daz schaute mich an. Ein nachdenklicher Ausdruck lag auf seinem hageren Gesicht. Ich hoffte, dass mein launiges Eingeständnis zu einer Unterhaltung über unsere peinlichsten Augenblicke oder Auftritte oder dergleichen führen würde, aber er schien nicht dazu aufgelegt.

»Willst du fernsehen?« Ich reichte ihm die Fernbedienung und war enttäuscht, als er sie nahm und zu zappen begann.

Kuz darauf war er eingeschlafen. Linda bedeutete mir, ihr ins Wohnzimmer zu folgen, und setzte sich aufs Sofa, während ich mich in dem Massagesessel niederließ. Eine Weile schwiegen wir beide. Ich schaute zum Esstisch hinüber, wo Harlene sich alle Mühe gab, uns zu ignorieren. Die Situation beschwor für jeden von uns ihre eigenen Dämonen herauf.

»Heute wusste er ein paar Stunden lang nicht, wo er war«, sagte Linda schließlich.

»Als ich kam, wirkte er ganz okay.« Ich musste nicht hinzufügen, dass »okay« relativ zu verstehen war.

»Ja.« Linda senkte den Blick. Ich wünschte, sie würde mich anschauen, war aber gleichzeitig nicht sicher, was ich tun würde, wenn sie es täte.

»Er hat sich an die Präsentation erinnert.«

»Das war praktisch das Einzige, woran er sich den ganzen Tag erinnerte. Heute früh war der Arzt da. Er erhöhte die Medikation und erklärte mir, die neue Dosis würde Daz schläfriger und apathischer machen.« Nach kurzem Zögern fügte sie hinzu: »Ich weiß nicht, wie viele klare Phasen wir noch erwarten können.«

Mein Blick ging zur Schlafzimmertür. Ich wollte Daz wach rütteln, ihm sagen, dass wir zu viel zu tun hätten für ihn, als dass er den Tag verschlafen könnte. War ihm nicht klar, dass jeder Augenblick zählte? »Ich bin nicht bereit dafür«, sagte ich und erkannte im selben Moment, dass ich mich Linda damit nicht gerade als Halt anbot.

Sie schaute auf, und ihre Augen füllten sich mit Tränen. »Ich auch nicht. Aber es spielt keine Rolle.« Sie streckte die Hand aus, und ich beugte mich vor, um sie zu ergreifen. Ich sehnte mich danach, Linda in den Arm zu nehmen, doch gleichzeitig hatte ich eine lächerliche Angst davor, was passieren würde, wenn ich es täte. Ich verabscheute mich dafür, dass ich in dieser Situation überhaupt so denken konnte. Im selben Moment erkannte ich, dass es genau diese Situation war, die mich so denken ließ. Wieder stellte ich mir vor, das Gleiche in ein paar Jahren Lindas wegen durchzumachen, und die Vorstellung war unerträglich. Ich war sicher, dass ich darüber den Verstand verlieren würde.

Unsere Sitzposition war alles andere als bequem, aber ich konnte mich ebenso wenig überwinden, aufs Sofa hinüberzuwechseln, wie Lindas Hand loszulassen. Ich hatte keine Ahnung, was sie dachte. Wahrscheinlich war sie in Gedanken bei ihrem Bruder und merkte es überhaupt nicht.

»Es macht mir eine Heidenangst, vor Publikum zu sprechen«, sagte sie.

Ich konnte nicht fassen, dass sie jetzt auf meinen Monolog von vorhin zurückkommen wollte – bis ich begriff, dass sie das gar nicht tat.

»Du wirst sie überwinden«, erwiderte ich. »Wenn es wirklich wichtig ist, dann schafft man das.«

»Wirst du mir helfen?«

»In jeder mir möglichen Weise.«

22

Das Kapitel,
in dem es um
Eingeständnisse geht

Am nächsten Tag fuhr ich zwar ins Büro, aber um zehn gab ich auf. Rupert ließ mich ohne Diskussion gehen, und ich wusste, dass es absolut nichts damit zu tun hatte, dass ich die Koreaner an Land gezogen hatte.

Daz döste fast den ganzen Tag vor sich hin. Wie gestern gab es eine Phase, in der er völlig desorientiert war, und sogar in den klaren Perioden bereitete es ihm Probleme, einer Unterhaltung zu folgen. Ich wollte ihn nicht quälen, und so saßen Linda und ich die meiste Zeit an seinem Bett, einer links und einer rechts, und wir hörten zu dritt Musik.

Wenn ich sicher war, dass sie es nicht bemerkte, betrachtete ich Linda. Obwohl zunehmend von Kummer überschattet, ging ein Leuchten von ihr aus. Und so viel Mitgefühl für ihren Bruder. Und für mich. Das spürte ich, wenn sie mich ansah, und ich fühlte mich beschenkt.

Während mein bester Freund vor meinen Augen dahinschwand, kämpfte ich weiter mit meinen Gefühlen für Linda. Vielleicht tat ich es ja nur, um nicht darüber nachdenken zu müssen, was mit Daz geschah. Nein, wahrscheinlich nicht, denn es half mir nicht. Wie auch immer – ich fühlte mich in dieser Situation am wohlsten mit ihr, wenn wir hier schweigend Wache hielten.

Wir hatten etwa eine Stunde wie in Trance dagesessen, als Harlene hereinkam und uns aus unserer Entrückung riss. Wie ferngesteuert standen wir auf und gingen ins Wohnzimmer hinüber, während die Schwester tat, was sie tun musste.

»Ich habe letzte Nacht an seinem Bett geschlafen und den ganzen Tag dort gesessen«, sagte Linda, als wir darauf warteten, dass Harlene aus Daz' Zimmer käme. »Ich glaube, ich muss mal für eine Weile raus.«

Ich nickte.

»Ich dachte, ich gehe ins Kino. Hast du Lust mitzukommen?«

»Ich denke, ich bleibe bei Daz.«

»Ich gehe davon aus, dass er durchschlafen wird. Bei der Medikamentendosis …«

»Ich möchte trotzdem hierbleiben.«

Vielleicht war ihr klar, dass mein Nein zumindest teilweise darauf gründete, dass ich nicht wusste, wie ich mit ihr umgehen sollte, wenn ich mit ihr unterwegs war – jedenfalls drängte sie mich nicht. »Ich brauche wirklich einen Tapetenwechsel. Macht es dir was aus?«

Ich hob die Hände. »Nein, natürlich nicht. In der 84th gibt es ein Multiplex. Ist es okay für dich, allein zu gehen?«

Die Andeutung eines Lächelns spielte um ihre Lippen. »Ich denke, ich schaffe das.«

»Willst du mein Mobiltelefon mitnehmen?«

Die Frage schien sie zu alarmieren. »Ich sollte doch lieber dableiben.«

»Nein, nein, auf keinen Fall. Du brauchst mein Telefon nicht. Wir werden beide hier sein, wenn du zurückkommst.«

Sie zögerte lange und schloss dann fest die Augen. Als sie sie wieder öffnete, schien sie einen Entschluss gefasst zu haben. Sie ging zu Daz hinein. Als sie wieder herauskam, steuerte sie auf die Tür zu. Dort angekommen, blieb sie stehen.

»Hey, Rich?«

»Ja?«

»Es ist unheimlich schwer. Es wäre immer noch schwer, wenn wir es gemeinsam durchstehen würden, aber vielleicht nicht ganz so schwer.«

Ich nickte nur, denn ich wusste nicht, was ich sagen sollte. Sie schenkte mir wieder dieses angedeutete Lächeln und ging zur Tür hinaus.

Harlene hatte ihre Arbeit getan, und ich kehrte zu Daz zurück. Die Nachtschwester hatte den CD-Player ausgeschaltet, und es herrschte eine Stille im Raum wie nie, seit Daz krank geworden war. Ich erinnerte mich nicht, dass es *jemals* so still gewesen wäre. Es hatte mich zwar nie Lärm empfangen, wenn ich morgens vor der Arbeit zu Daz gekommen war, um ihn aus dem Bett zu holen, aber damals hatte ich zumindest das *Gefühl* gehabt, dass sich etwas rührte, und wenn ich nur selbst für Geräusche sorgte in meinem Bemühen, ihn in die Gänge zu bringen.

Während ich etwa eine Viertelstunde in vollkommener Stille an Daz' Bett saß, wurde mir die Ungeheuerlichkeit dessen bewusst, was ich hier tat. Ich wartete buchstäblich darauf, dass mein bester Freund starb. Mein Zuspruch im Frühstadium seiner Erkrankung war neuerdings durch die langen Phasen der Bewusstlosigkeit auf ein Minimum reduziert, und abgesehen davon war ich absolut nutzlos. Ich konnte nichts für ihn tun. Ich konnte ihm nicht einmal mehr seine geliebten Gerichte mitbringen, denn inzwischen wurde er per Infusion ernährt.

Die Stille wurde unerträglich für mich. Ich stand auf und ging zum CD-Player. Das Album, das Harlene abgewürgt hatte, war die Live-Aufnahme der Indigo Girls »1200 Curfews«. Wir hatten sie in unserem Junior-Jahr, dem vorletzten College-Jahr, oft gespielt, speziell, wenn unsere Nachbarinnen von oben und nebenan uns dazu verleiteten, braunen Rum zu trinken und linkische Versuche in Gruppensex zu machen. Der Mitschnitt bestand aus zwei Schciben, und ich mochte besonders die zweite. Als Harlene eingegriffen hatte, war jedoch gerade die erste angelaufen, und ich fragte mich, ob ich Daz' Plan über den Haufen werfen würde, wenn ich auf Vorlauf schaltete. Ich wusste ja, dass er alle Alben der Reihe nach hören wollte, aber wenn er tatsächlich bis morgen durchschliefe, machte es eigentlich keinen Unterschied, was ich inzwischen auflegte.

Als der zweite Song der CD begann – »Galileo«, eine der größten Kompositionen aller Zeiten –, lehnte ich mich zurück, schloss die Augen und erinnerte mich, wie Daz zusammen mit einer angetrunkenen Tracy und Roxanne den Refrain schmetterte und sich nicht darum scherte, dass er höchstens die Hälfte der Noten traf.

»Du machst schon ohne mich weiter.«

Ich öffnete die Augen und sah, dass Daz den Kopf auf dem Kissen in meine Richtung gedreht hatte. Fast konnte ich mir vormachen, dass er lebhaft wirkte.

»Ich wollte dich nicht aufwecken.«

»Ich habe die erste Scheibe zur Gänze verpasst?«

»Ich habe sie gar nicht gespielt.«

Er runzelte die Stirn, soweit seine Kräfte es zuließen. »Und ich bin noch nicht mal kalt.«

Ich stand auf. »Soll ich auf die erste zurückgehen?«

»Ja, das sollst du.«

Als ich umschaltete, sang das Duo gerade »If we wait for the time till the souls get it right / Then at least I know there'll be no nuclear annihilation in my lifetime«.

»Ich wollte dich wirklich nicht wecken«, sagte ich, als ich mich wieder hinsetzte.

»Das ist eine Premiere.«

»Ja, das ist es wohl. Willst du weiterschlafen? Ich kann die Musik ausmachen und dich allein lassen.«

»Beim nächsten Song schlafe ich wahrscheinlich sowieso ein.« Er drehte den Kopf zur anderen Seite. »Wo ist Linda?«

»Sie dachte, du würdest bis morgen durchschlafen, und hat sich eine Auszeit genehmigt. Sie ist ins Kino gegangen.«

»Das ist gut. Warum bist du nicht mitgegangen?«

Mein erster Gedanke war, ihm etwas vorzuschwindeln. Es gab so viele Antworten, die besser für ihn gewesen wären als die Wahrheit. Aber ich konnte es nicht tun. Ich brauchte es nicht zu tun. Irgendwie glaubte ich, dass er hören sollte, was in mir vorging. Ich musste es ihm einfach sagen.

»Es gibt da was, was ich dir erzählen muss – über Linda und mich.« Seine Augen begegneten meinen, und es war so viel Leben darin wie seit Tagen nicht. »Ich glaube, ich fange an, Gefühle für sie zu entwickeln.«

Er lachte kraftlos. Neuerdings tat er alles kraftlos. »Ich hätte sie wahrscheinlich von dir fernhalten sollen.«

»Mach dir darüber keine Gedanken – ich glaube, das schaffe ich ganz gut allein.«

Seine Augen verengten sich. »Du hast Mist gebaut?«

»Noch nicht. Nicht offiziell, zumindest. Ich bin nur auf dem besten Weg dazu.«

Ich wusste nicht, was ihm so offensichtliches Unbehagen bereitete – das Thema an sich oder, dass er mehr dazu sagen wollte, als seine schwindenden Kräfte zuließen. Als er schließlich sprach, kamen die Worte langsam und leise.

»Was ist los – ist sie zu schön, zu klug und zu lieb für dich?«

»Sie ist zu *Dazman* für mich.«

Als Daz mich ansah, hatte ich das Gefühl, dass er mir die Seele herausriss und sie spöttisch betrachtete. »Möchtest du mir das erklären?«

»Ich weiß nicht, wie«, erwiderte ich hilflos. »Und du bist wahrscheinlich der letzte Mensch, bei dem ich es versuchen sollte. Allerdings bist du auch der *einzige* Mensch.« Ich suchte nach einer Möglichkeit, ihm auf vernünftige Weise verständlich zu machen, was ich empfand. Und erkannte, dass es die nicht gab. »Ich glaube, ich bin in Linda verliebt, Daz. Ja, sie ist schön und klug und lieb. Und sie ist noch viel, viel mehr. Wahrscheinlich gibt es Dinge an ihr, die dir gar nicht bewusst sind, weil sie deine Schwester ist und du sie ihr Leben lang kennst. Sie gibt mir das Gefühl, bedeutend zu sein. Sie weckt den Wunsch in mir, sie zu beschützen, obwohl sie mir wahrscheinlich überlegen ist. Es ist phantastisch, Daz. Es ist das erste Mal, dass ich so für eine Frau empfinde.

Aber es gibt ein Riesenproblem: Ich glaube nicht, dass ich das, was ich gerade deinetwegen durchmache, noch einmal durchstehen kann.«

Daz schwieg. Lange. Ich wusste, dass er verstanden hatte, wovon ich sprach, und ich wusste, dass es ihn erschütterte. Schließlich sagte er, ohne mich anzusehen: »Alle Menschen sterben, Rich.«

»Aber nicht mit Ende zwanzig. Und nicht wegen eines genetischen Familienfluchs.«

Er zuckte zusammen, und ich wünschte, ich hätte meine Worte ungesagt machen können. »Linda wird nicht jung sterben«, sagte er nach einer Weile.

»Wie kannst du das mit einer solchen Überzeugung behaupten? Ist sie immun? Ist sie ein halber Alien? Ist sie *adoptiert*?«

»Quatsch. Ich weiß es einfach.«

»Kann ich das schriftlich haben?«

Er lachte, aber es war mehr ein Hauch. »Es gibt keine Garantien im Leben, Flaccid. Du bist ein Arschloch, wenn du jetzt kneifst.«

Ich ließ die Schultern hängen. »Dieser Monat war der schlimmste meines Lebens.«

Wieder verengten sich Daz' Augen. »Tatsächlich? Ich dachte, wir hätten Spaß hier.«

Ich war drauf und dran, ihm zu sagen, wie qualvoll es war, seinen Verfall zu beobachten. Ich war drauf und dran, ihm zu sagen, dass mir noch nie etwas auch nur annähernd so schwergefallen war, wie ihn wegdriften zu sehen. Ich war drauf und dran, ihm zu sagen, dass dies zweifellos die absolut entsetzlichste Erfahrung war, die ich jemals machen würde.

Aber ich tat es nicht. Aus zwei Gründen. Erstens hatte ich ihm schon mehr zugemutet, als gut für ihn war. Wahrscheinlich viel, viel mehr.

Und zweitens war ich mir nicht sicher, dass es stimmte.

»Das mit Linda und mir wäre keine Spielerei, Daz. Das wäre etwas Ernstes.«

Er drehte den Kopf und sah mich an. »Und was spricht dagegen?«

Ich suchte nach einleuchtenden Argumenten, fand jedoch kein einziges. In meiner Hilflosigkeit sagte ich:

»Ich glaube, ich habe begriffen, warum viele Menschen es einfacher finden, sich um nichts zu scheren.«

Er drehte den Kopf weg. »Das hast du begriffen?«

Ich fuhr mir mit den Händen durch die Haare. »Ja. Das ... oder etwas anderes ...«

»Etwas anderes«, sagte er verträumt.

Ich wollte nicht, dass er mir entglitt. Nicht jetzt. »Daz! Was kann ich für dich tun?«

Er sah mich wieder an. »Du kannst diesen Song killen. Ich hasse ihn.«

Es war »Pushing the Needle Too Far«. Den mochte ich auch nicht. Ich griff über Daz hinweg zur Fernbedienung.

»Geh auf ›Midnight Train to Georgia‹«, bat er.

Dazu musste ich auf die zweite CD umschalten. Ich tat es und setzte mich wieder.

»Vielleicht ist es Zeit, nur noch die größten Hits zu spielen«, meinte er.

»Entweder das, oder du musst weniger schlafen.«

Er lächelte schwach. »Das ist die Lösung.«

»Daz?«

»Ja?«

»Dieser Monat war *nicht* der schlimmste meines Lebens.«

»Wirklich? Welcher war es dann?«

»Darauf wollte ich nicht hinaus.«

»Ich weiß.«

Und dann war er wieder weg. Einfach so. Ohne zu erwähnen, dass wir uns gerade das letzte Mal unterhalten hatten.

23

Das Kapitel,
in dem es um den Versuch geht,
nicht Abschied zu nehmen

Ich blieb die ganze Nacht bei Daz sitzen. Irgendwann schlief ich ein, und als ich aufwachte, saß ich vornübergebeugt auf meinem Stuhl, den Kopf auf der Matratze. Am Vormittag ging ich nach Hause, um zu duschen und mir etwas Frisches anzuziehen. Als ich zurückkam, erzählte mir Linda, Daz sei für ein paar Minuten aufgewacht und hätte erzählt, wie er mit elf Jahren auf sie aufgepasst hätte, als ihr Onkel gestorben sei.

Das waren seine letzten Worte. Er fiel in ein Koma, das acht Tage andauerte, und tat seinen letzten Atemzug in den frühen Morgenstunden, als Linda und ich schlafend an seinem Bett saßen. Wir hatten die ganze Zeit den CD-Player laufen lassen, auch während wir schliefen. Einmal überlegte ich, ob ich eine Scheibe außer der Reihe spielen sollte, weil ich hoffte, dass es Daz aufwecken würde, wie es das Album der Indigo Girls getan hatte, aber ein Teil von mir wusste, dass es diesmal nicht klappen würde, und es erschien mir wichtiger, seinen musikalischen Plan einzuhalten. Als der Arzt ihn für tot erklärte, lief gerade »Automatic for the People« von R.E.M. Nach »Man on the Moon« schaltete ich das Gerät aus. Und dann brach ich zusammen.

Linda hatte recht; wir hätten absolut nichts tun können, um uns auf diesen Moment vorzubereiten. Auch wenn wir den exakten Zeitpunkt gekannt und gewusst hätten, wo wir in diesem Augenblick sein und was wir tun würden, es hätte keinen Unterschied gemacht.

Linda und ich verabschiedeten uns getrennt von Daz, bevor sein Leichnam weggebracht wurde, und saßen dann ein paar Stunden schweigend beieinander, ehe wir zu telefonieren begannen. Nicht lange danach schauten Steve, Carnie, Chess und noch ein paar weitere Mitglieder der S.D.F. vorbei, und wir verzichteten auf die Einhaltung des Vereinsstatuts, Haltung zu bewahren, und erlaubten uns zu reagieren. Irgendwann rief Carnie bei Michelle an, und einige von uns beteiligten sich an dem Gespräch und versuchten zu verbergen, dass sie weinten. Michelle sagte, sie käme zur Trauerfeier.

Die nächsten Tage verbrachte ich wie im Nebel. Linda und Daz hatten irgendwann ohne mein Beisein über eine Beerdigung in Kansas gesprochen, waren dann aber übereingekommen, dass Daz nach New York gehörte. Ich war sehr froh über diese Entscheidung, denn wenn ich ein Grab auch nicht als »letzte Ruhestätte« betrachtete, fühlte es sich doch gut an zu wissen, dass Daz nicht so weit weg sein würde. Als wäre das überhaupt denkbar.

An der Beerdigung nahmen, Daz' Wunsch entsprechend, nur Linda, ich, Daz' engste Freunde und der Bruder seines Vaters teil. Linda hatte ihrer Mutter noch nichts gesagt, weil sie fand, dass sie das nur persönlich tun könne, und wusste, dass die Konstitution der Frau eine Reise nach New York nicht erlaubte.

Zur Trauerfeier hingegen erschienen wahre Massen von Menschen. Wie es schien, waren alle Werbeleute von New York City unter dreißig da, außerdem die Belegschaft von Java Nirvana, Jake's Dilemma und der Rice Bowl und die Geschäftsleitung von BlisterSnax. Auch ein paar von Daz' Soccer-Team-Kameraden aus seiner Michigan-Zeit und sein Highschoolcoach waren angereist. Ich hätte gern seine ehemalige Kunstlehrerin gesehen, die gesagt hatte, er vergeude sein Talent, doch die erschien nicht.

Aber Curt Prince und Andrea kamen zu meiner Überraschung. Curt und ich hatten seit seinem Anruf vor seiner Abreise nach Europa nicht miteinander gesprochen. Jetzt hatte er wohl begriffen, welcher Art mein persönliches Problem war. Ich wusste sein Kommen zu schätzen und noch mehr seine echte Anteilnahme, als er mir vor Beginn der Trauerfeier die Hand schüttelte und mich fragte, ob ich zurechtkäme. Ich nickte halbherzig und stellte ihn und Andrea Linda vor.

Der Raum in der Society für Ethical Culture war mit Tear Sheets von Daz' besten Arbeiten dekoriert, und auf einem Bildschirm in einer Ecke liefen abwechselnd einige seiner Werbespots, Aufnahmen aus seiner Fußballerzeit und eine Videoaufnahme, die Chess gemacht hatte, als Daz auf der Geburtstagsparty im letzten Jahr einen Eminem-Song zum Besten gab. Einige Leute aus The Shop sprachen, und eine von Daz' Grafikerinnen sang einen Song, den sie eigens für diesen Anlass geschrieben hatte. Danach erzählte Linda ein paar lustige Geschichten aus Daz' Kindheit, die ich selbst erst in den letzten paar Wochen gehört hatte. Trotz ihrer Angst, vor Publikum zu sprechen, bewahrte sie bis zum Schluss die Fassung.

Dann war ich an der Reihe. Ich hatte in den vergangenen Tagen ein Dutzend Versuche gemacht und verworfen, Daz gerecht zu werden. Ich wollte etwas sagen, was Daz ertragen hätte, und gleichzeitig etwas, was wiedergab, wie ich seinen Verlust empfand. Als ich das Podium betrat, war ich noch immer nicht sicher, was es sein würde.

»Ich muss Ihnen nichts über Eric Dazman erzählen. Meine Vorredner haben treffend beschrieben, wer er war und warum wir ihn so mögen. Aber ich muss Ihnen auch nichts über ihn erzählen, weil Sie, wenn Sie sich auch nur im selben Raum mit ihm aufhielten, einen Eindruck von ihm gewannen, der, davon bin ich überzeugt, eine nachhaltige Wirkung auf Sie hatte.

Es ist vielleicht das Beste, was ich bis zum heutigen Tag über mein Leben sagen kann, dass ich in einem Raum voller Dazman-Freunde keiner Vorstellung bedarf. Es wäre falsch zu sagen, dass ich mich *durch* Daz definierte, aber es ist nicht falsch zu sagen, dass ich mich *mit* ihm definierte. Ich habe verstehen gelernt, dass man schrittweise erwachsen wird. Als Daz und ich uns ein paar Tage vor dem Beginn unseres Freshman-Jahres an der Michigan begegneten, war ich bereits erwachsen genug, um einen Ann-Arbor-Winter zu überleben, doch die übrigen bedeutsamen Entwicklungsschritte tat ich mit und dank Daz. Und das bis vor ein paar Tagen.

Daz und ich hatten immer Spaß miteinander. Das allein ist schon eindrucksvoll, wenn man bedenkt, dass wir uns beinahe zehn Jahre lang fast täglich sahen. Und sehr lange dachte ich, dass das das Besondere an unserer Freundschaft war. Wir hatten immer Spaß miteinander. Aber das war nicht der Punkt.

Kein Klischee über Freundschaft ist dazu geeignet, zu beschreiben, was für eine Art Freund Eric Dazman war und immer bleiben wird. Gleichzeitig ist jedes Klischee dazu geeignet. Glücklicherweise muss ich auch keinem von Ihnen erklären, was ich damit ausdrücken will.«

Als ich auf die versammelten Menschen hinunterschaute, von denen viele auch mir viel bedeuteten, war ich nahe daran, die Fassung zu verlieren. Aber es gab noch etwas, was ich unbedingt sagen wollte.

»Ich werde mich in Erinnerung an Daz heute Abend vor meinen Fernseher setzen und mir einige Folgen von ›Saved by the Bell‹ ansehen, Ich werde Cap'n Crunch direkt aus der Packung essen und jedem Mundvoll einen Schluck Milch hinterherschütten, und ich werde im Hintergrund die CD von Fatboy Slim laufen lassen, die ich aus seinem Apartment geklaut habe.

Und dann, bevor ich ins Bett gehe, werde ich mir die Zähne zuerst mit Erdbeer-Zahnpasta putzen, dann mit Wintergrün und am Schluss mit Bubblegum.

Ich bitte Sie alle, das Gleiche zu tun.«

Schließlich waren Linda und ich allein in der Wohnung. Seit wir den Rundruf gestartet hatten, waren Menschen um uns herum gewesen, hatten uns nicht allein lassen wollen. Doch nun, nach der Trauerfeier und mehreren Stunden hier, wohin viele gekommen waren, um Daz nahe zu sein, zerstreuten sich die Hilfstruppen. Michelle und Carnie gingen als Letzte, und dann auch nur, weil Michelle zum Flughafen musste. Sie zeigte mir ein Foto, auf dem ihre kleine Nichte die Arme um ihren Hals geschlungen hatte, und wenn Michelle mir nicht schon vorher gesagt hätte, dass sie nicht zurückkommen würde, dann hätte ich es in diesem Moment begriffen.

Es gab eine Menge Dinge zu erledigen. Daz hatte kurz nach dem Kauf seiner Wohnung ein Testament gemacht – noch etwas, was ich erst kürzlich erfahren hatte. Es war nicht jedes kleine Detail aufgeführt, aber es wäre nicht schwierig zu entscheiden, wer was bekommen sollte. Linda sagte, ich könne den Massagesessel, den Air-Hockey-Tisch und die CD-Sammlung haben. Für seine engsten Freunde wählten wir Andenken aus der Wohnung aus. Linda würde seine Erinnerungsstücke und seine übrigen Habseligkeiten behalten und natürlich den Erlös aus dem Verkauf der Wohnung, die sie morgen mit meiner Hilfe annoncieren würde.

»Es wird nicht schwer sein, sie loszuwerden«, sagte ich, als wir nebeneinander auf dem Sofa saßen. »Immobilien verkaufen sich rasant in Manhattan – trotz der Wirtschaftskrise.«

»Das ist gut. Ich glaube, ich könnte es nicht ertragen, wenn monatelang Makler Interessenten hier durchschleusen würden.«

»Dazu wird es nicht kommen, da bin ich ganz sicher.« Ich wandte mich ihr zu. »Und wie geht es dann weiter?«

Linda schaute aus dem Fenster. »Ich werde nach Kansas zurückfliegen. Meine Mutter informieren und ihr beistehen. Und dann suche ich mir in Topeka einen Job. Reiß mich am Riemen und lebe weiter.«

»Ich wünschte, das würdest du nicht tun.«

»Weiterleben?«

Ich griff nach ihrer Hand. »Nach Topeka zurückgehen. Wenigstens nicht für immer.«

Sie wandte sich mir zu, und ich nahm auch noch ihre andere Hand. Linda schaute auf unsere verschränkten Finger hinunter. »Was meinst du damit?«

»Dass ich es schön fände, wenn du nicht gehen würdest. Dass ich es schön fände, wenn du hierbleiben würdest. Bei mir.«

Sie neigte leicht den Kopf zur Seite. »Das klingt ziemlich theatralisch.«

Ich zuckte mit den Schultern. »Es sollte etwas *Spezielles* sein.«

Sie hob den Blick, und da war wieder dieses einzigartige Leuchten in ihren rotgeweinten Augen.

»Es ist uns nicht bestimmt, Tausende Meilen voneinander entfernt zu leben«, sagte ich.

»Ich bin nicht so pflegeleicht wie Eric.«

»Ich werde es mir merken.«

»Und ich mache keine halben Sachen.«

»Dann müssten wir bestens miteinander auskommen.«

Daraufhin kam sie in meine Arme. Wir blieben eng umschlungen sitzen, und ich verlor jedes Zeitgefühl. Es war nicht das erste Mal, dass ich sie festhielt, aber es war das erste Mal in dem Wissen, das ich es tun würde, solange ich konnte.

Wie Daz gesagt hatte, es gab keine Garantien im Leben. Aber es gab Verlässlichkeiten. Und als ich Linda auf den Scheitel küsste und an mich drückte, war ich absolut davon überzeugt, dass sie eine davon war.

Ein paar Tage später bedankte ich mich bei Curt Prince und Noel Keane für ihr Interesse und teilte ihnen mit, dass ich nicht zu K&C kommen würde. Obwohl ich Prince sehr bewunderte und wusste, dass ich viel von ihm lernen könnte, erschien ein Wechsel mir jetzt sinnlos. Prince reagierte ehrlich bekümmert und bat mich, noch einmal darüber nachzudenken. Er sagte mir, ich solle ihn in ein paar Wochen anrufen, um einen Termin für einen Besuch bei ihm in den Hamptons zusammen mit Linda zu vereinbaren.

Einen Monat später kündigte ich bei The Creative Shop. Steve Rupert fiel aus allen Wolken und empfahl mir einen langen Urlaub und eine Trauertherapie, bevor ich es offiziell machte. Aber meine Entscheidung hatte nichts mit meiner Trauer zu tun. Linda und ich hatten lange darüber gesprochen. Sie ist ein hervorragender Resonanzboden. Ich hatte viele Freunde bei The Shop, die Unterstützung meiner Vorgesetzten, Kunden, für die ich gern arbeitete, und eine rosige Zukunft. Aber ohne »Dazzle« konnte ich nicht mehr »Flash« sein, und daran hätte selbst das größte Bemühen von meiner Seite oder seitens The Shop nichts geändert.

Doch ich konnte die Flaster/Dazman/Agency eröffnen, und das tat ich in der Woche darauf. Die Firma ist winzig, und ich habe nur zwei Vollzeitangestellte, was bedeutet, dass ich im Moment so gut wie alles outsource – einschließlich der Artdirection –, aber mit der Zeit wird die Agentur wachsen, und ich werde tun, was ich kann, um sie zu dem zu machen, was wir uns vorgestellt hatten.

Auf dem Briefkopf steht mein Name und der von Daz. Wenn potenzielle Kunden, die noch nichts von ihm gehört haben, neugierig fragen, wann sie ihn kennenlernen werden, dann sage ich ihnen einfach, dass er der beste stille Teilhaber der Welt ist.

Titelliste

Wie Sie vielleicht beim Lesen dieses Romans erraten haben, ist Musik ziemlich wichtig für mich. Die nachfolgenden Titel hörte ich im Geiste, während ich *Was in unserem Herzen bleibt* schrieb, und miteinander bilden sie eine Art von Soundtrack für den Roman:

»Waste« von Pish
»A Praise Chorus« von Jimmy Eat World
»TV Pro« von The Vines
»Tubthumping« von Chumbawumba
»Wasted and Ready« von Ben Kweller
»Just Push Play« von Aerosmith
»There's Always Someone Cooler than You« von Ben Folds
»Memory« von Sugarcult
»Come Back Home« von Pete Yorn
»Ain't Waistin' Time No More« von The Allman Brothers

»Better Days« von The Jayhawks
»Follow You Down« von Gin Blossoms
»Letters To God« von Boxcar Racer
»Breakin' Me« von Johnny Lang
»Galileo« von den Indigo Girls
»Man on the Moon« von R.E.M.
»Dying to Live« von Edgar Winter

Alle Titel können bei Napster legal heruntergeladen werden, und wahrscheinlich auch bei anderen Anbietern.

Michael Baron

MICHAEL BARON

Als sie ging

ROMAN

Seit ihrer Schulzeit sind Gerry und Maureen ein Paar und auch nach 20 Jahren immer noch ineinander verliebt. Dass ihre 17-jährige Tochter Tanya in letzter Zeit ihre eigenen Wege geht, kann ihr Glück nicht trüben. Als Maureen ein zweites Kind bekommt, genießt Gerry seine späte Vaterschaft. Doch dann stirbt Maureen zwei Monate nach der Geburt des kleinen Reese, und für Gerry bricht eine Welt zusammen. Wie soll er ohne seine geliebte Frau weiterleben? Nur die Sorge um die Kinder hält ihn aufrecht und lässt ihn nicht völlig am Leben verzweifeln. Besonders sein kleiner Sohn wird für ihn zur Herausforderung, aber auch zum Partner in einer Welt, die ganz plötzlich nicht mehr dieselbe ist.

KNAUR TASCHENBUCH VERLAG

MICHAEL BARON

Das ferne Land

ROMAN

Als Becky noch klein war, haben sie und ihr Vater sich Geschichten erzählt, Geschichten über das Phantasieland »Tamarisk«, in dem die junge Heldin Miea Abenteuer erlebt und viele Prüfungen zu bestehen hat.
Doch inzwischen haben sich Vater und Mutter getrennt, und Becky ist schwerkrank. Nachts reist sie in ihren Träumen erneut in das magische Reich, in dem sie offenbar eine Aufgabe zu erfüllen hat, denn Tamarisk stirbt – genau wie Becky ...

KNAUR TASCHENBUCH VERLAG